미래 수필 14

덫에 걸린 남자 속도 모르는 여자

방극인

미래문화사

덫에 걸린 남자 속도 모르는 여자

따뜻하고 단단한 작가 정신

姜凡牛

살아간다는 것, 생성(生成)한다는 것은 시간마다 우리의 주위에서 일어나는 의미(意味)를 새로운 미래를 획득하면서 밀고 나가는 창조의 노력이다.

석초(石初) 방극인 님의 작품세계는 〈사랑을 할 거야〉나 〈모닥불〉, 〈아내의 빈 자리〉, 〈아호 이야기〉 등 모두가 잔잔한 마음의 무늬(心紋)들이 따뜻한 체온으로 다가선다. 대체로 볼륨은 잔잔하지만 상상력과 언어를 통하여 끊임없이 삶을 재구성해 가는 파장(波狀)의 반경은 커다란 울림으로 이어진다. 그 창작 태도는 항상 위를 향해 타고 있는 촛불처럼 외롭기는 하지만 독특한 삶의 열기(熱氣), 상상력의 비밀을 보다 구체적인 각도에서 바라볼 수 있는 내심(內心)의 세계를 만들어 가고 있다.

〈사랑을 할 거야〉에서 보여지는 작가의 순수성이나 낭만도 훌륭하다. 새벽이 동터오는 시간까지 계속 '사랑을 할 거야'를 부르는 시심(詩心)이나 퇴계원 근처의 마로니 노천 다방에서 모닥불이 타오르는 저녁에 현희와 함께 모닥불에 구운 은박지에 싼 고구마를 나누어 먹으며 서로의 체온을 느끼는 낭만이나 따뜻한 인간미는 감동적이라기보다 아름다운 심성(心性)으로 그려져 있다.

〈낀따마니의 소녀〉에서는 버스 타는 데까지 지겹게 따라붙는 소녀에게 1달러짜리 지폐 한 장을 주며 달래 보내는 이국 땅에서의 풍정도 그렇지만, 눈이 큰 구릿빛의 야윈 얼굴의 소녀를 뒤로 손을 흔들며 떠나는 인정은 자못 인정미 넘치는 장면이다.

작품이란 작가가 체험한 세계를 자기의 내심에 비춰 재구성한 빛과 그림자의 배합이다.

작품의 좋고 궂음은 높은 목소리나 화려한 장식이 아니다. 작가가 그 글감에 접근하는 성실한 정신적 자세나 그것을 작품으로 만들어 가는 아름다운 심성의 조화에 있다.

조화를 사랑하는 마음은 미(美)를 사랑하는 마음이요, 생명과 질서를 사랑하는 마음이다.

방극인 님의 작품은 전편에 걸쳐서 따뜻하고 단단하다. 단단하다는 것은 바른 것은 바르게 보고 옳은 것은 옳게 보는 용기와 맞서는 작가 정신을 말한다. 앞으로 더욱 힘찬 정진이 있기를 빈다.

2000년 여름 밤에

차례

제1부 초록 밤에 지는 꽃잎

제2부 물처럼 바람처럼

제3부 그리움의 항아리

제1부

·

초록 밤에 지는 꽃잎

덫에 걸린 남자

내가 알고 지내는 여자들과의 교류는 어떤 관계로 어느 정도 가깝게 지내고 있는가를 일일이 아내에게 이야기해야 마음이 편해지는 걸 보면 나는 아내가 쳐 놓은 덫에 걸린 셈이다.

"여보, 전화 받으세요."

"누군데?"

"받아 보세요. 아가씨 같애요."

주방에서 설거지하던 아내가 전화벨 소리에 화들짝 놀란 걸음으로 뛰어 나와서 수화기를 들고는 나를 불렀다.

"여보세요, 전화 바꿨습니다."

"선생님이세요?"

"누구시인가……?"

"제가 누군지 알아맞혀 보세요, 선생님."

많이 듣던 음성이었다. 그런데 막상 내가 누군지 알아맞혀 보라고 독촉하는 바람에 생각이 멀리 달아나고 말았다.

"잠시만 기다려. 생각 좀 해 보고."

"빨리 대답하세요. 제가 누군지 못 알아맞히시면 전화 끊을래요."

"미미구나."

"호호, 네 맞아요. 저 미미예요. 어떻게 금방 전줄 아셨어요?"

"미미의 음성이 곱잖아. 그런데다가 전화를 끊겠다고 협박하는 바람에 문득 떠오르는 게 있어 알아차릴 수 있었지."

"제 말이 협박으로 들리셨어요?"

"그 언젠가도 한동안 소식이 없다가 어느 날 갑자기 전화를 하면서 내가 누군지 알아맞혀 보라고 하는 바람에 그때도 내가 당황했던 생각이 나."

"그걸 여태 기억하고 계셔요?"

"아니면 미미가 섭섭해 할걸."

"맞아요. 선생님은 항상 제 마음 한 구석을 꼭 차지하고 있는 걸요."

"못하는 말이 없군."

"그게 뭐 흉인가요. 선생님을 마음속으로 사모하고 있는 것이."

"점점……?"

"사랑에는 국경이 없다면서요, 선생님."

"그래서 어쩌겠다는 거지?"

"저도 할말이 있어요. 사랑에는 연령에도 구애받지 않는다, 이 말씀이에요. 제 말이 맞지요?"

"맞는지 틀리는지 사전을 찾아 봐. 나는 모르겠어."

"사모님한테 야단 맞으실까 봐 겁이 나시나 보다. 걱정하지 마세요. 선생님을 모델로 했을 뿐이에요."

"어디 모델이 없어서 나를 모델로 해."

"죄송해요 선생님. 참! 이번 주말에 등산 가시지 않으실래요?"

"어디로?"

"설악산 대청봉으로요. '젊은 사랑' 애들과 같이 가기로 했어요."

"누구 누군데?"

"가시면 알게 돼요. 차는 제가 대기로 했고요. 식사 준비는 선희가 한댔어요. 잠은 대피소에서 자기로 했고요. 선생님은 몸만 오시면 돼요."

"난 내무장관의 허락을 받아야 돼."

"그 결재를 제가 올릴까요?"

"그럴 필요 없어."

"자신 있으세요? 그럼 가시는 걸로 알고 준비할게요. 토요일 오후 한 시까지 '젊은 사랑' 앞으로 나오세요."

딸깍 하고 전화는 일방적으로 끊어졌다.

"누구세요?"

오랜 전화에 신경이 쓰였는지 아내가 물었다.

"젊은 사랑의 미미라는 아가씬데 이번 주말에 등산 가재."

나는 큰 죄라도 지은 듯 기어 들어가는 목소리로 대답하면서 아내의 눈치를 살폈다.

"어디로요?"

"설악산 대청봉으로."

"주무시고 오셔야겠네요?"

"대피소에서 자기로 계획했나 봐."

"했나 봐가 뭐예요? 그렇다고 대답하셔야죠."

"당신을 빼 놓고 젊은 여자 애들하고 등산 간다는 게, 더구나 하룻밤 자고 온다는 게 마음이 편치 않아."

"우리가 어디 한두 해 살았어요. 당신 내 맘 아시잖아요. 내가 당신 마음 모를 리 없고. 나는 다른 여자들처럼 바가지 긁는 그런 여자는 되고 싶지 않아요. 이유야 어떻든 아직도 당신을 좋아하고 따르는 젊은 여자 애들이 있다는 게 다행이다 싶기도 하고 자랑스럽기도 해요. 젊은 애들하고 같이 지내면 젊어진대요. 젊게 사세요."

"웬만하면 당신도 같이 가지."

"맘에 없는 소린 안하시는 게 더 솔직해 보여요. 내가 같이 가자고 할까 봐 겁이 나시나 보죠? 나 신경 쓰지 말고 재미있게 다녀오세요."

어디까지가 진실인지 도무지 감을 잡을 수가 없다. 평소의 마음 씀씀이나 행동을 모르는 바 아니지만, 그래도 여자 아닌가. 자기 남편이 젊은 여자들과, 그것도 1박 2일간의 일정으로 설악산 등산을 떠난다고 하는데. 알면서도 모르는 척하는 정도가 아니라 확실한 증거와 확답을 받은 터, 칼부림이라도 나야 할 판국인데 오히려 젊은 여자들에게 인기 있는 남편이 자랑스럽다고 하는 그녀는 성녀인가, 석녀인가. 아니면 시험대 위에 올려놓고 얼마만큼 완성된 인간이며 완전한 남편인가를 해부해 보려는 속셈인가.

"당신 속마음 떠보려고 시험하지는 않아요. 당신을 믿기 때문에 허락하는 거예요. 미미라는 아가씨 퍽 명랑해 보이던데요?"

"낙천적이고 리더십이 강하지."

"아버지처럼 따뜻하고 친절하게 해 주세요. 그리고 여자 애들이니까 실수하지 않도록 조심하세요."

어리둥절했던 내 마음이 정리가 되는 듯했다. 아내가 한 말이나 행동은 모두가 진실 그대로였다.

이솝 우화에 바람과 해님이 나그네의 외투 벗기기 내기를 했다. 바람이 먼저 세찬 바람으로 외투를 벗기려 했지만 바람이 세게

불면 불수록 나그네는 더욱 외투 깃을 여미었다.

이번에는 해님이 뜨겁게 내리쬐자 나그네는 그 무거운 외투를 훌훌 벗어 던지는 게 아닌가.

만약에 바가지만 긁으려는 아내였다면 나는 미미와의 등산 계획을 속였을지도 모른다. 그러나 나는 아내의 고단수에 내 스스로가 묶여 버리지 않았는가. 내가 알고 지내는 여자들과의 교류는 어떤 관계로 어느 정도 가깝게 지내고 있는가를 일일이 이야기해 주어야 내 마음이 편해지는 걸 보면 아내가 쳐 놓은 덫에서 나는 헤어나지 못하고 있는지 모른다.

부부간에는 피차 비밀이 없어야 행복한 가정을 꾸려 갈 수 있다는 지혜를 깨닫게 되어, 아무리 아내가 허락을 했다 할지라도 이번만은 약속을 지킬 수가 없겠다는 생각이 들었다.

"여보, 미미 아가씨 전화예요."

"안녕하세요? 저 미미예요. 그런데 지금 몇 신데 아직도 집에 계셔요?"

"나 오늘 못 가. 급한 사정이 생겼어. 전화를 한다는 게 깜빡 잊었군. 미안해."

"어머, 그러세요? 그럴 수도 있죠 뭐. 괜찮아요. 저희끼리 다녀올께요, 선생님."

미미는 역시 명랑하고 못 갈 걸 예견이라도 한 듯 대답 또한 시원했다.

"아니, 왜 안 가세요? 약속을 해 놓고. 애들한테 그런 실례가 어디 있어요?"

뭐라고 말을 하기는 해야겠는데, 당신의 덫에 걸린 남자라고는 차마 말할 수가 없었다.

밤에 우는 까치

오늘날에도 심령학자, 심지어 과학자들까지도 인간은 영과 육으로 창조되어 있어서 육신은 유형 실체 세계에서 살게 되어 있으며, 영인체는 무형 실체 세계에서 살게 되어 있다고 믿고 있다.

"깍깍! 깍깍!"

아닌 밤중에 뒷동산 대나무 밭에서 까치 우는 소리가 들렸다. 잠결에 어렴풋이 들은 소리라서 환청(幻聽)인가 싶기도 하고 귀를 의심할 정도로 꿈속인 듯 아련하기만 했다.

아침에 우는 까치는 기쁨과 반가운 소식을 전해 주는 길조로 여기지만 밤중에 우는 까치 소리는 흉사로 여긴다. 날이 밝아지자 지난 밤에 대나무 밭에서 까치가 울었다는 소문이 온 마을에 쫙 퍼져 있었다.

좋은 소식보다도 나쁜 소식일수록 더욱 빨리 퍼진다. 까치 우는 소리를 직접 들은 사람은 물론 듣지 못한 사람이거나 긴가민가 확실치 않은 사람들까지도 누구에게 질세라 떠들어댔다.

"밤중에 까치가 울면 생피(근친상간)가 난디어."

"아암 그렇제."

"뉘 집에서 난 기여. 짐작이 가남?"

"그걸 누가 알어, 한밤중에 이불 속에서 일어난 일을. 하늘이나 땅이나 알제."

우물가에 모여 앉은 아낙네들이 집에 들어갈 생각은 않고 저마다 한마디씩 지껄인 말이다. 조용하기만 하던 산골 마을에 빅 뉴스가 아닐 수 없다. 안방에서도 사랑방에서도 두셋만 모이면 그 이야기뿐이다.

"누군지는 몰라도 밝혀지기만 허면 이 동네에서 못살게 멀리 쫓아 버려야 혀."

"그걸 말이라고 허남. 꼬뜨레(코뚜레)를 씌워서 조리를 돌려야 혀."

"우리 동네에서만 히여서는 안 된당께. 읍내 장터에 나가서 조리를 돌려야 헌당께."

"그나저나 누가 누구를 붙어먹은 거여?"

"집히는 디가 있긴 있는디 학실허게 본 것도 아닌디 으떻게 말을 헌당가?"

"허긴 그려. 나라고 집히는 디가 왜 없간디."

소문은 꼬리에 꼬리를 물고 연달아 일어났다. 서로들 꼭 집어서 말은 하지 않았지만 이심전심으로 삼룡이에게로 화살이 던져지고 있었다.

"아 글씨, 지 형 이룡이가 구루마(우마차)를 끌고 읍내 가는 날은 삼룡이가 형수 방에 들어가서 나오지를 않는디야."

"그건 나도 봤응께. 바느질하는 지 형수 무르팍을 비고 누워서 장난을 치더라고."

봉송(封送)은 덜고 말은 보탠다고 했던가. 있는 말 없는 말이 파다하게 퍼지고 있었다.

그날도 둘째형인 이룡이가 마차에 나무를 가득 싣고 읍내로 팔러 갔는데 웬일인지 밤이 깊어서도 돌아오지를 않았다. 그래서 큰형인 일룡이가 삼룡이더러 외딴집에 작은형수 혼자 집에 있기가 무서울 테니 네가 가서 같이 집을 보라고 보냈는데 고양이한테 생선을 맡긴 꼴이 되어 버리고 말았다.

이제는 사실이듯 사실이 아니듯 변명의 여지가 없게 되자 당사자들은 아니라고, 생사람 잡지 말라고 우겼지만 소용이 없었다.

"아니면 아닌 밤중에 까치가 미쳤다고 울겄어? 쓰잘데기없는 소리 허덜 말어."

"두 연놈을 잡아다가 멍석말이를 히야 혀."

마치 두 사람 사이에서 필연적으로 생피가 나도록 되어 있는 것처럼 떠들어대니 더 이상 버티지 못하고 삼룡이가 마을에서 자취를 감추었다. 물론 그 형 이룡이도 창피해서 못살겠다며 행방을 감추었다. 그렇게 되자 소문을 그대로 시인하는 셈이 되어 버리고 말았다.

"그러면 그렇지. 아니 땐 굴뚝에서 연기 나남."

"그나저나 시집온 지 일년도 안 된 새댁이 난처하게 됐지 머."

"난처하긴 머시 난처혀. 상판때기에 쇠가죽을 뒤집어썼더구만."

"그렇지만 어쩔기여. 힘센 사내가 갑자기 덤벼들면 꼼짝없이 당허제."

일부에서는 동정론도 없지 않았지만 그 새댁도 어느 날 소식이 묘연했다. 친정으로 갔을 거라고 했지만 친정에서도 소식을 모르고 있었다. 시동생인 삼룡이와 눈이 맞아 같이 도망갔을 거라고도 했고, 시어머니는 시어머니대로 욕을 퍼부었다.

"썩을 년이 어디 가서 뒤져나 버리지. 어디로 도망간기어."

그런데 그 시어머니의 저주는 적중했다. 목화밭으로 가는 외딴 곳에 조그마한 방죽이 하나 있었는데, 그 방죽 머리에서 가지런히 벗어 놓은 새댁의 신발이 발견되었다.

마을 사람들이 모여서 시신을 인양했고 당골(무당)이 나서서 넋을 건져 올리는 굿을 했다. 사람이 물에 빠져 죽으면 그 넋이 그 자리를 떠나지 못하므로 무당을 통해 그의 넋을 건져 좋은 곳으로 인도하기 위해 그 자리에는 닭을 물 속에 빠뜨려 죽게 한다.

넋을 건지는 방법은 대나무 소쿠리에 끈을 매어 방죽 속에 집어넣고 밤새도록 굿을 하고 새벽에 그 대나무 소쿠리를 꺼내면 그 소쿠리 안에 죽은 사람의 머리카락이 올라오는데 그 머리카락을 죽은 사람의 넋이라고 한다. 그렇게 하지 않으면 물귀신이 그곳을 떠나지 못하고 배회하다가 많은 사람이 그 방죽에서 빠져 죽게 된다고 믿고 있었기 때문이다.

오늘날에도 심령학자, 심지어 과학자들까지도 인간은 영과 육으로 창조되어 있어서 우리 육신은 유형 실체 세계에서 살게 되어 있으며, 영인체는 무형 실체 세계에서 살게 되어 있다고 믿고 있다. 그때만 해도 무속신앙이 깊게 뿌리내리고 있었으므로 그 시절에 무당의 권위는 거의 절대적이었다.

지금도 민속학자들은 무속은 미신이 아니고 우리 민족의 뿌리 깊은 신앙이라고 소리를 높이고 있다.

새댁의 시신은 이주암골의 양지바른 곳에 안장되었는데, 새댁의 무덤가에 삼룡이가 죽은 시체로 발견되기는 그로부터 몇 해 후의 어느 따뜻한 봄날이었다.

모닥불

모닥불에서 새어 나오는 연기가 눈을 아리게 했다. 그래도 자리를 뜨지 못하는 것은 모닥불의 따스함만이 아니라 현희의 체온을 느끼고 있었기 때문인지도 모른다.

"선생님, 저하고 같이 가셔요. 저 힘들어 죽겠어요."

현희가 하이힐을 신고 힘겹게 따라오면서 하는 말이다.

"그럼 그러지. 미인께서 같이 가자는데 싫다고 할 수는 없지."

"선생님, 놀리지 마세요. 저 미인 아니에요."

"현희가 미인이 아니면 이 세상에 미인은 하나도 없게?"

"저 같은 게 미인이라면 이 세상에 미인 아닌 사람 하나도 없게요?"

"그렇게 힘이 들면 업어 줄까?"

"솔직히 업어 달랠 수는 없구요, 손이나 좀 잡아 주세요."

"손을 잡아 줘? 누가 보면 어쩔려구?"

"누가 보면 어때요. 아버지 같기도 하고, 그리고 선생님이신데."

"애 현희야, 남자는 다 늑대야. 너 조심해."

옆에 따라오던 미정이가 끼어든다.

"그럼, 선생님도 늑대라는 거야?"

"선생님이라고 예외일 수 있어. 선생님도 남자신데. 제 말이 맞지요, 선생님?"

"늑대는 아닐지 모르지만 그럴 가능성이 있을지도 모르지."

"그래서요?"

"조심하라는 뜻이지."

"선생님이 늑대가 되어 주었으면 좋겠다."

"그건 왜?"

"선생님은 늑대가 되어 달라고 빌어도 될 수 없을 것 같아서요."

"그렇게 숙맥으로 보이니?"

"숙맥으로 보이는 게 아니구요, 고상해 보여요. 그리고 바보스럽구요."

"……."

"꼭 화담 선생 같애."

"현희는 황진이 같고?"

벌써 날이 어두워지고 있었다. 퇴계원 근방의 마로니에 노천 다방에서는 모닥불이 활활 타오르고 있었다. 사랑하는 연인들이, 꼭 사랑하는 연인이 아니라도 이곳에 찾아와서 따끈한 차 한잔 마시며 추억을 만든다.

지난 1월 어느 날, 그날도 바깥 날씨는 꽤 추웠지만 분위기 있는 곳에 가서 차 한잔 마시자는 현희를 따라서 찾아간 곳이 마로니에였다. 도시 한복판의 고급 레스토랑이나 커피숍이 아닌 통나무 의자 앞에 모닥불을 피워 놓고 젊음과 사랑과 인생의 낭만을 불태우는 노천 다방이었다.

등허리에서는 찬바람이 스며들어도 모닥불의 열기로 젊은 얼굴들이 활활 달아올랐다. 꺼져 가던 내 가슴속의 모닥불도 다시 타올라서 마지막 찌꺼기까지 사르어 갔다.

밤하늘의 별들도 등허리가 몹시 추운지 모두 웅크리고 있는데, 우리는 추위를 모르고 모닥불의 열기보다도 더 뜨겁게 노래를 불렀다.

어느 틈에 준비했는지 은박지에 싸서 모닥불에 구워 낸 고구마를 내 앞에 내밀었다. 검은 숯덩이처럼 새까맣게 탔지만 그 속은 노랗게 익어서 먹음직스러웠다.

은박지를 벗겨 내고 뜨끈뜨끈한 군고구마를 입천장이 벗겨지도록 정신없이 먹는 맛이란 천하의 일미였다. 입가에는 모두 숯검정으로 범벅이 되었다. 빨간 립스틱의 현희 입술도 숯 범벅이 되어 있었다.

모닥불에서 새어 나오는 연기가 눈을 아리게 했다. 그래도 자리를 뜨지 못하는 것은 모닥불의 따스함만이 아니라, 현희의 체온을 느끼고 있었기 때문인지도 모른다. 팔짱을 끼고 옆에 기대 앉은 현희가 속삭이듯 말문을 열었다.

"선생님, 이 순간처럼 행복을 느껴 본 적이 없었던 것 같아요."

"……."

"제가 세 살 때 아버지가 돌아가셨기 때문에 아버지의 얼굴을 기억 못해요. 이 나이 되도록 아버지를 얼마나 애타게 그리워했는지 모르실 거예요."

"애 현희야, 선생님하고 연애하니? 잘 해 봐!"

미정이의 질투 섞인 말에 현희도 지지 않고 맞선다.

"그래, 나 선생님 애인 할래."

"애, 소크라테스가 뭐랬는지 아니?"

"너 자신을 알라."

"알긴 아는군."

별똥이 겨울 밤을 길게 수놓으며 하늘 끝자락으로 사라진다.

그때도 그랬다. 벌써 얼마나 많은 긴 세월이 흘렀는가. 충남 청양으로 농촌계몽 운동을 나갔을 때, 순주라는 처녀가 밥풀이 묻어 있는 찐고구마를 신문지에 싸 들고 와서는 야학이 끝나면 슬그머니 놓고 가곤 했었다. 배고픈 시절이었으므로 체면도 가리지 않고 허기를 메웠었다.

그녀는 몹시도 수줍어하고 말이 없었다. 지금 그 얼굴은 떠오르지 않지만 눈이 유난히 컸던 것으로 기억된다.

지금은 중년을 넘어서 어쩌면 할머니가 되었을지도 모르지만 얌전히 땋아 내린 댕기 머리와 화장기 하나 없는 청순함과 수줍어 말 한마디 못하던 얌전하기만 했던 그녀의 잔상이 뇌리를 스친다. 찐고구마와 군고구마, 순주와 현희……. 눈을 감고 생각에 잠긴다.

"선생님, 무슨 생각을 그렇게 하세요?"

"아무 것도."

"저는 속이지 못해요."

"무엇을?"

"옛날 애인 생각했나 보다. 맞지요, 선생님?"

인간은 영물이라고 했던가. 순간적으로 어떤 느낌을 감지한 것일까. 못된 짓 하다가 어른에게 들킨 아이처럼 얼굴이 확 달아올랐다. 모닥불의 열기만은 아니었다. 어둠 때문에 달아오른 내 모습을 눈치채지 못했으리라 생각하니 다행이라는 생각이 들었다.

나이를 먹지 않으려 해도 세월은 이를 용납하지 않는다. 몸은 비록 늙어 가고 있을지라도 마음은 젊은 것을. 밤이 깊어짐에 따라 활활 타오르던 모닥불도 사위어 가는데 사위어 가던 가슴속의 모닥불이 다시 일기 시작함일까.

밤이 이슥해서야 촉촉이 젖어 있는 현희의 손을 잡고 통나무 의자에서 일어났다. 어둠이 가득한 빈 공간에 모닥불 하나로는 온 밤을 모두 밝힐 수 없을지라도 그래도 모닥불은 타고 있으리라. 그리고 내 가슴속의 모닥불도 꺼지지 않으리라.

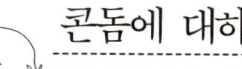

콘돔에 대하여

일부다처제인 인도네시아에서는 능력만 있으면 얼마든지 부인을 거느릴 수 있다. 이곳 여인들에게는 혼전 관계가 그다지 중요하지 않다. 그리고 둘째 부인이 되든 셋째 부인이 되든 상관하지 않는다.

인도네시아는 1973년에 우리 나라와 수교한 나라이다. 수교한 지 얼마 되지 않아서 우리 나라의 새마을운동을 도입하면서 적극적인 협조와 지원을 약속하였다. 그 중의 하나가 가족계획 사업이었다. 그래서 인도네시아 정부는 우리 나라에서 가족계획 홍보 요원을 불러들였다.

동남 아시아의 진주 목걸이라고 불리는 인도네시아는 인도양과 태평양을 가르면서 동서로 길게 뻗은 세계 최대의 도서 국가이다. 총 면적이 192평방km로 우리 한반도의 8.5배가 된다. 세계에서 아홉 번째로 큰 나라이다. 인구는 1억8천만으로 세계에서 다섯 번째로 많다.

기하 급수로 늘어나는 인구 억제 정책으로 가족계획 사업을 먼저 도입했는지도 모른다. 우리 나라 가족계획 홍보 요원은 콘돔을 가지고 들어갔다고 한다. 홍보 요원은 인도네시아의 농촌과 산간 벽지를 돌아다니면서 가족 계획의 필요성을 강조하고 콘돔의 사용법을 가르쳐 주는 데 애를 먹었다고 한다.

우리나라에서 건너간 홍보 요원은 미혼 간호사였는데 자신도 콘돔을 사용해 본 경험이 없는 간호사는 설명이 궁할 수밖에 없었다. 가장 큰 원인은 언어의 장벽이었다. 인도네시아는 1만 3천 7백여 개의 도서 국가이면서 그들이 사용하고 있는 언어만 해도 3백여 개가 넘는다.

같은 인도네시아 사람끼리도 언어가 통하지 않는데 하물며 외국 사람과 의사를 소통하기란 쉬운 일이 아니었다.

농촌에 들어간 우리 홍보 요원은 마을 부인들을 한자리에 모이게 한 후 콘돔 사용법을 교육하였다. 언어가 통하지 않으므로 궁여지책으로 대나무 울타리의 대나무를 가져와서 그 대나무 끝에 콘돔을 끼웠다. 말로 설명을 할 수 없는 간호사는 손짓 발짓을 해 가며 이렇게 하면 임신이 되지 않기 때문에 가족 계획에 성공할 수 있을 거라고 했다. 설명을 마친 간호사가 이해가 되느냐고 묻자 모두들 고개를 끄덕이면서 수긍하였다.

그리고 나서 일년 후에 다시 그 마을을 찾아갔더니, 그 마을 부인들이 모두 몰려와서 죽일 듯이 덤벼들면서 항의를 했다고 한다. 이유인즉, 지난해 그가 나누어 준 콘돔을 하나도 버리지 않고 시킨 대로 울타리의 대나무에 모두 끼웠는데도 임신이 되었다는 것이다. 아닌게 아니라 부인들이 배가 부른 상태에서 시위를 한 셈이었다.

대나무 끝에 끼워져 있는 빛 바랜 콘돔을 보며 웃음이 나왔지만 웃을 수도 없고 그렇다고 울 수도 없는 난처한 입장이었다는 어느 간호사의 이야기다.

물론 의사가 소통되지 않는 언어의 불편으로 웃지 못할 일이 그렇게 전개된 일이라고 생각된다. 나중에야 안 일이지만 그들은 하나의 부적으로 생각했었다고 한다. 다신교를 믿는 그들에게는 어쩌면 당연한 일이었는지도 모른다.

인도네시아의 수도 자카르타에는 약 3천여 명의 우리 교민이 살고 있는데, 영주권이나 시민권이 나오지 않기 때문에 모두 관광 비자로 머물고 있다. 그렇기 때문에 일년에 한 번은 꼭 한국을 다녀가야 하는 불편함이 있다.

이곳에서는 아무리 작은 사업, 심지어 구멍가게를 하더라도 외국인 단독으로는 할 수가 없다. 인도네시아 사람과 합작을 하든지 이름을 빌려야 할 수 있다.

이곳 남자들은 못생긴 편이지만 여자들은 눈이 크고 살갖이 가무잡잡한 것이 퍽 매력적이다. 외교관이나 기업의 주재원들은 가족과 함께 왔기 때문에 큰 문제가 생기지 않지만, 혼자 건너온 근로자들은 이곳 여자들과 더러 접촉을 하게 되는데, 잘못 건드렸다가 결혼 약속이라도 하게 되면 꼼짝없이 그 여자의 노예가 되고 만다. 아무리 싫어도 7년 동안은 의무적으로 그 여자하고 같이 살아야 한다. 이 나라 법이 그렇게 되어 있다고 한다. 뿐만 아니라 보통 이삼십 명씩 되는 친정 떼거지들도 책임져야 한다.

일부다처제인 이 나라에서는 능력만 있으면 얼마든지 부인을 거느릴 수 있다. 이곳 여인들에게는 혼전 관계가 그다지 중요하지 않으며, 둘째가 되든 셋째가 되든 가리지 않는다. 다만 자신의 일신이 편하고 인생을 즐길 수 있으면 만족하며 살아간다.

일리안쟈야는 인도네시아에서도 오지로 알려져 있다. 조사에 의하면 70명의 부인을 거느리고 있는 추장이 있었는데, 능력만 있으면 신부의 아버지에게 돼지 새끼 세 마리만 주면 부인으로 맞아들일 수 있다. 이곳에서는 능히 있을 수 있는 일이다.

자카르타의 우리 교민들도 다른 외국 주재원들과 마찬가지로 두세 명의 가정부를 두고 생활한다. 물론 혼자서도 할 수 있는 일이지만 힘들게 일을 하지 않으려 한다. 아이 보아주는 가정부가 따로 있고 청소만 하는 가정부가 따로 있다. 밥하는 가정부, 반찬 만드는 가정부, 시장 봐 오는 가정부, 빨래하는 가정부 등 10여 명의 가정부를 거느리고 살아가는 집도 있다고 한다.

내일을 걱정하지 않는다. 오늘 편하고 만족하면 된다. 지극히 낙천적이다.

이런 사실을 알게 된 후부터는 우리 근로자들이 결혼 약속을 하지 않을 뿐 아니라 신분도 밝히지 않는다고 한다. 그런데 신분을 모르더라도 한국 사람과 교제를 한다는 그 자체가 그들에게는 큰 영광으로 생각되기 때문에 그런 줄 알면서도 기꺼이 따르는 게 이곳 여자들이다.

한국 사람과 교제를 하다가 아기라도 생기게 되면 그 남자가 누구인지도 모르면서, 다만 한국 사람이라는 이유만으로 영광으로 생각한다. 그들은 한국과는 달리 사생아 취급을 하는 게 아니라 축복이라 생각하고 친정 어머니를 불러다가 떳떳하게 그 아이를 기른다.

이와 비슷한 이야기로 에스키모인들은 북극지방을 찾아온 탐험가나 여행객을 자기 집에 머물게 하고는 젊은 여인과 합방을 시킨다. 딸이건 며느리이건 가리지 않는다. 그들은 낯선 손님과 동침을 하게 한 후 떠나게 하는 풍습이 최대의 예의라고 생각하기 때문이다.

국적이 어디인지 이름이 누구인지 알 필요도 없다. 다만 건강한 남자의 씨앗만 얻으면 된다. 사람이 귀한 북극에서는 그렇게라도 해야 근친상간을 피하면서 건강한 종족이 유지될 수 있다. 종족보존을 위해서 그럴 수밖에 없다는 이야기다.

지구상에는 인구 억제 정책을 쓰는 곳이 있는가 하면 종족 보존을 위한 필사의 노력을 하는 곳도 있다는 사실을 알 수 있다.

가족계획 홍보 요원이 다시 찾아가지 못한 인도네시아의 어느 두메 마을에는 지금도 울타리의 대나무 끝에 빛바랜 하얀 콘돔이 끼워져 있을지 모른다. 그리고 아침 저녁으로 콘돔 앞에 엎드려 신주 모시듯 두 손 모아 정성들이며 빌고 있을지도 모른다.

미치고 환장허것당께요

싱가포르에는 중국 사람이 많이 살고 있어서 재미있게 들리는 말이 많다.
형을 '따거'라고 하고 아침식사 하셨습니까를 '니씨발늠아'라고 한다. 그럼
조형 아침식사 하셨습니까를 싱가포르 말로 하면 뭐가 될까?

"가이드 선상님, 질문 있는데요."

"무슨 질문인데요?"

"물어봐도 돼요?"

"무엇이든 물어 보세요."

"화장실에서 봤는데요."

"무얼 봤길래요?"

"남자 화장실인데요."

"남자 화장실에서 무얼 봤어요?"

"그걸 청결히 하래요."

"그게 뭔데요?"

"내 참, 오해하지 마세요."

"그래에."

"보지(保持) 청결하래요."

"그걸 몰라서 물었어?"

34

"남자 화장실에 왜 그걸 써 붙여 놓았지요?"

"여자 화장실에도 써 붙여 놓았는데요."

"그게 무슨 뜻인데요?"

짓궂은 K씨가 그 뜻이야 어떻든 우리 발음으로는 차마 입에 담기 어려운 말을 용기를 내어 가이드 미스 김에게 장난기 섞어 물어 본 것이었다.

스물일곱이라고 스스로 나이를 밝힌 가이드 미스 김은 그런 말에는 너무도 능숙해져 있는지 얼굴색 하나 변하지 않고 생글생글 웃으면서 여유 있게 대답했다.

적반하장이라고 했던가. 30대 중반의 중년 남자 K씨는 경어로 묻고 있는데 20대의 젊은 아가씨 미스 김은 애교 있는 반말이다. 반말이 애교가 있는지라 불쾌하지 않고 오히려 귀엽게 느껴졌다.

"그것도 몰라?"

"정말 모른당께요."

질문한 K씨는 전라도 사투리로 느글거렸다.

"내 입에서 무슨 말 나오기를 바라고 하는 말이지?"

"무슨 말이 나오든 상관없어요."

"保持淸潔이란 그곳을 깨끗이 하라는 뜻이야. 이제 학실이 알아들었어요?"

"왜 그런다요?"

"나 아직 처녀라서 잘 모르겠어. 집에 가거든 마누라한테 물어 봐요."

"집에 갈 시간은 없고 여기서 지금 알고 싶은데요?"

"여러분, 싱가포르에 오신 것을 환영합니다. 오신 기념으로 싱가포르 報紙 하나 구해 드릴까요?"

"좋지요."

대답한 사람은 역시 K씨다.

"새 報紙 구해 드릴까요, 헌 報紙 구해 드릴까요?"

"이왕이면 새 報紙 구해 주세요."

"새 報紙는 헌 報紙보다 훨씬 비싼데요."

"비싸더래도 새 報紙 구해 주세요. 집을 떠난 지가 일주일이 넘었어요."

"그렇게 급해요?"

"미치고 환장허겄당께요."

"지금 당장 구해 주지."

"여기서 어떻게 하라고?"

"오늘 아침 방금 나온 싱가포르 새 報紙 여기 있어요."

"에이, 그건 신문이잖아요?"

"예, 맞아요. 이게 싱가포르 報紙예요."

"에이, 그럼 좋다 말았잖아."

"싱가포르에는 중국 사람이 많이 살고 있어서 재미있게 들리는 말이 많이 있어요. 감사합니다를 쎄쎄, 안녕하세요를 니하우마, 형을 따꺼, 아침식사 하셨습니까를 니씨발늠이라고 해요. 조형 아침식사 하셨습니까를 싱가포르 말로 해 보세요."

모두들 입 속으로 외어 보고 있었다. 그때 문제의 그 K씨가 국민학교 교실에서처럼 손을 번쩍 들고 일어섰다.

"할 수 있어요?"

"예, 할 수 있습니다."

"그럼 어디 한번 해 보세요."

"좇따꺼 니씨발놈아."

크고 당당하게 외쳤다. 그러자 차내에 있던 일행들이 박장대소를 했다.

"맞았어요. 그걸 항상 깨끗이 따끄세요, 여러분."

뒤에서 수군거리는 소리가 들렸다.

"저건 여자가 아니야. 처녀는 더더욱 아니구."

귓속말로 하는 그 말을 귀 밝은 가이드가 들었나 보다.

"맞아요, 저 여자 아니에요, 여우예요. 그것도 백년 묵은 구미호. 꼬리 보이지 않아요?"

"아가씨 미안해. 우리끼리 한 소린데."

"먹고 살자니 힘이 든답니다. 때로는 여우도 되어야 하고 늑대도 되어야 하고, 시집가기는 다 틀렸나 봐요."

"옛날부터 안 듣는 데서는 나라님께도 욕을 한다는데 못 들은 걸로 해 주어."

점잖은 R씨의 말이다.

"저의 직업인걸요 뭐. 여러분, 오늘 오전 인도네시아의 바탐섬에서 소똥볶음 먹어 봤지요? 맛이 어때요?

한국의 식당에서도 소똥볶음이 나오나요?"

"맛 좋던데요."

"그러면 또 하나 물어볼게요. 인도네시아의 자궁 맛이 한국의 자궁 맛하고 어때요?"

"그건 한국의 자궁 맛이 훨씬 낫지요."

"어떻게 나은지 비교가 되던가요?"

"한국의 자궁 맛은 쫄깃쫄깃하고 감칠맛이 나는데 인도네시아의 자궁 맛은 푸석푸석하고 감칠맛이 전연 없어요."

열심히 메모를 하고 있던 P씨의 대답이다.

즉 첫째 질문은 한국의 오징어 볶음하고 인도네시아의 오징어 볶음의 차이점을 물어 봤고, 두 번째는 한국의 옥수수 맛과 인도네시아의 옥수수 맛을 물어 온 것인데, 듣는 사람으로 하여금 야릇한 뉘앙스를 풍겨 주는 외국어 단어들이다.

외국 여행을 하면서 느껴져 오는 언어의 장벽은, 우리들에게 헤프닝도 주지만 불편함을 주는 때가 더 많다. 이 지구상에 하나의 언어로 통일이 되는 날이 찾아올까 하고 엉뚱한 생각을 해 본다.

초록 밤에 지는 꽃잎

시위를 하다가 끌려가서 고통당하느니 차라리 죽음을 택하는지 모르지만 많은 젊은이들이 스스로 목숨을 끊으면서 집권자의 각성을 촉구한다. 하지만 이러한 행위는 죽는 사람만 불쌍할 뿐이다.

안양시가 생긴 이래 최대 규모의 군중 시위가 있었던 날이다. 서울을 비롯하여 안산과 수원 등지의 대학생들이 이곳 안양의 시위에 가담하기 위해 원정을 왔다. 대도시마다 열병처럼 시위를 하고 있을 때마다 이곳 안양은 조용하다 했는데 드디어 시위가 시작되었다.

어쩌면 안양의 젊은 학생들의 자존심인지도 모른다. 그러나 시위는 시위로 끝나는 게 아니라 또 하나의 피할 수 없는 전쟁이었다. 수많은 사상자가 생기고 공공건물이 화재를 당하는 게 요즘의 시위 양상이다.

그러한 시위가 안양에서도 행해진다면 젊은 학생들에게는 자존심일지 모르지만 많은 시민들이 불안에 떨지 않을 수 없다. 한편 호기심이 없지도 않지만 구태여 자존심이라면 시위를 하는 척하고 조용히 끝내 주었으면 하는 마음이기도 했다.

수많은 군중이 휩쓸고 간 폭 50m나 되는 대로에는 전단지와 휴지 조각이 강풍에 날리는 낙엽처럼 이리저리 제멋대로 흩날리고 있었다. 시위가 진행되는 동안에는 무서워서 밖으로 나오지 못하던 시민들이 시위가 끝나고는 하나 둘 나타나서 전단지를 주워 들고 내용을 훑어보다가 아무 생각 없이 길가에 던져 버린다. 나와는 상관없는 일이라고 생각하는 모양이다.

밤이 깊어지면서 시위 군중은 최루탄에 못 이겨 뒤로 밀리기 시작했다. 준비했던 화염병도 재고가 바닥이 난 모양이다.

맨손으로는 대항할 수가 없었는지 보도 블럭을 깨뜨려 무기로 사용했다. 그 옛날 임진왜란 때는 왜군의 조총에 대항하여 행주치마로 돌을 날라다가 그 돌을 사용하여 크게 이겼다는 행주대첩이 있지만, 오늘의 상황은 그때와는 사뭇 다르다.

중무장한 병력 앞에서는 보도 블럭의 팔매질이 아무런 위력도 발휘할 수 없다는 사실을 알면서도 한번 대항해 보는 데 불과하다. 민의가 살아 있음을 보여주기 위함인지는 모르겠지만 계란으로 바위를 깨뜨릴 수는 없다.

아무리 계란이 많아도 계란 자체만 깨질 뿐이다. 방패와 최루탄을 앞세운 병력은 한 발 한 발 시위 군중 앞으로 다가와서 미처 피하지 못한 시위대를 붙잡아 갔다.

체포령이 내린 모양이다. 붙잡혀 가지 않으려고 발버둥을 치지만 둔기로 얻어맞고는 개 끌려가듯 질질 끌려가서는 철창으로 개조한 버스 안으로 실려졌다.

시위를 하던 군중 일부는 골목 안으로 숨어 버리고 주력부대는 쫓기면서도 수암천 위의 교통 초소에 불을 지르고는 저 멀리 안양대교 쪽으로 밀려가 버렸다.

전쟁이 할퀴고 간 폐허와 조금도 다를 바 없었다. 정적만이 감돌았고 이미 쓰레기가 되어 버린 전단지가 아스팔트 한가운데서 봉화처럼 여기저기서 불타고 있었다.

청소부들이 쓰레기 분량을 줄이기 위해 태워 버리는 모양이다. 소방차가 달려와서 도로에 물을 뿌리면서 청소를 했다.

최루탄 가스로 꽉 차 있는 도시를 소방차에서 뿌리는 물로 깨끗이 씻어내리고 있었다. 그러자 이 골목 저 골목에서 흘러나오던 재채기가 멎기 시작했다. 길바닥에 널려 있는 깨진 보도 블럭의 잔해는 동원된 트럭이 어디론지 실어 갔다. 일단 겉으로는 평온이 찾아온 듯했다.

시내버스가 끊어진 지 오래다. 미처 귀가하지 못한 시민들이 평소의 몇 배나 되는 웃돈을 주고 택시를 잡으려고 이리 뛰고 저리 뛰지만 택시 잡기가 하늘의 별 따기다.

택시 잡기의 치열한 경쟁이다. 평소에 없었던 초여름 밤의 진풍경이다. 그 치열한 시위 중에 많은 부상자를 냈을 뿐 아니라 수백 명의 학생들이 붙잡혀 갔다. 붙잡혀 간 사람은 시위에 가담한 경중에 따라 훈방 또는 재판을 받게 된다고 한다.

이 나라의 민주화를 위하여 투쟁하다가 투옥된 동료를 위하여 시위를 하지만 시위를 하다가 또 붙잡히게 된다. 역부족이다.

끌려가서 고통을 당하느니 차라리 죽음을 택하는지 모르지만 많은 젊은이들이 스스로 목숨을 끊으면서 집권자의 각성을 촉구한다. 하지만 이러한 행위는 죽는 사람만 불쌍할 뿐이다. 젊은 주검을 보면서 그것을 깨달을 수 있는 양심이 살아 있다면 그렇게 무모한 짓을 하겠는가.

이 세상의 모든 피조물은 창조주의 뜻에 의해 나고 죽고 또 존재한다. 사람 역시 누구나 이 세상에 태어날 권리를 가지고 태어났다.

사람으로 태어남이 창조주의 뜻이요, 자기만이 향유할 수 있는 개체의 개성을 향유한다. 사람은 창조주의 뜻에 의해 태어나고 그 뜻에 의해 죽을 때 천수를 다했다고 한다.

그러므로 목숨은 내 목숨이 아니요 창조주에 속하여 있다는 것을 알아야 한다. 스스로 목숨을 끊으면 죄악이요 살인 행위이다. 천수를 다해도 백년을 넘지 못하는 인생인데 하나밖에 없는 목숨을 왜 그리도 헤프게 다루는가. 우리의 목숨은 하나밖에 없다. 즉 하나의 여유분도 없다는 이야기다. 이 나라의 민주화도 좋고 열사도 좋다. 살아서 투쟁하여 소기의 목적 달성을 위하여 최선을 다하자.

옛말에도 죽은 정승보다는 살아 있는 강아지의 삶이 낫다고 했다. 내 목숨은 나 스스로 지킬 줄 알아야 한다.

요즘 며칠 사이에 분신 자살하는 젊은이가 전국 각지에서 전염병처럼 확산되는 현실을 보면서 안타까워서 하는 말이다.

피지도 못한 꽃봉오리가 그렇게 떨어져서야 되겠는가. 물론 우리 기성세대의 책임이 크다는 사실도 인정한다. 우리 기성세대는 무능하고 무기력하다. 무사 안일만을 추구하려는 현실은 한심스러운 일이 아닐 수 없다. 그러나 죽음으로써 대항하려는 용기라면 무엇인들 못하겠는가. 더 이상 우리를 아프게 하지 말라. 아무리 분하고 억울하고 살아가기가 힘들더라도 스스로 목숨을 끊어 삶을 포기하는 데에 박수를 보낼 수는 없다.

신부의 면사포인 양 화사한 목련 꽃잎이 초록 밤하늘에서 최루탄 가스에 질식하여 한 잎 두 잎 땅으로 떨어지고 있었다.

쑥도 모르는 여자

쑥도 모르는 여자, 그 여자를 쳐다보는 순간 시선이 마주쳤다. 그렇게 보아
서인지 핼쑥한 모습이긴 했지만 갸름한 얼굴에 화사한 웃음을 잃지 않고 있
었다. 나와 인사를 끝낸 그 여인은 쑥을 담은 조그만 비닐 봉지를 흔들면서
바람과 함께 사라졌다.

"저, 방해가 되지 않는다면 말씀 좀 여쭈어 보고 싶은데요?"

"무슨 말씀인데요?"

"쑥이 어떤 거예요?"

속으로 웃음이 나왔다. 쑥도 모르는 여자도 있구나 하는 생각이
들어서다.

"밟고 있는 게 쑥이오."

"먹는 쑥이에요?"

"예에. 그냥은 못 먹고 삶아서는 먹을 수 있지요."

"날로 먹는 쑥도 있나요?"

"그럼 있지요."

"아저씨 재미있으시다."

"쑥도 모르면서 쑥 캐러 왔어요?" (쑥도 모르면서 수캐 따라 왔어
요 하려다가 이 말은 하지 않았다.)

"약쑥은 어떤 거예요?"

"여긴 약쑥은 없고 참쑥만 있답니다."

"이 쑥 뜯어 가도 괜찮아요?"

"말리는 사람 없으니 많이 뜯어 가세요."

옷차림이나 말투로 보아서 이 근처 사람들은 아닌 것 같았다.

"마님들은 어디서 오셨나요?"

"마님이라뇨. 저희는 광명시에 사는데요, 들바람 좀 쐬려고 언니 따라 여기까지 왔어요."

광명시라는 말에 귀가 번쩍 뜨였다. 문학 수업을 같이 한 가까운 문우들이 살고 있는 곳이기 때문이다. 그렇다고 그런 사실을 밝힐 필요는 없다. 그리고 나는 농사꾼이면서 글을 쓰는 시인이라고 내세울 필요도 없다. 땀에 찌든 후줄근한 옷차림에 빛바랜 대나무 삿갓을 쓰고 흙투성이의 시커먼 손등으로 이마에 흐르는 땀을 닦으면서 말이다.

어쩌면 글줄이나 쓴다고 허세를 부리거나 잔재주를 부리는 글쟁이보다는 순박한 농부가 더 좋을지도 모른다.

"팔자 좋으시군요."

"죄송해요 아저씨. 도와드리고 싶어요."

"말씀은 고맙지만 하이힐을 신고는 삽질을 못합니다."

"농사일 하시는 데 힘드시지요?"

"힘이 드니까 젊은 사람은 모두 도시로 빠져 나가고 농촌이 텅텅 비어 있지요. 도시에 가서 막노동을 해도 하루에 오륙만 원은 버는데 농사일은 힘은 힘대로 들고 품삯은 고사하고 종자값, 농약값도 나오기 힘든 형편이랍니다."

"하지만 저는 형편이 되면 이런 곳에서 살고 싶어요."

"그건 꿈이지요. 이곳 생활이 이상처럼 그렇게 쉽지는 않답니다."

"제가 병약한 몸이라서 이런 곳에 와서 생활하면 건강해질 것 같아서요."

병약하다는 말에 그녀를 쳐다보는 순간 시선이 마주쳤다. 그렇게 보아서인지 헬쑥한 모습이긴 했지만 갸름한 얼굴에 화사한 웃음을 잃지 않고 있었다.

"공기 맑고 신경쓸 일 없고. 좋잖아요."

"저도 농사일을 할 수 있을 것같이 보여요?"

"누구는 농사일을 뱃속에서부터 배워 가지고 나오나요?"

"일도 하기 전에 쓰러질 것 같아서요."

"일을 잘하고 못하는 차이는 있을지언정 닥치면 다 하게 되지요. 운동장에 나가면 누구나 운동을 할 수 있듯이. 그러나 운동선수, 특히 대표 선수는 아무나 되는 게 아니지요."

"아저씨는 인생을 달관하신 분같이 보여요."

"원, 과찬의 말씀을. 모두 경험이지요. 거 있잖아요, 진인사 대천명이라고."

"가을도 아닌데 저렇게 빨간 단풍이 아름답네요."

"저 단풍을 노브라 단풍이라 부르지요. 브래지어를 하지 않아서 부끄러워 얼굴이 빨갛다는 뜻이에요."

"아저씨 참 재미있으시다. 또 무슨 나무가 있어요?"

"이른 봄 처녀의 가슴처럼 멍울이 생겼다가 사월이면 꽃 먼저 피고 잎이 나오는 백목련·자목련이 있고, 약재로 쓰이는 산수유·두충나무도 있고, 쥐똥나무·벚나무·느티나무가 있는가 하면 주목나무와 구상나무는 고급 수종에 속하지요."

"나무를 심으면 수익성이 좋은가 보지요?"

"수익성으로 심었다기보다는 나무는 정직하거든요. 오묘한 우주의 진리를 깨우쳐 준답니다."

"쌀 농사도 하시나요?"

"벼 농사는 하지 않습니다. 그러나 걱정이에요. 벼 농사하는 논을 마구 메워 집을 짓고 공장을 세우면 그만큼 농토가 줄어들고, 농토가 줄어들면 벼 수확이 줄어들 것은 뻔한 이치지요. 지금이야 수입하는 쌀이 훨씬 싸니까 별문제가 없겠지만, 먼 훗날 쌀 수입이 막힐 때가 오면 그때에는 어떻게 해야 할지. 후손에게 농토를 농토로 물려주지 못하고 집터로, 공장으로 물려준다면 그때에 후손들은 무엇을 먹고 살아야 할지 걱정됩니다."

"선생님 말씀을 듣고 보니 정말 걱정이네요."

갑자기 아저씨에서 선생님으로 호칭이 바뀌었다.

"지금은 쑥을 별미로 먹고 건강식품으로 애용되기도 하지만, 내가 어렸을 때만 하더라도 쑥으로 연명을 했지요. 쑥을 뜯어 말려 놓으면 한 겨울 식량이 되었고, 그게 모자라면 쑥대에서 마른 쑥을 뜯어다가 여물처럼 삶아 먹던 시절도 있었답니다. 요즘은 햇쑥을 뜯어다 상추쌈 먹듯이 쌈장에 날로 먹으면 각종 성인병과 암 예방에 좋다고 하더군요. 그리고 쑥은 모든 생물 중에서 생명력이 가장 강해요. 제2차 세계대전 중 일본의 히로시마와 나가사끼에 원자폭탄이 투하되었던 자리에 맨 먼저 쑥이 자라기 시작했고, 이후 몇 년 후에야 다른 잡초가 자라기 시작했다더군요."

"선생님은 무척 건강해 보이셔요. 백년을 사셔도 늙지 않으실 것 같아요. 쑥처럼 오래오래 사셔요."

"건강하다고 늙지 말라는 법 있나요. 세월이 지나면 누구나 다 늙어 죽게 되어 있어요. 이것이 창조주의 섭리이지요."

"건강을 생각하셔서 일도 적당히 하셔요."

"들바람이 그립거든 언제든지 찾아오셔요. 기다리는 사람이 없을지라도 산과 나무와 들바람이 항시 반겨 줄 겁니다."

"그럴게요. 오늘 많은 것을 배웠습니다. 그리고 도와드리지 못하고 방해만 드려서 죄송해요."

인사를 끝낸 두 여인은 쑥을 담은 조그만 비닐 봉지를 흔들면서 바람과 함께 사라졌다. 그녀들이 뭉개 버리고 떠난 쑥밭에서는 내일이면 또 새로운 쑥이 쑥쑥 돋아나겠지.

가슴이 큰 여자

가슴이 너무 커서 죽고 싶도록 고민하는 여자, 재산이 너무 많아서 아들에게 목숨을 빼앗긴 아버지. 세상의 이치는 공평하다고 하는데 인간의 욕망은 고르지 못한 때문일까.

"저는요, 가슴이 너무 커서 골퍼가 될 수 없대요."

갑자기 그녀가 던진 말이다.

"뭐라고?"

나는 의아하게 생각하면서 되물었다. 자신의 가슴이 크다는 말을 쉽게 할 수 있는 그녀의 다음 말이 궁금했는지 모른다.

"젖가슴이 너무 커서요 골프를 할 수 없다니까요. 참 제 직업이 캐디거든요. 구옥희 언니도 캐디 출신으로 지금은 세계적인 여류 골퍼가 됐잖아요."

한 톤을 높여 말하는 그녀의 뜻을 어렴풋이나마 짐작할 수가 있었다.

"언제 골프를 해 보았는데?"

"캐디를 하는 것보다 프로 골퍼가 되고 싶었는데 안 된대요."

"가슴이 너무 커서?"

여자의 가슴 이야기를 한다는 게 좀 쑥스러웠지만 그녀가 먼저 가슴 이야기를 꺼냈으므로 용기를 내서 물었다.

"네……."

"그렇게 큰 것 같지도 않은데?"

나는 호기심이 동해서 넌지시 말하면서 그녀의 가슴 쪽을 슬쩍 훔쳐보았다. 겨울 잠바 위로 솟아오른 볼륨에 얼굴은 저만큼 뒤에 있는 것 같았다. 자신의 가슴 이야기를 꺼낸 것이 부끄러워서인지 귀밑이 빨개지면서 말없이 고개를 숙였다.

"여자의 가슴은 클수록 아름답다고 하던데, 걱정하지 마."

"그건 선생님이 제 사정을 몰라서 그래요."

"모르긴 뭘 몰라?"

"아이 참 속상해 죽겠네. 이것 볼래요."

그녀는 하얀 잠바의 지퍼를 내리고 풍성한 앞가슴을 열어 보였다. 꼬옥 끼인 블라우스 단추가 떨어져 나갈 것만 같았다. 블라우스 속에 축구공 두 개를 감추고 있는 것일까. 손가락으로 꾹 누르면 풍선처럼 툭 터질 것만 같은 가슴. 나는 그녀의 속살을 본 것 같아서 민망하여 얼굴을 돌렸다.

그리고 생각했다. 얼마나 고민이 되었으면 저렇게 대담하게 행동할 수 있을까. 만난 지 불과 두 시간 남짓 되었는데, 아무리 철이 없기로서니 처음 보는 남자 앞에서 가슴을 열어 보이는 대담성에 놀라지 않을 수 없었다. 그런 식으로 남자를 유혹하는 직업여성인가, 아니면 좀 모자라는 여자인가 하고 생각도 해 보았지만 그런 의심은 조금 후에 모두 풀어졌다.

"저 미친 여자 아니에요. 선생님을 보는 순간 첫눈에 믿음직스럽다는 생각이 들어서 여자의 체면도 자존심도 버리고 하소연한 거예요. 하지만 초면에 너무 지나친 행동을 했구나 하고 후회하고 있어요. 용서하세요."

이름은 고민정, 고향은 충남 논산이라 했다. 부모가 계시지만 별다른 재산도 없고 건강도 좋지 않아서 근근이 여고를 나와서, 부모의 도움 없이 대학교에 가려고 캐디가 되었고, 지금은 대전에 있는 ○○야간대학에 나가는 23세의 여대생이라 했다. 어렵게 들어간 대학을 졸업하려면 캐디를 계속해야 하는데, 일반인의 인식이 좋지 않아서 불만이 많다고 한다.

낯선 남자와 묘령의 여인이 초원을 누비는 광경을 보고 좋게 보아주지는 않겠지. 그리고 골퍼와 캐디 사이에 불미스러운 일이 전연 없는 것도 아니겠지만, 말썽이 나기로 말하면 신성한 수도원에서도 종종 일어나지 않는가.

인간이란 어떻게 태어났느냐가 문제가 아니라 무엇을 위하여 어떻게 살았느냐는 그 결과가 중요하지 않을까. 따라서 어려움을 극복하고 최선을 다하는 삶이야말로 고귀한 아름다움이 아닐까.

대강 이런 내용의 내 이야기에 그녀는 얼마나 주의 깊게 들었는지 모른다. 그리고 잠시 생각에 잠겼다.

대개의 사람들은 큰 것을 원하고 많은 것을 바란다. 남자 목욕탕에 들어가 보면 남자의 심벌을 인위적으로 크게 한 것을 쉽게 볼 수가 있다. 누구를 위함인가, 아니면 과시인가. 왜소하다고 생각한 콤플렉스에서 벗어나려는 발악인가.

그러나 어떠한 경우이든 정상을 벗어난 모든 행위는 인간을 병들게 하고 기형을 만든다. 가슴이 너무 커서 죽고 싶도록 고민하는 여자, 재산이 너무 많아서 아들에게 목숨을 빼앗긴 아버지.

세상의 이치는 공평하다고 하는데 인간의 욕망은 고르지 못한 때문일까. 얼마나 침묵이 흘렀을까.

"그까짓 골퍼가 안 되면 어때. 캐디로 만족하면 되지."

"그래도 제 꿈이었는데."

"가슴을 크게 해서 더욱 돋보이게 하려고 성형수술을 하는 여성들도 많다는데 수술을 하지 않고도 비너스처럼 크고 아름다운 가슴을 소유한 민정이는 오히려 행복한 사람이라고 생각해. 그리고 하나님과 부모님께 감사하는 마음으로 살아야지."

"정말 그렇게 생각하세요?"

"그럼 정말이지 않고."

조금은 위로가 되었는지 그녀의 얼굴이 해맑아졌다.

"가슴이 커서 골퍼가 될 수는 없을지 모르지만 골퍼가 인생의 전부는 아니잖아. 시집가면 남편한테 사랑받고 애기 낳으면 우량아로 키울 수 있고, 그보다 더 좋은 일이 어디 있겠어."

"선생님, 직업에는 귀천이 없다고 했나요? 캐디보다 더 힘든 일일지라도 우선은 학교를 졸업하고 더욱 열심히 살겠어요. 위로의 말씀 고맙습니다. 참, 시인이라고 하셨나요. 좋은 시 많이 쓰세요. 민정이, 저 고민정이가 빌어 드릴게요."

어느덧 정이 들었는지 애인 같기도 하고 딸아이 같기도 한 그녀의 티없이 맑은 눈가에 이슬이 맺히고, 미소짓는 입가에 노을이 부지지 타고 있었다.

시인이 되고 싶어요

"시인이 되려면 우선 인격을 갖춘 인간이 되어야 해. 문학의 장르가 다 그러하지만, 특히 시인은 인격과 품위를 갖추어야 한다는 거지. 시는 진실을 질서있게 표현하는 문학의 최고봉이기 때문이야."

"저는요, 선생님의 시를 너무너무 좋아해요. 저도 시를 쓸 수 있었으면 좋겠어요. 그래서 시인이 되고 싶어요."

시를 좋아한다는 현희가 마로니에 그 통나무 의자에 앉아서 커피를 마시면서 내뱉는 말이다.

"좋지. 여류시인이 또 한 분 생기게 되었네."

"여류시인이 아닌 그냥 시인이 되고 싶다고 했는데."

"그게 그 말 아닌가."

"참, 저는 시를 전연 몰랐었는데요, 선생님의 시를 읽고부터 시를 좋아하게 됐어요."

"나에게도 열렬한 팬이 생기다니. 아, 나는 행복한 사람."

"그건 유행가 가사예요, 선생님."

"그런 유행가도 다 있었나?"

"선생님의 시를 읽고 있으면 마음이 편안해져요. 그리고 선생님의 얼굴이 떠오르고요."

"얘, 선생님께 너무 아부하지 마. 마음 괴로우실라."

끼어들기 좋아하는 미정이의 말이다.

"선생님, 말씀하신 대로 많이 읽고 많이 쓰고 많은 생각을 하는데도 시를 쓸 수가 없어요. 소질이 없나 봐요."

"첫술에 배부를 수 없다고 했는데, 시를 쓰고 싶어하는 간절한 그 마음이 바로 시가 아닐까?"

"그게 무슨 시예요. 마음뿐인걸요."

"그래 맞아. 시를 흠모하는 마음 그 자체가 바로 시라는 거야. 시는 마음속에서 우러나오거든. 시인이 되려면 우선 인격을 갖춘 인간이 되어야 한다는 내 말을 기억하고 있겠지. 문학의 모든 장르가 다 그러하지만, 특히 시인은 인격과 품위를 갖추어야 해. 소설가는 아무리 소설을 잘 써도 소설가라고 부르지만 시인이 시를 잘 쓰면 시성이라고 부르지. 물론 그 호칭이 중요하지는 않지만 시인이 되려면 인격을 갖춘 인간이 되어야 하는 거야. 행동은 개차반이면서 좋은 시가 나올 수 있겠어. 시는 진실을 질서 있게 표현하는 문학의 최고봉이라고 하는 이유도 다 그러한 맥락이지."

"그럼 저 시인 되지 않을래요. 너무 어려워요."

"시를 쓰려면, 더구나 시인이 되려면 복권에 당첨이 되듯이 행운으로 되는 건 아니야. 단념하기엔 너무 일러."

"그건 저도 알고 있어요."

"시인이 되고 싶다고 다 시인이 되니? 일찌감치 속차려. 부자가 되고 싶다고 다 부자가 되면 거지는 누가 되니? 대통령 하고 싶다고 아무나 대통령이 되지는 못해. 대통령 할 사람은 따로 정해져 있어. 네 주제에 시인이 되겠다고? 배꼽이 다 웃겠다."

이번에도 미정이의 개똥철학 강론이었다.

"아니야, 현희는 노력을 하면 훌륭한 시인이 될 수 있어. 감정이 풍부하고 사물을 보는 눈이 예리하거든. 사람은 누구라도 운동장에 나가서 뜀박질을 할 수는 있지만 그렇다고 모두 육상 선수가 되는 건 아니잖아. 그와 마찬가지로 시 한 편 썼다고 모두 시인이라고 할 수는 없지. 시인이 되려면 순교자의 정신으로 필생의 작업으로 알고 끊임없이 정진을 해야 참다운 시인으로 시대의 선각자 대우를 받을 수 있어. 우리 나라 시인 중에서도 시 한 편을 완성하기 위하여 삼 년 동안 일만 장의 원고지를 소비했다는 일화가 있잖아. 하룻밤에 시 한 편 끄적여 놓고 세계적인 명작이라고 자찬한다면 그건 큰 착각이지. 많은 시인들이 썩 잘 썼다고 생각한 작품도 세월이 지난 다음 다시 읽어 보면 부끄러운 작품이 많다는 거야. 하물며 습작기에 명작이 나올 확률은 희박할 수밖에. 근래에 많은 분들이 시인으로 문단에 등단을 하고 있는데, 좋은 시만 쓸 수 있다면 참으로 좋은 현상이지. 그러나 어중이떠중이가 많다고 개탄하는 소리가 들리는 걸 보면 모두가 훌륭한 시인이 아닌지도 모르겠어. 나 역시 그 중의 한 사람이 되지 않기 위하여 열심히 노력을 하며 밤을 새는 적도 한두 번이 아니야."

"우리 젊은이들도 게을러서 하기 싫어하는 공부를 그렇게 열심히 노력하시는 선생님이 존경스러워요."

"사실은 무슨 문화 센터니 문예대학, 예술대학 하는 곳에 기웃거리는 사람이 많아지고, 한두 달 다니다가 등단시켜 주지 않는다고 불평하는 사람이 있는가 하면, 개인지도를 열심히 받아서 쓸만한 작품이 한두 편 나오면 그 작품을 가지고 다른 사람을 통하여 엉뚱한 곳에 가서 등단하는 파렴치한 사람도 더러 있다고 하는데, 얼굴에 쇠가죽을 쓰지 않고서야 문학을 하는 사람이, 그것도 시인의 양심으로 그럴 수가 있을지 의심스러워. 시는 못 쓰더라도 의리를 배신하는 부도덕한 그런 인간 쓰레기는 되지 말라는 거야."

"세상에. 그런 사람이 다 있어요. 글을 쓰시는 분들이니까 깨끗하고 신선한 선비로만 생각했는데요."

"물론 깨끗하고 신선한 선비정신은 가지고 있지. 미꾸라지 한 마리가 온 방죽물을 다 흐려 놓는다는 우리 속담처럼, 개중에 몇 사람이 그렇다는 거야. 실력도 없으면서 남의 힘으로 등단을 하고는 더 이상 진전하지 못하고, 등단 작품이 처음이자 마지막 작품이 되어 자연 도태되는 사람들도 부지기수라고 해. 현희가 시를 쓰더라도 등단욕에 눈이 어두운 그러한 시인이 되지 말고 인격을 도야시키며 묵묵히 시인의 길을 걸길 바래. 그러면 진정으로 존경받는 시인이 될 수 있을 거야."

"선생님의 말씀을 듣고 보니 시인이 되고 싶었던 생각이 모두 저의 허영이 아니었나 싶어요. 시인은 못 되더라도 훌륭한 인격자가 되기 위해 시를 공부하고 문학을 탐구해야겠어요."

"좋은 생각이야. 그렇다고 시인에의 꿈을 버리지 말고 너무 성급하게 서두르지 마. 시인에의 길은 단거리 선수가 아니고 멀고도 험한 장거리 마라톤 선수라 생각하고, 꾸준한 인내로 극복해야 좋은 시를 쓰는 훌륭한 시인이 될 수 있어."

"선생님, 밤이 깊었나 봐요. 그만 일어나시지요."

"그럴까."

"다음에 또 재미있는 시 이야기 많이 들려주세요. 이제 저도 시인이 되고 싶어요."

시인이 되고 싶다는 현희가 발걸음을 재촉하였다.

영웅의 초상화

오사카 섬에 비가 내린다. 사백 년 울분을 참아온 백의민족의 후예가 오사카 섬에서 비를 맞는다. 용서를 빌며 참회하는 눈물인가. 못다한 말이 가슴에 응어리가 되어 오늘은 비가 내린다.

일본의 나라(奈良)관광을 마치고 오사카성에 도착했을 때는 굳은비가 내리고 있었다. 계속 화창한 날씨가 계속되다가 여행 마지막 날 비를 만났다. 외국 나들이도 처음이지만 이국 땅에서 맞는 비도 물론 처음이다. 비 내리는 이국의 하늘을 보게 하려는 하늘의 은총으로 생각했다.

그리고 지금 일본의 농촌에서는 학수고대 기다리던 단비라고 한다. 우리가 비를 몰고 오사카성에 입성한 셈이다. 비를 몰고 온 반가운 손님이 된 것이다. 그러나 반가운 손님을 맞이해 주는 사람은 아무도 없었다.

오사카는 오사카만에 위치한 항구도시로 면적이 210km²에 인구가 350만(1986년)으로 일본에서는 도쿄 다음으로 큰 도시다.

오사카는 1583년 도요토미 히데요시(豊臣秀吉)가 성을 축성하면서 발달한 상업도시이다. 그래서 이곳 사람들은 상업도시답게 '요즘 돈 잘 벌립니까'라고 인사를 한다. 우리 교포가 제일 많은 곳으로 약 20만 명이 살고 있다.

　오사카성은 일본의 전국시대를 평정하고 최초로 천하를 통일한 도요토미 히데요시가 1583년 축성을 시작하여 5층의 천수각(天守閣)을 중심으로 1585년에 완성하면서 그 명성을 떨치게 되었다.

　그는 1592년 수륙 양군 15만 8천여 명의 대군을 일으켜 우리 한반도를 침범한 원흉이기도 하다. 불과 20일 만에 우리의 수도를 점령하고 그 여세로 전국을 유린한 장본인이다.

　그는 1534년 천민으로 태어나 1598년 죽을 때까지 지혜와 용맹으로 일본 천하를 통일하고 통치한 일본 역사의 영웅이다.

　'새가 울지 않으면 죽여 버리겠다'는 직전신장의 잔인성에 비해 '새가 울지 않으면 울게 만들겠다'는 풍신수길의 적극성이나 '새가 울지 않으면 울 때까지 기다리겠다'는 덕천가강의 여유를 보면서 같은 일본인이면서도 서로 다른 그들의 내면세계를 생각하게 한다.

　오사카성을 축성한 돌들은 멀리는 북해도로부터 운반해 왔다고 한다. 이 성의 명물은 큰 돌인데, 그 부피가 11.15m × 5.76m × 6m로 무게가 자그마치 130톤이 된다. 그 큰 돌을 어떻게 운반하였을까. 어디서 가져왔으며 얼마나 시간이 걸렸을까. 궁금증과 함께 당시의 지혜에 놀라지 않을 수 없었다. 한 사람의 지배욕으로 인해 백성들에게 얼마나 많은 땀과 눈물과 피를 흘리게 했을까. 원망과 저주의 소리가 들리는 듯하다.

　풍신수길은 축성을 하기 위해 돌을 사들이는 방을 전국에 써 붙였다고 한다. 큰 돌일수록　비싼 값으로 사겠다는 방을 보고 움직일 수 있는 돌은 모두 오사카로 운반되어 왔다. 그렇게 해서 모아진 돌이 성 하나를 쌓을 만큼 되자 풍신수길은 가장 큰 돌 몇 개를 골라 비싼 값으로 치러 주고는 나머지 돌들은 필요없으니 다시 가져가라고 영을 내렸다. 돌 값을 받으려고 기다리던 사람들이 다시 가져가라는 말에 아연실색하지 않을 수 없었다.

운반해 오기까지 얼마나 힘이 들었는가. 다시 가져가지 않으면 혼내주겠다는 엄포에 눈치를 보며 슬금슬금 달아나 버렸다. 그래서 그들이 버리고 간 돌들로 축성했다고 하는데, 사실인지는 모르지만 풍신수길의 지혜의 일면을 보여주는 일화인 듯싶다.

오사카성은 크고 웅장할 뿐 아니라 아름다운 예술작품으로도 높은 평가를 받고 있다. 견고할 뿐 아니라 천하의 난공불락으로 이름을 떨치고 있다.

풍신수길은 축성을 하면서 만약의 경우 적에게 함락됐을 때를 생각하여 성 밖으로 나올 수 있는 비밀 통로를 만들어 놓았다.

성이 완성된 후에 그 비밀통로를 알고 있는 사람은 모두 감옥에 가두었다가 죄를 뒤집어씌워 사형을 시켜 버렸기 때문에 오직 풍신수길만이 알고 있었다.

그러나 그 비밀통로를 통과한 사람은 아무도 없었다고 한다. 풍신수길이 죽고 난 후에는 아는 사람도 없었고 아직까지도 발견하지 못하고 있는데, 어쩌면 오사카성의 영원한 비밀로 남아 있을지 모른다.

풍신수길은 아주 못생긴 얼굴이었다. 당시의 유물과 함께 전시된 그의 초상화는 수십 장이 되는데 모두 다른 모습이다. 하나같이 찌그러진 원숭이 모습을 방정맞게 그려 놓았다.

천하를 통일한 일본의 영웅을 사진도 아닌 초상화를 못생긴 얼굴로 그려 경시해야 하는가 하는 생각을 해 본다. 인물이 출중하지 않더라도 능력만 있으면 천하를 통일할 수 있다는 자신감을 주기 위함인가. 아니면 후세 집권자의 음모인가.

귀족 출신인 덕천가강은 여인 편력이 화려할 뿐 아니라, 천민이 건 귀족이건 자기 마음에 드는 여인은 모두 취했다. 반면 천민 출신인 풍신수길은 자신의 신분을 은폐하기 위해 의식적으로 귀족 출신의 여인만을 골라 취했다.

그러나 그는 자손이 없었다. 만년에 아들을 얻었다고는 하지만 친아들이 아닐 거라고 한다. 가정적으로는 비운의 사나이였는지 모른다. 일본을 통일하는 과정에서 저지른 만행과 한반도를 침략하여 살육을 서슴지 않았던 죄의 대가인지도 모른다.

우리 나라를 침략했던 왜군은 해상의 영웅 충무공의 무공으로 임진왜란 칠 년의 긴 전쟁이 끝이 났다. 전 일본 열도를 통일하고 내킨 김에 한반도와 아시아 대륙을 점령하려던 풍신수길은 그 꿈을 이루지 못하고 1598년 세상을 뜨고 말았다.

만약 풍신수길의 꿈이 이루어졌더라면 우리는 그때 이미 일본의 식민지가 되었을지도 모른다는 생각이 들자 가슴이 오싹해진다. 40년도 긴 세월인데 400년 동안 식민지가 되어 일본의 통치를 받았다면 우리는 이미 일본으로 동화되어 버렸을지도 모른다.

그러나 하나님이 보호하신 이 나라 삼천리 금수강산은 그 누구도 범하지 못하는 우리 한민족의 성역이 아닌가.

오사카성에 비가 내린다. 사백 년 울분을 참아 온 백의민족의 후예가 오사카성에서 비를 맞는다. 용서를 빌며 참회하는 눈물인가. 못다한 말이 가슴에 응어리가 되어 오늘은 비가 내린다. 오사카 높은 성에 비가 내린다. 오사카 큰 돌 위에 눈물 같은 비가 내린다.

흑산도 아가씨

흑산도에는 사연 많은 아가씨들이 많다. 육지에서 스스로 건너온 이들도 있겠지만 꾐에 빠지거나 강제로 끌려왔기 때문에 육지로 나갈 수도 없고 해서 본의 아니게 귀양살이를 하고 있는 셈이다.

흑산도가 생각날 때면 먼 바다를 떠올린다.

파도와 싸우며 검게 타 버린 흑산도 아가씨의 애절한 사연이 가슴을 여미게 한다.

그 옛날 나라의 위급을 알리는 봉화대에 오르는 영마루에 흑산도 아가씨의 노래비가 서 있다. 흑산도를 자랑이라도 하려는 듯 하늘 높이 솟아 있다. 이미자가 부른 대중가요 〈흑산도 아가씨〉라는 가사가 가슴에 와 파도친다. 전파를 통해 누구나 한번쯤은 들었으리라.

〈흑산도 아가씨〉 노래비는 1997년 8월에 세워졌다. 500원 주화를 음반 주입구에 넣으면 노래가 나오게 되어 있는데, 일 년도 안되었는데 벌써 고장이라는 푯말을 붙이고 있다. 노래는 들을 수 없을지라도 노래 가사를 다시 한번 음미해 본다.

남몰래 서러운 세월은 가고/물결은 천번 만번 밀려오는데/못 견디게 그리운 아득한/저 육지를 바라보다/검게 타 버린 검게 타 버린 흑산도 아가씨.

한없이 외로운 달빛을 안고/흘러온 나그넨가 귀양살인가/애타도록 그리운 머나먼/그 서울을 그리다가/검게 타 버린 검게 타 버린 흑산도 아가씨.

노래말처럼 흑산도에는 사연 많은 아가씨들이 많은가 보다. 흑산도엔 인구가 5,400여 명인데 유흥업에 종사하고 있는 아가씨가 많을 때는 800명이 넘었다고 한다. IMF 한파로 지금은 많이 줄었다지만 그래도 아직 480여 명의 아가씨들이 유흥업에 종사하고 있다.

물론 이 아가씨들은 육지에서 건너왔다. 스스로 건너온 이들도 있겠지만 꾐에 빠지거나 강제로 끌려왔기 때문에 마음대로 육지로 나갈 수도 없다. 본의 아니게 귀양살이를 하고 있는 셈이다.

어젯밤 노래방에서 만난 우수에 잠긴 듯한 눈망울과 얼굴이 갸름한 사랑스러운 아가씨는 어떻게 흑산도에 머물게 되었는지 차마 물어볼 수가 없었다. 가슴 아픈 사연이라도 듣게 되면 구제할 수 있는 방법이 나에게는 없었기 때문이다.

홍도에는 오토바이가 유일한 육로 교통 수단이다. 그러나 이곳 흑산도에는 택시도 있고 화물차는 물론 정기 노선 시내 버스도 있고 관광 버스도 있다.

택시로 섬을 일주하며 관광하는 데는 7만 원인데 우리 인원이 택시를 이용하려면 3대가 필요했다. 그래서 관광 버스를 이용하면 1인당 6천 원이라고 하기에 관광버스를 이용했다. 관광 버스가 섬을 일주하는 줄 알았는데 나중에 알고 보니 봉화대까지만 갔다 오는 반쪽 관광이었다. 30분도 안 걸릴 가까운 거리인데도 봉화대까지 왕복하는 데 3시간이 걸렸다.

흑산도의 면적은 22㎢이다. 우리 한반도의 1만 분의 1에 해당된다. 해안선의 길이는 41.8km로 섬을 일주하려면 3시간 이상이 걸린다. 제일 높은 곳은 깃대봉으로 378m이나 이곳에서는 수면으로부터 오르기 때문에 육지의 산에 비해 적어도 300m 이상 더 높게 보아야 등반에 실수가 없을 거라고 한다.

북쪽에 위치한 예리항은 천연의 양항을 이룬 곳으로 태풍경보가 발령되면 홍도의 모든 배들이 이곳으로 피양한다. 예리항은 어업의 전진 기지로 지정되어 급유·급수·제빙 시설이 갖추어져 있으며, 부근에는 황금 어장이 형성되어 있다. 천연의 양항 예리항은 흑산도 경제의 중심을 이루고 있지만 면사무소 등 행정의 중심은 진리에 있다.

흑산도가 속해 있는 신안군은 무인도 741개와 유인도 102개의 섬과 송·원대 유물 매장 해역으로 문화재 보호 해역으로 지정되었으며 군청은 목포시에 있다. 섬 전체가 검게 보인다 하여 흑산도라 불리게 되었다. 흑산도는 대흑산도·소흑산도를 비롯하여 유인도 20개, 무인도 90개의 섬으로 이루어져 있는데 일반적으로 흑산도라고 하면 대흑산도를 가리킨다.

농사가 전연 없는 홍도에 비해 약간의 밭농사가 있을 뿐 벼농사는 거의 없다. 그리고 없는 게 또 하나 있다. 차가 다니는 거리에 신호등이 없다. 또 도로는 비포장 도로이다.

흑산도에는 3026 해군 부대가 주둔하고 있는데 섬 주민에게는 없어서는 안 될 부대다. 그것은 이 섬에 큰 병원이 없기 때문에 응급 환자가 발생하면 부대의 헬리콥터가 큰 병원이 있는 목포로 수송한다. 그러므로 섬 주민에게는 은인이 아닐 수 없다.

또 이곳에는 천연 기념물 후박나무가 80%나 자생하고 있다. 성황당의 각시신 사당과 총각 무덤도 관광 코스에 들어 있다. 총각 무덤 앞에서 안내자는 혹시 임신을 못하거나 주위에 그런 사람이 있으면 이야기해 달라고 했다. 그러나 아무도 말하는 사람이 없었다.

안내자는 임신을 못하는 부부가 이 총각 무덤의 잔디풀을 몸에 지니고 있으면 백발백중 임신이 된다고 설명해 주었다. 그런데 이러한 설명을 듣기 전에 미리 불임 사실을 안내자에게 이야기해야 효험이 있다는 것이었다. 설명을 한 이후에는 책임질 수 없다고 했다.

전설에 얽혀 있는 반월성에는 방목하는 염소 700마리가 자유를 만끽하고 있다. 육지에서 반입되는 흑산도의 모든 물가는 육지보다 비싸다. 비쌀 수밖에 없다. 예를 들면, 사과 한 상자 운임이 3,000원이기 때문에 한 상자를 사려면 3,000원 이상을 더 주어야 살 수 있다.

우리 생활에 없어서는 안 될 전기도 가정용 기본 요금이 11,750원이다. 따라서 육지와 같은 값에 거래되는 물건은 담배 한 가지뿐이다.

흑산도는 면암 최익현(1833~1906) 선생이 3년간 유배 생활을 한 곳이다. 최선생은 고종 5년 당백전 발행으로 인한 재정의 파탄 등을 들어 홍선 대원군의 실정을 상소하였다가 대원군의 노여움으로 사직하고 은거하였다.

고종 10년(1873) 다시 동부승지로 기용되어 전국의 서원을 철폐

하는 홍선 대원군의 정책을 비판하는 상소를 올렸고, 명성황후의 측근이 되어 대원군 실각의 결정적 계기를 만들었다. 그러나 대원군을 논박한 죄로 제주도로 귀양갔다. 또 고종 12년 일본과의 통상조약 체결의 불가함을 역설하다가 다시 흑산도에서 귀양살이를 하게 되었다.

1905년 을사보호 조약이 체결되자 전라도 태인에서 의병을 모집하여 순창에서 관군과 일본군을 상대로 싸웠으나 결국 체포되어 대마도에 유배되었다가 그곳에서 적이 주는 음식을 먹을 수 없다며 단식하다가 굶어 죽었다. 이후 1962년 건국훈장과 대한민국장이 추서되었다.

조선 시대의 실학자인 다산 정약용 선생의 친형인 정약전(1758~1816) 선생 역시 신유교난 때에 천주교 전도사라는 죄목으로 흑산도에서 유배 생활을 하다가 이곳에서 죽었다.

흑산도 앞바다에 수면 위로 우뚝 솟은 촛대 바위를 등대삼아 멀리 중국과 동남아시아를 주름잡던 장보고의 넋이 어리는 듯 수평선 위로 돛단배 하나 아른거린다.

벙어리 냉가슴

매번 모임 때마다 아내는 참석하지 않고 혼자 참석했고 이번 여행에도 역시
혼자다. 그렇다고 아내가 원앙회 모임을 무시하거나 재미가 없거나 친밀감
이 없어서 그런 것은 아니다. 언젠가 사정을 알게 되면 이해하겠지만, 나로
서는 참으로 벙어리 냉가슴 앓는 느낌이다.

부부란 남남끼리 만나서 맺어진 인연이다. 그래서 부부간에는
촌수가 없다. 부모와 자식, 형제와 자매는 헤어질 수도 없거니와
헤어진다 하더라도 그 본연의 인연에는 변함이 없다. 부부의 인
연은 그 누구보다도 세상에서 가장 가까운 사이다. 그래서 부부
일신이라고 한다. 즉 아내와 남편, 남편과 아내는 둘이 될 수 없
는 한 몸이라는 이야기다. 그러한 부부일지라도 헤어지면 바로
남이 되어 버리는 게 또한 부부의 인연이다.

이 세상에 살아가는 동안 부부의 인연으로 금슬 좋게 살아가자
는 모임으로 원앙회라는 모임이 있다. 이 원앙회를 통해 그 동안
몇 번의 해외 여행을 다녀왔고 매월 부부 동반하여 저녁식사도
같이하며 여흥을 즐기곤 했다. 봄이면 꽃놀이에 여름이면 물놀
이, 가을이면 단풍놀이도 갔다.

그런데 IMF의 영향으로 우리 원앙회 회원들도 큰 타격을 입게
되었다. 사업이 부진하여 예전 같지 않을 뿐 아니라 크게 부도를

맞고 절망 상태에 빠지기도 했다. 그러나 이런 때일수록 용기 잃지 말고 열심히 뛰어 보자고 서로 격려하며 살아가고 있다.

여행은 생활의 활력소가 될 수 있다는 제의에 이번에는 홍도와 흑산도를 다녀오기로 했다. 여행사를 통하지 않고 자력으로 하는 여행이었다. 여행 조건으로 목적지가 정해졌고 일정과 여행 경비도 정해졌다.

기다리던 7월 22일 오전 6시 40분, 회원들은 안양역에 모였다. 남녀 회원 22명 중에서 12명이 참가했다. 수원역으로 가서 미리 예매해 둔 목포행 무궁화호 열차에 올랐다. 예정대로 7시 34분에 열차가 출발했다. 장마철이어서 날씨 걱정을 많이 했는데 이번 여행 기간은 소강 상태로 비가 오지 않을 것이라는 일기 예보였다. 그래서 기차는 맑은 아침 하늘을 시원스럽게 달렸다.

12명 중에는 여자가 셋이었다. 부부가 참가하는 원앙회에 남자들만 참가하기 때문에 자신도 참가하지 않겠다는 송여사의 선언이 가슴에 멍울로 남아 있다. 책임을 다하지 못하는 나에 대한 불만의 표시이리라. 매번 모임 때마다 내가 혼자 참가했기 때문이다. 이번에도 역시 아내는 참가하지 않고 나 혼자였다.

각별히 나를 아끼는 마음에서이겠지만 아내는 아내대로 사정이 있기 때문에 참가하지 못하고 있다. 아내의 자존심 때문에 참석하지 못하는 이유를 소상하게 밝히지 못한 게 유죄인지 모른다. 결코 이 모임을 무시하거나 재미가 없거나 친밀감이 없기 때문이 아니다. 언젠가 사정을 알게 되면 충분히 이해할 수 있겠지만, 능히 오해의 소지가 될 만하다는 생각도 든다. 시원스럽게 말할 수 없는 자신이 비참하게 느껴진다. 이를 두고 벙어리 냉가슴 앓는다고 하던가.

우리 나라의 곡창이라고 하는 호남 평야를 달린다. 이리역이라고 부르던 게 익산역으로 바뀌었다. 내 고향 정읍도 정주역이라고 불렀는데 지금은 제 이름을 찾아 정읍역이라 한다. 정다운 내장산이 시야에 들어온다. 연지봉을 중심으로 서래봉과 신선봉, 금선대가 어깨동무를 하듯 좌우로 나란히 서 있는 모습이 옛날이나 지금이나 변함이 없다.

어느 때이던가. 내가 아직 고향에 머물러 있었을 때 내 친구 영대와 같이 무작정 올라갔던 갓바위가 눈앞에 다가선다. 그 옆에 비녀봉도 옛날 그대로다. 비녀봉은 옛날 낭자 머리를 할 때 여인네의 비녀 같다고 해서 비녀봉이라고 한다. 갓바위는 삿갓 바위 또는 입암산이라고 하는데, 정상의 모습이 두부 모처럼 네모진 봉우리다.

내 친구 영대와 나는 등산이 목적이 아니라 거기 산이 있기에 시간만 나면 높은 곳을 찾아 올라가곤 했다. 점심을 굶으면서 배고픈 줄도 모르고 고향의 높은 봉우리란 봉우리는 모두 정복하였다. 그러던 친구는 고향에 남아 농협에서 평생을 몸담아 일하다가 지금은 정년 퇴직을 했다는 소식을 들었다. 그런데 나는 고향을 지키지 못하고 객지로만 떠돌아 다녔다. 지금은 안양에 정착하여 살고 있는데 오늘처럼 고향 근처를 지나치게 되면 소년기가 생각나고 그 시절 그 친구가 무척이나 그리워진다.

노령산맥에서 이어지는 내장산맥은 동으로 서래봉을 기점으로 연지봉, 신선봉, 금선대로 이어진다. 서래봉은 내 고향에서는 쓰래봉이라고 한다. 모를 심기 전에 논을 고르는 쓰래를 뒤집어 놓은 형상이기 때문이다.

연지봉 밑에는 불출암이라는 암자가 있었는데 얼마 전에 가 보왔더니 빈터로 남아 있었다.

이 불출암에는 전설이 하나 있다. 그 옛날 이 암자에 도승 한 분이 암자 뒤편 바위 구멍에서 나오는 쌀로 연명하며 수도를 하고 있었다. 하루는 먼길을 다녀왔으므로 몹시 시장하여 쌀을 더 나오게 하려고 부지깽이로 마구 쑤셨다. 그러자 그 구멍에서 불에 탄 시커먼 쌀이 나오다가 다시는 쌀이 나오지 않았다고 한다. 그 후로 이 암자를 불출암이라고 했다고 하는데, 인간의 과욕이 무서운 결과를 가져온다는 교훈을 준다.

지금은 널리 알려진 입암산성을 우리는 그냥 산성이라고 불렀다. 비녀봉이나 갓바위를 올라가려면 산성을 지나야 했다. 언제 누가 쌓았는지는 잘 모른다.

한때는 빨치산들의 은신처여서 총을 거꾸로 세우고 철모 씌운 것이 보였는데 그럴 때는 간담이 서늘해지기도 했다. 누구의 총이었으며 누구의 철모였을까. 지금은 흔적도 찾아볼 수 없겠지만 그때만 해도 흔히 볼 수 있는 광경이었다. 빛 바랜 군복 속에 뼈만 앙상하게 남은 광경도 전쟁이 가져온 비극이다. 전쟁은 인류의 적이요 평화를 앗아가는 악마라고 해야 할는지. 또다시 이 땅에서 전쟁을 일으키는 자는 민족의 이름으로, 인류의 이름으로 규탄해야 한다. 산은 그러한 역사를 간직하였으면서도 그냥 모르는 척 묵묵하게 오늘도 푸르기만 하다.

호남선의 종착역인 목포역에 도착한 시간은 12시 18분이었다. 이난영의 〈목포의 눈물〉이 간드러지게 울려 퍼진다. 목포의 눈물을 들으며 비로소 여기가 목포라는 사실을 실감한다.

홍도로 가는 배편은 동양고속 골든호였다. 목포에서 홍도까지는 115km인데 소요되는 시간은 두 시간 반 정도 걸린다. 섬인지 육지인지 분간할 수 없는 섬과 섬 사이를 잘도 빠져 나간다. 바다와 섬들이 숨바꼭질을 하는 듯 바다 가운데 섬이 보이고 섬 사이로 뱃길이 열린다.

목적지인 홍도가 가까워지면서 망망대해다. 파도가 일고 선체가 흔들렸다. 그러나 배멀미를 할 정도로 그렇게 심하지는 않다.

여객선은 홍도 북항에 안착하였다. 남항은 파도가 심하기 때문에 여름에는 북항에 정착을 하고 겨울에는 남항에 정착을 한다고 한다. 부두에는 이미 예약을 했던 김삼수 씨가 우리를 기다리고 있었다. 그의 안내에 따라 홍도 입장료 2,000원을 내고 홍도 땅을 밟게 되었다.

8일간의 금식

금식은 참신앙으로 가는 지름길인지도 모른다. 웬만한 결단으로는 일주일 이상 금식을 하기란 그렇게 쉬운 일이 아니다. 자신의 극기 훈련이요 크게 는 창조주의 이상을 이루기 위함이다.

12월 17일.

오늘부터 8일간의 금식이 시작된다. 어젯밤 철야를 한 탓인지 심신이 몹시 피로하다. 잠이라도 푹 자고 나면 피로가 풀릴까. 빨리 쉬고 싶은 마음으로 거래 장부를 대충 정리하고 집으로 돌아와 잠자리에 드니 밤 9시였다.

12월 18일.

눈을 뜨니 아침 9시였다. 밀린 잠이 한꺼번에 쏟아졌나 보다. 그래도 피곤이 완전히 풀리지는 않았지만 점포에 나가서 매일 반복되는 일과 밀린 장부를 정리하다가 점포 문을 11시쯤 닫으라고 아내에게 부탁하고는 9시의 시침을 보면서 집으로 돌아왔다.

12월 19일.

새벽 4시에 잠이 깨었다. 거리를 쓸고 있는 청소부 외엔 날씨 탓인지 왕래하는 행인은 보이지 않는다. 가로등만 대낮처럼 거리를 밝히고 있다. 도시라는 생각이 들지 않는다. 어느 시골 역의

70

새벽처럼 조용하기만 하다.

오늘이 금식 3일째 되는 날이다. 입술이 탄다. 꼼짝도 하기가 싫다. 그래도 점포 일은 생업이므로 나가지 않을 수 없다. 모든 일을 팽개치고 우두커니 자리에 앉아서 보낸 피곤한 하루였다.

오늘 하루도 머지않아 역사 속으로 숨어 버리겠지. 집으로 들어오는 길에 습관처럼 감귤과 사과를 샀다. 먹음직스럽다. 한 입 꽉 깨물면 시원한 과즙이 입안 가득하겠지. 김장 김치에 소복한 밥그릇이 눈앞에 아른거린다. 금식이 끝나면 새롭게 시식해 보리라고 마음속으로 다짐해 본다.

지금은 금식 기간이다. 아무리 배가 고파도 참아야 한다. 인내심을 시험해 보는 기회다. 그리고 창조주의 참뜻을 깨달아야 한다고 생각하니 정신이 깨끗해진다.

오늘 저녁 근로문학회 출판기념회에 참석해 달라는 초청장을 받았으나 참석하지 않았다. 참석을 하면 회식이 있게 마련인데 금식을 한다고 하면 경건하게 받아들이지 않고 오히려 비웃음만 받게 될지도 모른다는 생각에서였다.

어제만 해도 그랬다. 수금을 나온 거래처 직원이 점심을 같이 하자고 하기에 금식 중이라서 할 수가 없다고 했더니 이해할 수 없다면서, 그러면 커피라도 하자는 걸 거절했더니 무슨 유감이 있느냐고 화를 내는 바람에 해명을 하느라고 진땀을 뺐다.

금식 중에도 자연수는 마실 수 있다. 자연수 외에는 일체의 곡기도 먹지 않는다. 또 음료수나 보리차도 마시지 않는다. 순수한 물만 마시는데 많이 마실 수도 없거니와 먹히지도 않는다.

12월 20일.

새벽잠이 뒤숭숭하다. 꿈에 본 산해진미의 진수성찬이 눈앞에 아른거린다. 금식 기간 중에는 회식도 더 많고 식사를 같이 하자는 사람도 더 많다는 생각이 든다.

밤이 깊었다. 좀처럼 잠이 오지 않는다. 심신이 개운치가 않다.

과학이 최고로 발달하여 인간이 먹지 않고 주사나 알약 하나로 살아갈 수 있는 세상이 온다면 지금 같은 먹는 기쁨이나 즐거움은 찾아볼 수 없으리라. 인간이 먹어야 살아갈 수 있다는 철칙은 변함없는 창조주의 뜻이리라.

목욕탕에 갔다가 시장 길을 걸어오는데 온통 먹고 마시는 음식들만 눈에 들어온다. 인류 역사는 오늘날까지도 빼앗아 먹기 위해 전쟁을 하고 그 전쟁으로 얼룩지지 않았는가.

먹고 사는 문제가 해결된다면 아무도 목숨 걸고 싸움을 하지는 않으리라. 지금도 지구의 곳곳에는 기아와 질병으로 죽어 가는 사람이 얼마나 많은가.

빵 한 조각이 없어서 굶어 죽는 사람과 구태여 금식을 하는 사람의 차이는 무엇인가. 그것은 금식을 함으로써 음식물이 얼마나 소중한가를 깨닫게 함이 아니겠는가.

누구라도 단 5분만 숨을 쉬지 않으면 죽게 된다. 그러나 숨을 쉴 수 있는 공기의 고마움을 느끼는 사람은 별로 없다.

주일 낮 예배가 끝나고 점심 시간에는 생일 잔칫집에 초대되어 갔다. 진수성찬이었다. 시원한 동치미 국물을 먼저 마시고 싶어졌다. 식혜와 수정과도 마시고 싶고 걸신이 들면 이럴까. 그러나 나에게 지급되는 것은 냉수 한 컵이다. 그것으로 만족해야 했다.

12월 21일.

잠이 들어도 깊은 잠이 들지를 않고 잠이 깨어도 개운치가 않다. 밤늦게까지 뒤척이다가 뒤늦게 깊은 잠이 들었나 보다. 잠에서 깨어 시계를 보니 아침 8시였다. 세수를 하고 영양 크림을 바르고 머리를 단정하게 빗는다. 금식 중에는 평소보다 더욱 몸단장을 깔끔하게 해야 한다. 누가 시켜서 하는 게 아니라 스스로 하는 일인데 남에게 추하게 보여서는 아니 되기 때문이다.

둘째의 입시 예비 소집이 있는 날이다. 지체 장애가 있는 놈이라서 차에 태워 고사장이 있는 청주에 갔다. 내일 있을 입시를 위해 혹시나 하고 여관을 잡으려 했으나 빈방이 없다고 한다. 그래서 내일 새벽에 차로 와야겠다고 생각하고 집으로 돌아올 수밖에 없었다.

12월 22일.

1988학년도 대학 입학시험을 보는 날이다. 새벽 네 시 반에 아내를 깨워 밥을 짓게 하고 다섯 시에는 아이를 깨워서 식사도 하고 수험 준비를 하도록 했다. 안양에서 청주까지는 약 두 시간 거리다. 시간의 여유를 두고 일찍 출발하였다. 시험을 잘 보고 못 보는 일은 본인의 책임이다. 시험장까지 들여보내고 나니 시간이 늦을까 봐 초조하던 마음이 가라앉는다.

그런데 오후 다섯 시까지 어디서 무엇을 할까. 집에 갔다가 다시 오기에는 너무 멀다. 건강한 아이 같으면 스스로 오도록 하고 먼저 가도 되겠지만 그렇게 할 수는 없었다. 청주에서 사업을 하고 있는 유사장에게 전화를 했더니 수험생을 데리고 서울에 갔다고 한다.

시간도 보낼 겸 피로를 풀어 보려고 유성 온천장엘 갔다. 욕실에 들어가서 체중기에 올라서니 정확히 69kg이었다. 평소 체중은 75kg이었는데 6kg이 줄어든 셈이다. 시계 줄도 헐렁하다. 목욕을 하고 나니 몹시 피로하다. 금방 쓰러질 것 같다. 휴게실에서 쉬어 가야겠다고 생각하고 시계를 보니 시간은 넉넉하다. 한잠 푹 자고 일어나니 피로도 풀리고 정신이 날아갈 듯 맑아졌다. 집에 도착한 시간은 오후 8시였다.

12월 23일.

평소에 존경하는 이상헌 선생님께서 이십 년 전에 일주일 금식을 하고 밥상 앞에 앉아 감사 기도를 드리는데, 밥알이 살아서 말을 하더란다.

"상헌아! 네가 나를 먹을 수 있겠느냐?"

이에 선생은 숟갈을 놓고 다시 금식을 계속하여 21일 금식을 무사히 마쳤다는 이야기가 떠올랐다.

심령이 약한 나에게 밥알이 살아서 말할 리야 없겠지만 금식 일주일이 되는 오늘 이선생님의 말씀이 떠오름은 웬일일까. 지루하게 보낸 하루가 오늘도 저물어 간다.

12월 24일.

새벽 일찍 목욕탕엘 갔다. 8일간의 금식이 끝나는 오늘을 더욱 경건하게 보내기 위함이다. 체중은 다시 65kg으로 줄어들었다. 먹고 산다는 게 얼마나 소중한가를 느끼게 되었다. 금식 중에는 모든 게 새로워 보인다. 대수롭지 않던 것들이 모두 귀하게 보인다.

금식은 참신앙으로 가는 지름길인지도 모른다. 웬만한 결단으로는 일주일 이상의 금식을 하기란 그렇게 쉬운 일이 아니다. 자신의 극기 훈련이요 크게는 창조주의 이상을 이루기 위함이다.

크리스마스 이브에 금식을 끝내게 되어 더없이 기쁘다. 준비한 연두부를 먹으려는 시간에 새벽종이 울리고 있었다.

울릉도의 추억

울릉도는 삼무(三無)의 섬이다. 즉 거지가 없고 도둑이 없고 뱀이 없다. 그리고 울릉도의 삼다라 하면 역시 바람과 파도, 물을 들 수 있다.

제주도를 삼다의 섬이라고 한다. 즉 바람이 많고 돌이 많고 여자가 많다는 이야기다. 이에 반해 울릉도는 삼무의 섬이라고 한다. 세 가지가 없다는 말이다. 울릉도에는 거지가 없고 도둑이 없고 뱀이 없다고 한다.

울릉도의 삼다라고 하면 역시 바람이 많고 파도가 많고 풍부한 물을 들 수 있을지 모른다.

'바람을 막자. 파도를 막자.'

이는 울릉도의 구호이자 생활이면서 소망이기도 하다. 그리고 풍부한 물은 그 수질이 우수하다.

울릉도는 연 강수량이 1,500mm로 우리나라에서 가장 강우량이 많을 뿐 아니라 지질학적으로 제3기에서 제4기에 동해의 해중에서 거대한 화산으로 탄생된 섬이다. 따라서 약알칼리성 화산암으로 정수된 물은 그 수질이 좋을 수밖에 없다. 돌이 물 위에 둥둥 뜬다면 믿을 사람이 있을까. 그러나 울릉도의 화산암은 물 위에

뜬다.

울릉도의 본 섬에서 멀지 않은 곳에 죽도라는 섬이 있다. 원래 무인도였으나 최근에 세 가구가 이주하여 살고 있다. 이 섬은 물이 없으므로 물이 떨어지면 불을 피워서 연기를 낸다. 그러면 물이 떨어졌다는 신호로 알고 물을 실어다 준다. 그리고 여름철에 수박을 심는데 당도가 높고 맛이 좋아 울릉도를 찾는 관광객들의 호평을 받고 있다.

이 섬은 사면이 절벽으로 이루어져 있기 때문에 작은 배가 닿을 수 있는 유일한 통로 외에는 그 누구도 출입을 할 수가 없다.

수박을 가꾼 농부는 파도가 없고 날씨가 좋은 날 관광객이 들어오면 반기지도 않고 자기 할 일만 한다. 수박을 사러 왔다고 하면 그때서야 일어나서 허리를 펴며 수박 밭을 가리킨다. 수박 밭에 가서 마음대로 하라는 이야기다. 즉 실컷 따 먹고 따 가라는 것이다. 그러면 임자 없는 수박 밭에 들어가서 수박 서리하는 기분으로 잘 익은 놈으로 골라 잡는다.

동해의 푸른 물을 바라보며 빠알간 수박 속을 음미하는 맛이란 육지에서 느끼지 못하는 또 하나의 낭만이다. 겨우 사람 하나 드나들 수 있는 유일한 통로만 지키면 수박은 하나도 도둑맞을 염려가 없다고 한다. 이미 먹어 버린 수박은 수박 꼭지만 보고도 몇 개를 먹었는지 알고 수박 값을 계산할 수 있기 때문이다.

그리고 죽도에서는 송아지를 방목한다. 그래서 배에 싣고 온 송아지를 사람이 어깨에 메고 섬 위로 올라와서 내려놓는다. 그때부터 송아지는 사람의 손을 거치지 않고 무공해의 자연식을 섭취하며 무병으로 성장한다. 그 송아지는 살아서는 결코 이 섬을 떠날 수 없다.

성우가 되면 산채로는 섬을 내려올 수가 없으므로 결국 도살을 하게 된다. 살아서 사람의 어깨에 메여 섬으로 이주한 송아지는 성우가 되어서는 죽어서 고깃덩어리가 되어 다시 사람의 어깨에 메여 섬을 떠난다. 어쩌면 출생지인 고향으로 가게 되는지도 모른다. 연어는 죽을 때가 되면 출생지인 모천을 찾는다지만 출생지를 다시 찾지 못하고 불귀의 객이 되는 게 어찌 죽도의 송아지뿐이랴.

육지에서 본의 아니게 범법을 저지른 자가 관광객을 가장하여 몰래 들어와서는 참회하며 숨어 사는 사람도 더러 있다고 하는데 단 한 사람도 만나 본 적은 없다. 범법을 하고도 일정 기간을 지나면 사면된다는 이야기를 들었다. 일정 기간을 지나기까지 숨어서 산다는 게 그렇게 쉬운 일이 아닐 것이므로 참된 사람으로 인정하고 법에서도 용서를 하는 모양이다.

도동에 있는 울릉도 교회는 내가 잘 아는 분이 세운 교회다. 남다른 애정이 있어서 언젠가 한번 찾아가 보고 싶었던 곳이었는데, 여의치 못하여 미루다가 오늘에야 비로소 울릉도를 찾았다. 그런데 그는 교회만 세우고는 이미 울릉도를 떠났다고 한다.

어느 곳 하나 그의 손길이 닿지 않은 곳이 없을 개척교회의 모습을 찾았을 때는 석양이 어둠을 몰고 오는 길목에서였다. 신발이 닳도록 오르내렸을 골목길에서 그의 체취가 물신 풍겨 오는 듯했다.

그의 후임자로 기른 젊은 청년이 반갑게 우리를 맞아 주었다. 복음을 땅끝까지 전파하라는 그리스도의 말씀을 그대로 실천하려는 듯 그의 의지는 굳고 다부지게 보였다. 처음 만났으면서도 처음 같지가 않고 오래 사귄 친구나 형제 같은 느낌이다.

생면부지 처음 찾아간 울릉도에 찾아볼 곳이 있다는 게 나로서
는 기뻤고, 아무도 찾아 주지 않는 외로운 개척교회에 찾아 주는
사람이 있어 그는 반가웠는지 모른다. 백년지기를 만난 기쁨과
반가움으로 울릉도의 밤은 깊어만 갔다.

　무슨 이야기를 나누었는지 지금은 하나도 기억에 떠오르지 않
는다. 다만 울릉도를 떠나올 때 그가 선물로 건네 준 동백나무가
어제 일처럼 생생하다. 잘 자라던 동백나무는 어느 날 불행하게
죽어 버리고 그의 소식도 두절되었다. 몇 번인가 편지도 오고 갔
지만 언제부터인가 편지 왕래도 끊어지고 말았다.

　　울릉도에 갔다가
　　처음 만난 친구한테서
　　동백 한 그루를 얻어 왔다.

　　울릉도를 떠나던 날
　　헌 신문지에 둘둘 말아서
　　하찮은 물건처럼 선창에서 건네준다.

　　돌멩이 하나 풀 한 포기
　　반출이 금지되어 있다는 사실을
　　화분에 옮겨 심은 후에야 알고
　　그 친구의 깊은 사려에 감사했다.

　　분갈이를 하고
　　영양분과 물을 주며 정성을 기울이자
　　윤기 흐르는 속잎이 눈이 부시다.

꽃 멍울이 맺히던 어느 날
햇빛 잘 드는 담 밑으로 옮겼다.

동백은 꽃을 피우려던 순간에
무너지는 담 밑에 깔리고

동백을 싸 준 빛 바랜 신문지에는
입시 지옥을 비관하면서 죽어 간
어느 여고생의 이야기가
만장처럼 펄럭이고 있었다.

-〈울릉도의 추억〉

열일곱 살 산골 처녀가

어떻게 되었는지 결혼도 하지 않은 처녀가 대학생 아들까지 있다. 누구의 씨앗인지는 몰라도 분명한 것은 자기가 그의 어머니라는 사실이다.

새벽부터 비가 내리고 있었다. 보통으로 내리는 비가 아니라 장마철의 폭우가 폭풍을 동반한 폭풍우였다. 이렇게 비가 내리면 덕적도의 바다 낚시를 취소해야 한다. 모처럼의 계획이 무너지는 게 모두들 아쉬운 모양이다.

어제부터 오늘 새벽까지 준비하느라고 쉬지 않고 애쓴 보람도 없이 헛수고가 된다는 게 아쉬웠는지도 모른다. 일기예보는 오늘 하루 종일 비가 올 것이라고 했지만 그 예보가 틀리기를 은근히 바라면서 우리 일행은 안양을 출발하였다.

인천의 연안 부두에 도착했을 때도 비는 여전히 내리고 있었다. 대합실에는 여객선을 기다리는 많은 사람들로 붐비고 있었다. 덕적도까지 쾌속정의 승선 요금은 일만 삼천 원이었다. 승선표는 팔고 있었지만 출항은 아직 대기 중이라고 한다.

자리를 뜰 수도 없고 지루하게 기다리고 있는데 9시 30분 출항 예정인 쾌속정이 일기 관계로 취소되고 이미 매표한 승선표는 다시 환불해 준다고 했다. 그리고 오후 1시에 보통 여객선이 출항할 예정이라는 안내 방송이 나왔다. 오후 1시까지는 약 3시간 정도의 여유가 있다.

대합실에서 지루하게 기다리지 말고 밖으로 나가자는 누군가의 제의에 우리는 모두 찬성을 했다. 여전히 비는 내리고 있었지만 초등학교 때의 소풍처럼 들뜬 마음으로 우르르 몰려 나왔다.

잠시 후에는 비구름이 잔뜩 찌푸리고 있는 바다를 바라보면서 2층집 다방 창가에 앉아 있었다. 커피를 시켰다. 호텔 커피숍도 아닌 보통 다방인데 커피값은 비쌌다. 어차피 단골 손님이 될 수 없는 뜨내기 손님에게 바가지를 씌운다는 생각이 들었지만 아무 말도 할 수가 없었다.

주인 마담은 50대 초반으로 보이는 미인형의 여자였다. 손님을 끄는 재주와 또 손님을 즐겁게 하는 마력을 가진 마담이었다. 세상 살아가는 데 풍전수전 다 거친 백전 노장이라고나 할까.

그의 고향은 경상도 어느 산골이었다. 열일곱 살이 되던 해에 집을 뛰쳐 나왔다. 배는 고프고 할 일이 없는 산골 처녀는 찾아갈 곳이 아무 데도 없었다. 그래도 쉽게 발을 들여놓을 수 있는 곳이 다방이었다. 그래서 밥만 먹고 일해 주는 레지가 되었다.

그로부터 30여 년간 연안 부두를 떠날 줄 모르고 살아온 그녀는 어엿한 다방의 주인 마담이 되었다. 이제 그녀는 성공한 편이다. 어느 뱃놈하고 죽자 살자 하였지만 모두 떠나가 버린 허상이었다. 벼룩의 간을 내먹지 돈을 뜯으려고 찾아오는 놈도 있었다. 젊음과 육신을 탐하는 놈도 있었다.

어떻게 되었는지 결혼도 하지 않은 처녀가 대학생 아들까지도 있다. 사실 누구의 씨앗인지는 몰라도 분명한 것은 자기는 그의 어머니라는 사실이다. 세찬 바닷바람을 피할 수 없었는지 세월만큼이나 그녀의 얼굴에도 잔주름이 늘어 있었다. 인생의 무상함을 말해 주는 듯하다.

지금은 모두 떠나가 버리고 홀가분하게 살아가고 있다. 그래도 밥만 먹고 어떻게 사느냐고 누군가가 농담을 걸자 그녀는 그 말이 나오기를 기다렸다는 듯이 호들갑을 떨었다.

"그러믄요. 이렇게 젊은 여자가 어찌 혼자 살아가겠노. 다 방법이 있지예."

한 달에 두서너 번은 사냥을 나간다고 한다. 찾아와서 치근덕거리는 사람은 아주 질색이고 아무도 몰래 아무런 신분증도 없이 서울의 어느 변두리를 찾아가면 값은 좀 비싸지만 싱싱한 물건을 골라 잡을 수가 있단다.

세상은 참 묘하게 꾸며지고 있다. 서울의 어느 곳에 남창이 있다는 말인가. 남자도 아닌 여자가 남창을 찾아간다는 이야기를 자연스럽게 하고 있다. 자랑인가 괴변인가. 이 나라의 부덕은 땅에 떨어지고 있는가.

도무지 이해할 수 없는 이야기를 하고 있다. 사실이 그렇다 하더라도 도무지 꺼낼 수 없는 이야기를 조금의 망설임이나 부끄러움도 없이 오히려 자랑처럼 늘어놓는다. 바닷바람이 강하기 때문일까.

출항 시간이 가까워질 무렵 다방문을 나왔다. 대합실 안은 불이 다 꺼지고 매표 창구도 모두 닫혀 있었다. 출항 예정이었던 여객선들은 폭우로 인해 출항이 중지되어 있었다.

시작이 반이라는 말이 있다. 이미 출발한 모처럼의 여행을 중단하고 집으로 돌아간다는 생각에 모두 허탈감에 빠져 있었다. 여

행지를 변경하여 다른 곳으로 가자는 이야기가 지배적이다. 그래
서 월미도 항으로 가서 카페리호를 타고 영종도를 거쳐 용유도로
가기로 의견의 일치를 보았다.

영종도나 용유도 역시 한번쯤 가 보고 싶었던 곳이다. 꿩 대신
닭이라 했던가. 오히려 잘된 일인지도 모른다.

영종도는 지금 인천 국제공항 건설이 한창이다. 김포 국제공항
이 비좁기 때문에 더 넓은 서울의 새로운 관문으로 영종도에 새
로운 국제공항을 건설하는 것이다.

영종도는 면적이 47㎢에 주민은 일만 명 정도 된다. 경기도 옹
진군 영종면에 속하였으나 1989년 1월 인천 직할시에 편입되었다.
용유도로 가는 도로변에는 벼 농사와 밭 농사가 무성하여 섬이라
는 생각이 전혀 들지 않았다. 육지의 어느 들녘 길을 가는 기분이
었다.

용유도로 가는 길은 원래 뱃길이었으나 영종도와 연육교가 설
치되어 자동차가 운행되고 있었다. 용유도는 13.5㎢의 작은 섬이
지만 을왕리 해수욕장엔 많은 피서객들이 찾아온다. 용유도 역
시 영종도와 같이 경기도 옹진군 용유면에서 1989년 1월 인천 직
할시에 편입되었다. 용유도는 용이 물에서 노는 지형이어서 용유
도라 부르게 되었다고 한다.

송림이 우거진 을왕리 해변에 도착했을 때도 비는 여전히 폭우
로 쏟아지고 있었다. 멀리 해면에는 물안개가 자욱하다. 비가 억
수로 쏟아지는데 누가 이곳으로 오라고 불렀는가. 오늘 아침 안
양에서 떠날 때만 해도 용유도는 생각지도 못했었다.

'인샬라!' 이스람교도의 인사말이다. 모든 것이 하나님의 뜻대
로 이루어진다는 뜻이라고 한다. 오늘 하루가 인샬라인지도 모른

다. 덕적도를 목표하였다가 도중에 행로를 바꾸어 이곳 용유도로 온 것은 물론, 연안부두의 이층집 찻집 마담이 살아온 파란만장한 생애도 피할 수 없는 인샬라인지도 모른다.

주어진 환경을 벗어나려고 얼마나 많은 사람들이 몸부림치는가. 다람쥐 쳇바퀴 돌듯, 손오공이 부처님의 손바닥을 벗어나지 못하 듯 모든 사람은 인샬라의 범주를 벗어나지 못하면서도 자신의 우월감 속에서 살아가고 있는 것이다.

아호(雅號) 이야기

창조주의 창조 이상이 실현된 창조 본연의 세계에도 분명 존재하고 있었을 태초의 돌. 그러한 돌이 좋아서 나는 스스로 석초(石初)라는 아호를 사용한 지 어언 30년이 되었다.

나는 석산이라는 산골에서 어린 시절을 보냈다. 6·25 동란 후에는 석산에서 조금 떨어진 정해(井海)에서 살았다. 극인이라는 내 이름은 백부께서 항렬자(行列字)를 따라 지어 주신 이름이다. 그때 백부님은 인근에서 이름이 꽤 알려진 한학자였다.

내 이름이 극인이지만 마을 사람들은 '긍연'이라고 불렀다. 그래서 어릴 때 나는 내 이름이 긍연인 줄 알았었다. 그러다가 글자를 깨우치면서 잘못 불러 준 이름이라는 것을 알게 되었다.

지금도 고향 어른들은 긍연이라고 부른다. 그래서 부르기 쉬운 이름이 없을까 하고 생각해 낸 아호가 석정(石井)이었다. 석산(石山)의 '石'자와 정해(井海)의 '井'자를 따서 석정이라고 한 것이다.

유명하신 분들도 고향과 인연 있는 이름을 따서 아호 또는 필명으로 사용하는 경우가 더러 있는 것을 보고 나도 그렇게 흉내내었는지 아리송하다.

석정(石井)이란 아호를 널리 쓰지는 않았지만 일본 성씨에 '石

井'이 있다는 사실을 알고 난 후부터는 쓰지 않았다. 꼭 반일감정 때문에 그러지는 않았지만 왠지 쓰기가 싫었다.

나는 내성적인 성격이어서 친구도 별로 없고 끔찍이 사랑해 주는 선배도 스승도 없었다. 더구나 아호를 지어 줄 만큼 가까운 스승은 더욱 없었다.

그러나 산골 소년에게도 사색은 자랐다. 잡힐 듯한 황홀한 무지갯빛 꿈도 있었다. 그것이 무엇인지, 어디에 있는지는 모르지만, 그때 나는 책이라면 눈에 띄는 대로 읽었다. 그 중 나에게 감명을 준 책 중의 하나가 장만영의 《현대시 감상》이었다. 따로 읽을 책이 없을 때는 몇 번이고 되풀이해서 읽었다. 거기에는 문우요 동서지간이 된다는 신석정의 시를 특집 비슷하게 다루고 있었다.

나는 신석정의 시가 좋았다. 〈임께서 부르시면〉, 〈어머니! 그먼 나라를 아십니까?〉, 〈푸른 하늘을 바라보는 행복이 있다〉 등 제목 그 자체가 바로 한 편의 시를 이루고 있는 전원의 목가적인 그의 시가 좋았다.

나는 그때 쌀 한 가마니의 헐값에 판권을 팔아 버렸다는 신석정의 시집 《촛불》과 《슬픈 牧歌》를 나무장사를 해서 번 돈으로 사서 탐독했다.

그리고는 신석정 선생이 계시는 전주로 편지를 띄웠다. 얼마 후에 답장이 왔다. 그 내용을 다 기억할 수는 없지만 지금도 잊혀지지 않는 구절은 '시를 생명처럼 아끼는 방군(房君)에게 뜨거운 박수를 보내며 대성하기를 바란다'는 구절이었다. 살맛나는 세상이었다. 그래서 나도 시인이 될 수 있다는 꿈에 부풀어 있었다.

그리고 얼마 후에 낯선 편지가 왔다. 편지의 내용은 신석정 선생으로부터 소개를 받아서 나를 알게 되었다는 내용과 시간이 나면 전주에 한번 올라오라는 것이었다.

나는 그것이 꿈인지 생시인지 분간할 수 없을 만큼 하늘을 나는 기분이었다. 그도 그럴 것이 편지만 받아도 황공무지일 지경인데 만나자고까지 했으니 출세도 보통 출세가 아니었다.

그런 편지를 받고도 한참을 있다가 마침 대학 입학 자격 검정고시가 전북대학교에서 실시되는 때를 맞추어 만나기로 약속을 했다.

'백초!' 나를 만나자고 초청 비슷한 편지를 보낸 분의 필명이다. 나중에 안 일이지만 백초 선생은 신석정 선생으로부터 당시 《自由文學》지 추천을 거쳐 문단에 등단한 경찰관 시인으로서 월간 《전북 경찰》의 편집을 맡고 있었다.

그때 나는 백초 선생의 안내로 브라질이라는 다방에서 꿈에도 그리던 신석정 선생을 만나게 되었다. 움푹 패인 두 눈이 유난히도 커 보이던 석정 선생, 훤칠한 키에 가무잡잡한 얼굴은 인자하고도 근엄하게 보였다. 석정 선생이 그 큰 손을 내밀며 악수를 청할 때는 기쁘다기보다는 황홀할 지경이었다. 시골 촌닭 같은 놈이 언제 누구하고 악수를 해 봤겠는가. 그리고 상대가 누군가. 평소에 존경하고 흠모해 오던 시인이 아니던가. 그런 그와 악수를 했다는 사실이 얼마나 감격스러운 일이었는지 모른다.

앞에서 말한 아호 석정(石井)은 일본 성씨이기도 하지만 신석정 선생의 석정과도 그 발음이 같아서 쓰지 않기로 했다.

그러나 '石'자는 항상 나에게서 떠나지 않았다. 나의 고향이 석산(石山)이기 때문인지도 모른다.

돌은 금이나 은 같은 보물도 아니요, 구리나 철만큼도 못한 가장 흔해빠진 광물질이다. 오죽하면 발부리에 채이는 것마다 돌부리라 했겠는가.

그러나 돌은 모든 귀금속을 감싸주는 보호자의 역할을 한다. 그러면서도 공치사는커녕 오히려 겸손하게 말이 없다.

그리고 돌은 변하지 않는다. 돌은 깨어질지언정 휘거나 늘어나는 일이 없다. 이끼가 끼어 고풍스런 돌은 더욱 아름답다. 이처럼 돌은 만고풍상을 겪으면서도 불평이나 불만이 없다.

세파에 흔들리기 쉬운 우리 인간에게 무언의 교훈을 준다. 우리가 살고 있는 이 지구도 태초에는 하나의 커다란 돌이었으리라.

나는 돌이 좋았다. 최초의 돌! 지구의 역사는 물론 우주의 비밀까지도 소상히 알고 있을 돌에 대한 향수를 잊을 수가 없었다.

돌은 태초의 지구 생성을 이루었을 뿐 아니라 인간사의 영고성쇠와 흥망성쇠를 보아왔으리라. 수억만 년을 지내 오면서 한마디 불평도 없이 침묵만을 지켜온 돌. 창조주의 창조 이상이 실현된 창조 본연의 세계에도 분명 존재하고 있었을 태초의 돌. 그러한 돌이 좋아서 나는 스스로 석초(石初)라는 아호를 사용한 지 어언 30년이 되었다. 그러나 석초(石初)를 아는 사람은 그렇게 많지가 않다.

나무장사를 해서 사들인 많지 않은 책마다 손수 제작한 '석초문고'라는 고무인을 찍어서 일련번호와 구입 연월일을 적고 색인표도 만들어 애지중지하였으나 가난이라는 죄악(?)이 그 책들을 언제까지나 내 곁에 머물러 있게 하지 않았다.

결혼 후 아홉 번의 이사를 다니면서 더러는 분실하고 피난 보따리 같은 종이 상자 속에서 쥐에게 뜯기고 비에 젖어 끝내는 고물상 신세를 져야 했다.

한 권의 책보다는 한 되의 보리쌀이 소중했고, 한 권의 시집보다는 한 조각의 빵이 더 귀중했던 뼈아픈 생활, 열이 40도를 오르내리는 아들을 안고 속수무책 하늘만 쳐다보아야 했던, 생각하기조차 싫은 그 처절했던 이야기는 이제 하지 말기로 하자.

이제는 《슬픈 牧歌》도, 태양처럼 눈이 부시던 《촛불》도 빛바랜 영상으로 남아 있을 뿐, 나에게서 멀리 떠나가 버리고 말았으니 애석하고 가슴 아픈 일이 아닐 수 없다.

'석초(石初)!' 유명한 정치인도 아니요 예술가도 아니다. 호구지책이 급급한 주제에 아호를 쓴다는 게 주제넘은 일인지도 모른다. 그러나 나 스스로 자위한다. 인간은 소우주요 개성진리체라는 자각에서 말이다.

석가는 천상천하유아독존이라 하지 않았는가. 나는 나다. 생긴대로 살아갈 것이다. 창세 전부터 영원까지 나는 나 하나요 둘이될 수 없다는 절대 존재를 생각한다.

태초의 무구한 돌처럼 창조 본연의 본향을 그리면서 석초의 길을 돌처럼 꿋꿋하게 살아가리라.

밀림의 질서

밀림 속의 맹수가 약한 짐승을 잡아먹고 살지만 힘이 세다고 약한 짐승을 보이는 대로 잡아먹거나 죽이지는 않는다. 배가 부르면 아무리 약한 짐승이 옆에 있어도 거들떠보지도 않는다.

　　"고국에서 오신 어머니 아버지 안녕하세요. 저는 여러분의 바탐 섬 관광을 안내해 줄 한국 사람 공자영입니다."
　　한국 사람이라는 말에 악센트를 높인다.
　　"고향이 어디당가?"
　　"대구라예."
　　"여그 이사온 지 얼매나 됐당가?"
　　"이사온 게 아니고예, 남편이 현대건설 주재원으로 왔지예."
　　"봉급은 얼매나 받는당가? 많이 받것제?"
　　갑자기 경상도와 전라도의 사투리 대결 같은 느낌이 든다.
　　"여러분, 이제부터 관광을 하셔야죠. 여기는 인도네시아의 서쪽에 위치한 바탐이라는 조그마한 섬입니다. 섬의 넓이는 425Km^{2}로 인구는 약 25만이 살고 있습니다. 여러분은 조금 전까지는 담배꽁초를 버리거나 껌을 씹거나 침을 아무데나 뱉거나 화장실에서 물을 내리지 않으면 30만 원의 벌금을 내야 하는 벌금의 나라

싱가포르에서 왔습니다. 그러나 이곳에서는 그러한 벌금이 전연 없는 완전 자유의 나라입니다. 길거리에서 가래침을 뱉어도 오줌을 누어도 말할 사람이 아무도 없습니다. 특히 남자분들은 달리는 이 버스의 차창 문을 열고 오줌을 누어도 말리는 사람이 없습니다. 용기 있는 분은 한번 해 보세요. 제가 이곳에 온 지 3년 됐는데요, 이곳 사람 다 됐어요. 처음 오신 고국의 어르신들은 저를 이곳의 원주민으로 착각하는 분이 많아요. 그래서 제가 첫인사에 한국 사람이라고 강조한 거예요. 그럴 수밖에 없는 것이 열대하의 직사광선으로 피부는 까맣게 탔지요, 먹는 게 시원찮으니 체중은 줄고 눈만 커다랗지요, 살 빼고 싶으신 분은 이곳으로 오세요. 책임지고 살 빼 드립니다. 제가 이곳에 올 때만 해도 60Kg이었는데, 지금은 45Kg이에요.

　이곳은 무질서의 나라입니다. 썩을 대로 썩은 부패의 나라입니다. 얼마나 썩은 줄 아세요? 여러분은 이곳에 오는 배에서 여권을 어떻게 했어요? 모두 빼앗겼지요?"

"빼앗긴 게 아니고 보관해 두었는데요."

"어디다 보관해 뒀어요?"

"배에서 내리면서 보관하라고 해서 여행사 직원에게 주었는데요."

"보관증 있으세요?"

"그런 건 받지 않았는데요."

"그것 보세요. 여행사 직원이 이곳 공무원에게 빼앗긴 거예요. 여권을 빼앗겼으니 이제 어떻게 하실 거예요? 여권이 없으면 국제사회에서는 움직일 수가 없어요. 그러나 걱정하지 마세요. 제가 있잖아요. 저 공자영이가 책임지고 찾아 드리겠습니다. 저희 여행사에서 담당 공무원에게 약을 먹이지 않으면 여러분은 바탐 섬에 올라오지 못해요. 올라온다 해도 몇 시간 동안 배 안에서 기다려야 해요. 그래서 저희가 쥐약을 먹인 거예요. 참 살기 좋은 곳이지요? 여러분이 이 섬을 떠날 때는 여러분의 여권에 입국 도장과 출국 도장이 선명하게 찍혀 있을 거예요. 지금쯤 신나게 도장을 찍고 있을 거예요. 그건 과외 수입이니까요.

이곳에서는 군인 다음으로 경찰관 직업이 최고예요. 예를 들어 교통사고로 사람이 죽었다 하면 경찰관이 오토바이를 타고 가해자를 찾아가서 4백만 원쯤 요구합니다. 가해자는 아무 소리 않고 사백만 원을 경찰관에게 주면 사건은 완전히 끝나는 거예요. 그 경찰관은 가해자로부터 받은 4백만 원 중 3백만 원은 자신의 호주머니에 들어가고 1백만 원을 피해자 가족을 찾아가 전해 주면 피해자 가족 역시 아무 소리 못하고 합의서에 도장을 찍어 줍니다. 이렇게 해서 교통사고 처리가 모두 끝나는 겁니다. 참 살기 좋은 나라지요? 이처럼 경찰관의 권위는 절대적입니다.

그리고 이곳 사람들은 참 낙천적이에요. 저 야자나무의 주인이 없어요. 아무나 먼저 따먹는 게 임자예요. 그런데 왜 따 가지 않고 저렇게 많이 남아 있느냐고요?

이곳 사람들은 한 개 이상 따 가지 않아요. 우선 한 개면 족하거든요. 한 개로 부족하면 한 개 더 따먹는 거예요.

임자가 없다고 욕심껏 따다가 쌓아 두는 일은 절대로 안해요. 그렇게 질서가 유지되고 있어요.

밀림 속의 맹수가 약한 짐승을 잡아먹고 살지만 힘이 세다고 약한 짐승이 보이는 대로 잡아먹거나 죽이지는 않는대요. 배가 부르면 아무리 약한 짐승을 옆에 있어도 거들떠보지도 않는대요.

그래서 밀림 속에서는 호랑이나 사자 같은 맹수가 살고 있는 곳에서도 토끼같이 연약한 짐승도 공존하면서 살아갈 수가 있대요.
 이곳 사람들은 밀림 속에서 삶의 질서를 배워 온 게 아닌가 하는 생각이 들어요."
 "잠시나마 우리를 위하여 수고 많으셨습니다."
 "감사합니다. 고국에 돌아가시더라도 적도 직하의 밀림 속에서 고생하는 한국의 근로자를 생각해 주시고 공자영이도 잊지 말아 주세요. 그리고 남은 여정, 즐거운 여행 되시고 건강하게 사세요."
 오늘도 그녀는 적도 아래서 밀림의 질서를 이야기하며 까맣게 타고 있으리라.

빗방울은 고향 찾아 강물 되어 흐르고

우리 모두는 하나의 작은 빗방울인지 모른다. 빗방울의 고향은 어디인가. 하늘인가 땅인가 바다인가. 하늘과 바다와 대지를 넘나드는 빗방울의 자유 자재와 폭넓은 포용력을 생각하면서 인간이 찾아야 할 본향은 어디인가를 살펴본다.

"선생님, 시집 이름을 바꿨으면 어떨까 하고 의논드리고 싶은데요?"

"좋은 이름이 있나요? 뭐라고 할 건데요?"

"선생님께서 정한 이름도 좋긴 좋은데요, 요즘 젊은 세대들 취향에 맞게 했으면 해서요."

"젊은 세대 취향이 어떤 건지 알고 싶군요."

"꼭 젊은 세대 취향이라기보다는 출판계의 흐름을 고려해서 좀 길긴 하지만 선생님의 시 구절 중에서 인용하고 싶은데요."

"어느 구절을 인용할 건가요?"

"빗방울은 고향 찾아 강물 되어 흐르고' 어때요?"

처음 듣는 구절이다. 내가 쓴 어느 시에 이런 구절이 있었던가. 생각이 나지 않는다. 까맣게 잊고 있었던 구절이다.

"좋은데요. 내가 쓴 시 구절이라고 하는데 내가 쓴 시 구절 같지가 않아요."

"저도 선생님의 시를 검토하다가 이 구절을 발견했는데요, 새로운 서정시를 읽는 기분이었어요. 잃어버린 농경사회의 향수를 느끼게 하기도 하구요, 또 인생의 깊은 철학성을 내포하고 있는 함축미도 느낄 수가 있구요."

"권차장도 이젠 시인 평론가 다 되었군요. 어떻게 그렇게 지식이 해박해요? 시집 이름은 그렇게 했으면 좋겠어요."

"고맙습니다. 사실은요, 제가 결정한 게 아니고 저희 사장님께서 그렇게 했으면 좋겠다고 했습니다. 저는 곁에서 거들어 주었을 뿐이에요. 신선한 느낌이 들잖아요? 독자들도 기뻐할 거예요. 그리고 행운도 따를 거구요."

이렇게 해서 시집을 《빗방울은 고향 찾아 강물 되어 흐르고》라는 이름으로 탄생시켰다.

이름 덕택인가. 시집이 나오자 문단 선배님의 눈에 띄게 되었고, 드디어는 시인상 수상 작품으로 선정되어 수상까지 하게 되었다.

물론 이름 때문에 그렇게 된 것은 아니겠고 작품의 우수성 때문에 수상 작품으로 선정되었다고도 생각지 않는다.

여러 가지 복합적인 이유가 있겠지만 좌절하거나 태만하지 말고 더욱 열심히 하라는 채찍으로 받아들이라는 뜻으로 수상 작품으로 선정하였으리라 생각한다.

어쨌거나 《빗방울은 고향 찾아 강물 되어 흐르고》는 수상 작품이 되었다.

우후죽순처럼 쏟아져 나오는 시집들뿐만 아니라 우리나라에서 발행되고 있는 문예지만도 100여 종에 달하고 있다. 종합 주간지, 월간지와 전문지, 사보까지 하면 적어도 수천 종에 달한다고 볼 수 있다. 이 중에서 옥석을 가리는 것은 결코 쉬운 일이 아니다. 바야흐로 우리는 책의 공해 속에 살고 있는지도 모른다. 그러나 걱정할 일은 아니다. 찾아보면 분명 우리의 정신세계를 살찌울 수 있는 좋은 책들도 있으니 말이다. 좋은 글을 써서 좋은 책을 만들고 싶은 욕망은 혼자만의 욕심이 아니리라.

"선생님, 시집 이름이 참 좋아요. 그 제목으로 수필 한 편 써 보세요. 좋은 수필이 될 수 있을 거예요."

여류 수필가 정매님의 말이었다. 오랜만에 국회 의사당 근처에서 만났다. 마침 점심시간이어서 점심이나 같이 하자는 제의에 가까운 국회 구내 식당으로 갔다.

국회 구내 식당이라고 해서 큰 기대를 가지고 갔었는데 메뉴는 1,500원짜리 비빔냉면 단 한 가지뿐이었다.

시장하여 점심을 맛있게 때우고는 국회 정원으로 갔다. 벚꽃은 이미 지고 없었지만 뒤늦게 피는 겹벚꽃은 한창이었다. 여기에 질세라 형형색색의 철쭉 또한 장관을 이루고 있었다. 영랑의 모란도 진초록 한가운데서 새빨갛게 정염을 토해내고 있었다.

정매님은 소녀처럼 감탄사를 연발했다. 다리도 아프고 경관도 좋으니 쉬어 가자는 제의에 시집을 보면서 하는 말이었다. 시집 이름이 수필 제목으로도 손색이 없으니 수필 한 편 써 보라는 것이었다.

생각하면 우리 모두는 하나의 작은 빗방울인지 모른다. 빗방울의 고향은 어디인가. 하늘인가 땅인가 바다인가.

바닷물은 수증기로 증발하여 하늘로 올라가서 구름이 되었다가 찬바람을 만나 빗방울이 되어 다시 땅으로 떨어졌다가 빗방울이 모여서 강물이 되고, 강물은 바다로 흘러간다. 그러므로 빗방울의 고향은 바다이면서 하늘이 아니겠는가.

하늘과 바다와 대지를 넘나드는 빗방울의 자유자재와 폭넓은 포용력을 생각하면서 인간이 찾아야 할 본향은 어디인가 살펴본다. 하늘인가 땅인가. 인간이 찾아야 할 본향은 분명 에덴이라 했다. 종교의 언어를 빌리자면 인간은 타락으로 인해 실락원으로 추락하고 말았다. 따라서 인간은 추락된 실락원에서 창조 본연의 세계를 추구하고 있다. 우리가 찾아야 할 본향이다. 본향이야말로 수많은 사람들이 갈구해 왔던 유토피아가 아닌가.

"선생님, 무얼 그렇게 골똘히 생각하세요? 재미있는 이야기 좀 들려주세요."

"무얼 골똘히 생각하는 게 아니고, 저 숲속에서 목욕하고 있는 꿩을 보고 있는 거예요."

"어머, 정말 꿩이 있네요. 의사당 안에서 기르는 꿩이겠지요?"

모든 가축이 처음에는 모두 야생이었으나 오랫동안 길들여져 가축으로 변하였으리라.

꿩은 지금도 거의가 야생으로 서식하고 있다. 저 꿩이야말로 가야 할 야생의 숲속으로 가지 못하고 인위적으로 만들어 놓은 의사당 숲에서 살고 있다.

인위적으로 만들어 놓은 자연 속에서 만족할 수는 없지만 이곳을 떠나서는 그나마도 살아갈 터가 없다. 몇 번이나 자연으로의 탈출을 시도해 보았지만 이 숲을 벗어나면 어디를 보아도 아파트의 빌딩숲밖에 보이는 것이 없으니 탈출이란 엄두도 못 내고 인간이 만들어 놓은 환경 속에서 살고 있는 것이다. 모두를 체념하고 살아가는 도시의 우리 속에도 햇빛이 들고 바람이 불어올 때도 있다. 봄날 하오의 한 시간이었다.

어디서 왔는지 먹구름이 몰려오면서 강한 바람이 불고 주위가 산만해진다.

"오늘 일기 예보에 비가 내린다고 했어요. 비가 오려나 봐요."

말이 떨어지기가 무섭게 후두득 빗방울이 떨어지기 시작했다.

홍도

봄에는 섬 전체가 진달래꽃으로 장관을 이룬다. 바위 난간에 매달린 노오란 원추리꽃의 끈질긴 생명력을 보며 자연의 섭리를 다시 한번 깨닫는다.

홍도는 전라남도 신안군 흑산면 홍도리를 이루는 섬으로, 섬 전체가 천연기념물 170호로 지정되어 보호를 받고 있다. 또 다도해 해상 국립공원의 대표적 경승지이기도 하다. 면적은 6.47㎢이고 해안선의 길이는 36.8㎞이다. 흑산도에서 서쪽으로 22.5㎞ 해상에 있으며 목포항에서는 115㎞ 거리에 있다.

홍도에는 남항과 북항이 있는데 동남풍이 심한 여름에는 모든 여객선이 북항에 정박을 하고 북서풍이 많은 겨울철에는 남항에 정박을 한다. 우리가 하선한 북항에는 미리 예약해 두었던 여관 집 주인이 기다리고 있었다.

여장을 풀 겨를도 없이 다시 바다 낚싯배에 몸을 실었다. 섬에서 그리 멀지 않은 곳에 낚싯배가 정박을 했다. 바위섬 옆이었다. 크지는 않지만 심심치 않게 우럭 등 바다 어족이 낚싯줄에 매달려 올라올 때마다 환성을 질렀다. 바닷물은 푸르다 못해 검은 빛을 띠고 있었다. 그 바닷물이 바위섬에 부딪칠 때마다 하얀 포말을 일으켰다.

배가 흔들렸다. 한 사람도 배 멀미를 하는 사람이 없어 다행이었다. 너무도 청정한 바닷물과 공기 탓일까.

건너편 바위섬 절벽에는 밧줄에 몸을 의지한 채 낚시에 미친 사람이 우리를 보고는 손을 흔들었다. 조금만 실수를 하면 그대로 바다에 떨어지고 말 위험한 절벽이다. 자기가 좋아서 하는 일이지만 혹시 실수를 하면 어쩌나 하는 걱정이 앞선다. 지나친 노파심일까. 만약에 그 일이 생업이라면 목숨 걸고 그런 위험한 행동은 하지 않으리라. 하긴 배 위에 타고 있는 나 역시 저 사람과 무엇이 다르랴 하는 생각이 들자 스스로 고소를 금치 못했다.

낙조에는 섬 전체가 붉게 물든다 하여 홍도라 이름하였다 하지만, 해가 지는 서쪽 하늘은 검은 구름이 하늘을 덮고 있었다. 날이 어두워지고 있었으므로 우리는 서둘러 귀항해야 했다.

다음날은 홍도 섬을 일주하는 유람선에 올랐다. 성수기보다는 좀 이른 편으로 유람객이 많지 않아서인지 유람선이 여유로웠다.

성수기에는 한 시간이면 섬 일주를 끝낸다. 그리고 다시 다른 손님을 싣는다. 그런데 이번에는 세 시간을 소모하며 섬 일주를 하고 있다. 섬을 소개하는 안내 방송은 녹음 테이프가 아니라 안내원이 직접 육성으로 했다.

홍도는 숙종 4년, 지금으로부터 360년 전에 사람이 살기 시작하였다고 한다. 인구는 홍도 1구에 120가구에 약 500명, 2구에 50가구에 180명으로 모두 680여 명이 살고 있다.

홍도 해안에는 120여 개의 크고 작은 동굴이 있는데 그 중에서도 석화 동굴이 유명하다. 예전에는 유람객이 배에서 내려서 그 동굴을 구경하며 통과하였지만 1985년에 21명의 익사 사고 이후

착륙을 금했다고 한다.

봄에는 섬 전체가 진달래꽃으로 장관을 이룬다. 지금은 좀 이르기는 하지만 노오란 원추리꽃이 유람객의 시선을 끈다. 바위 난간에 매달린 노오란 원추리꽃의 끈질긴 생명력을 보며 위대한 자연의 섭리를 다시 한번 깨닫는다.

이달 말쯤이면 원추리꽃이 만발하여 섬 전체가 노오랗게 물든다고 한다. 천연기념물로 보호받고 있는 이 섬에서는 풀 한 포기, 돌 하나도 반출이 금지되어 있다. 멀리 중국이 보일 듯하지만 보이지는 않고, 닭 우는 소리가 들린다고 하지만 들을 수 없었다.

홍도에서 제일 먼저 사람이 살기 시작했다는 대풍리에는 그 흔적조차 찾아볼 수 없다. 황량한 바윗돌만 무질서하게 놓여 있을 뿐이다. 섬에서 제일 높은 깃대봉은 높이가 326m인데 입산이 금지되어 있기 때문에 아무도 올라갈 수 없었다.

태초에 조물주가 지어 놓은 형형색색의 기기묘묘한 바윗돌 위에 사람들은 제멋대로 이름을 붙여 놓았다. 남자의 성기를 닮은 바위가 있는가 하면 여자의 성기를 닮은 바위도 있다. 여자의 성기를 닮은 바위 앞에서는, 쉰이 다 되어 가지만 한 번도 본 적이 없기 때문에 자신은 모르겠지만 좀 닮은 데가 있는지 자세히 보아 달라고 가이드가 익살을 부린다.

남문바위를 비롯해 시루떡바위, 형제바위, 남매바위, 칼바위, 돛대바위, 병풍바위, 탕건바위, 상투바위, 촛대바위, 곰바위, 원앙바위, 제비바위, 기둥바위, 주전자바위, 원숭이바위, 물개바위, 흔들바위, 산호바위, 사랑바위 등이 줄줄이 늘어서 있고, 서울의 독립문과 흡사하다 하여 독립문바위도 있다. 또 안내자가 어렸을 적부터 지금까지도 그 형태로 남아 있다는 아차바위는 금방이라도 무너져 내릴 것처럼 아슬아슬하게 서 있었다.

물 위에 솟아오른 무인도의 바위섬은 낚시꾼의 천국이다. 바위섬마다 낚시하는 사람들이 유람선을 보고 손을 흔든다. 사진 작가의 작품에서나 보았음직한 낭만이다.

남쪽으로 돌아올 때는 거센 파도가 가슴을 졸이게 했다. 배가 흔들리고 파도가 갑판 위로 넘쳐 흘렀다.

해녀들이 갓 잡아 온 멍게, 해삼 등과 각종 횟감이 있는 해상 횟집에서는 예상 외로 많은 시간을 할애해 주었다. 공생 공영하자는 뜻인가. 사람이 많이 모이는 곳에는 술에 취하여 꼴사나운 꼴불견이 있게 마련인가 보다. 눈뜨고 볼 수 없는 광경들이 많았다. 차라리 생각지 않는 게 마음 편할지 모른다.

장장 세 시간에 걸쳐 섬 일주 유람이 끝났는데, 다음 목적지인 흑산도로 가기까지는 시간이 아직 남아 있었다.

홍도 해수욕장은 모래가 없는 돌밭이었다. 날카로운 돌이 아니라 수십억 년 동안 파도에 씻겨 바둑알처럼 반질반질했다. 크고 작은 돌들이 모두 장난감처럼 갖고 싶은 충동을 주었다. 물은 맑고 깨끗하지만 아름다운 돌멩이에 검은 기름덩이가 묻어 있었다. 살에 닿으면 그대로 까맣게 묻어나 좀처럼 닦아지지 않을 것 같았다. 관광객을 유치하려면 이런 작은 일부터 개선해야 할 것 같다.

다음날 아침 부둣가를 산책하는데 어떤 아주머니가 쓰레기를 바다에 버리는 것을 보고 무척 실망했다. 부두의 한 귀퉁이에는 그렇게 버린 쓰레기가 둥둥 떠 있었다. 자연이 준 천연기념물을 그렇게 더럽혀서야 되겠는가 하는 생각을 하면서, 관광객만 단속할 게 아니라 생활의 터전인 주민들부터 각성해야 되겠다는 생각이 앞선다. 어쩌면 행정 당국의 지도 부족인지도 모른다. 해수욕장의 기름덩이만 해도 그렇다. 샤워할 물 한 동이에 1,000원을 받고 파는 사람에게 까만 기름덩이를 치우라고 했더니 선박에서 버린 것일 거라면서 자기는 모르는 일이라고 했다. 물론 그 사람의 책임도 아니고 한 사람의 힘으로 될 일도 아니다.

입도료를 받지 않던 옛날에는 쓰레기 더미도 떠다니지 않았고 기름덩이도 없었다. 한번 찾아온 사람이 또다시 찾아올 수 있도록 깨끗한 인상과 아름답고 잊을 수 없는 추억을 만들어 주어야 한다. 자연이 만들어 준 청정 해역을 더 이상 더럽히지 말고 언젠가 다시 홍도를 찾아올 때는 새로운 이미지의 홍도이기를 마음속으로 기원하면서 흑산도 향했다.

채석 강에서 생긴 일

세상은 참으로 넓고도 좁은가 보다. 인간은 떳떳한 일을 했을 때 자신이 생기고 용기가 생기고 하늘을 향해 한 점 부끄럼이 없어진다. 자신이 피땀 흘린 노력으로 성실하게 살아간다면 누가 뭐라 하겠는가.

채석 강은 강 이름이 아니다. 바위가 바닷물에 침식되어 마치 시루떡처럼 두름을 이루어 쌓여 있는 곳의 이름이다. 또 어떤 이는 책을 쌓아 놓은 것 같다고도 한다.

채석 강은 변산반도에 있는 변산 해수욕장에서 약 8㎞ 남쪽에 있는 격포리 포구의 해수욕장 이름이다.

지난 여름 우리 내외가 막내를 데리고 난생 처음 부부 동반하여 피서랍시고 찾아간 곳이 바로 채석 강이었다. 채석 강을 찾아가게 된 이유는 특별한 사유가 있어서가 아니다.

채석 강(採石江)! 돌을 깨어 강을 만든 것도 아닌데, 그 이름이 너무도 시적이고 이국적인 풍경을 물씬 풍겨 주는 맛이 한번쯤 찾아가 보고 싶게 했다.

근처에는 살기미 해수욕장이 있고, 당나라 소정방이 찾아왔다는 래소사(來蘇寺)도 있고, 멀지 않은 정읍의 샘 바다에 부모님이 생존해 계시기 때문에 오랜만에 부모님도 찾아뵐 겸 해서 채석 강을 찾게 되었는지도 모른다.

2박 3일 간의 피서 계획 중 채석 강에서 일박하고 래소사를 거쳐 줄포로 해서 샘 바다까지 가려고 했으나, 그 길이 비포장 도로라고 해서 그 길로 가지 않고 다시 부안으로 되돌아와서 부모님이 계시는 샘 바다로 갔다.

6·25 동란 전에는 석산이란 곳에서 살다가 난리통에 샘 바다로 피난 와서 지금까지 살고 계시는 그곳에서 다시 1박을 했다.

막내 아이는 올해 초등학교 6학년이다. 채석 강에 도착하여 천막을 치고 난 다음 바다로 나가던 참이었는데 같은 반 친구를 만났다. 천리 먼 이역에서 뜻밖에 고향 친구를 만났으니 얼마나 반가웠으랴!

약속을 한 게 아니었다. 뜻밖에 너무도 뜻밖에 생각지도 못했던 만남이야 그 반가움을 어찌 말로써 표현할 수 있으랴!

너무도 반가운 나머지 "○○야" 하고 큰소리로 부르며 쫓아가니까, 그 아이는 우리를 힐끗 쳐다보고는 반갑게 쫓아오는 게 아니라 그냥 도망치듯 쏜살같이 달아나는 게 아닌가.

"저애가 왜 도망가지?"

혼잣말로 중얼거리며 실망하는 막내 아이를 보고 나는 물었다.

"너 아는 애니?"

"그럼은요, 우리 반 ○○예요."

"혹시 잘못 본 게 아니니?"

"아니에요. 틀림없이 ○○예요."

"그런데 왜 너를 보고 도망을 가니?"

"저 보기가 쑥스러워서 그런가 봐요."

"왜?"

"사실은 그애 아버지가 장사를 하면서 남의 돈을 많이 떼먹고 달아났대요."

"너 그런 일을 어떻게 아니?"

"우리 학교에 소문이 나서 우리 반에서는 모르는 아이가 없는걸요. 그래서 그 아이도 학교에 안 나와요."

"그런 애를 왜 아는 체를 했니?"

"그애가 나쁜가요. 그애 아버지가 나쁘지요."

그렇다! 그애야 무슨 잘못이 있겠는가. 나쁘다면 그애의 아버지가 나쁘다. 그런데도 그 아이는 아버지의 잘못으로 해서 같은 반의 친구도 제대로 만나지 못하고 피해 달아나야 하는 곤욕을 치러야 했다.

나도 그애 아버지의 이야기를 소문을 들어서 이미 알고 있는 사실이다. 그러나 이렇게 먼 곳까지 와서 그의 이야기를 다시 듣게 되었다. 그런 불미스러운 일을 철없는 어린아이의 입을 통해서 말이다.

세상은 참으로 넓고도 좁은가 보다. 인간은 떳떳한 일을 했을 때 자신이 생기고 용기가 생기고 하늘 향하여 한 점 부끄러움이 없어진다. 자신이 피땀 흘린 노력으로 성실하게 살아간다면 누가 뭐라고 하겠는가.

그러나 거기에 조금이라도 부정이 끼어 있다면 남의 눈총을 받게 된다. 부정한 짓을 하고도 양심의 가책을 느끼지 못한다면 금수와 다를 게 없다.

분명 그 아이도 자신의 피서가 그렇게 떳떳하지 못함을 알았으리라. 비록 자신이 저지른 잘못이 아니라 아버지의 잘못이라고는 하지만, 그에게도 양심의 가책을 느끼며 친구 보기가 부끄러워

피해 달아났으리라.

남의 돈을 갖은 수단과 방법으로 빌려다 쓰고 갚기는커녕 그 돈으로 피서지에서 낭비하는 뻔뻔스러운 철면피를 생각해 본다. 어쩌면 요사이 신문에 실린 대문짝만한 활자의 사기 행각을 보고 거기에 비하면 새 발의 피가 아니냐고 스스로 위로할는지 모른다.

그러나 계획된 사기 행각은 그 규모가 크든 작든 간에 누구에게도 용서받지 못하리라.

뜨겁던 한낮의 열기도 차츰 식어 가고 바다로부터 불어오는 서늘한 바람을 쐬며 조용한 바닷가를 거닐어 본다. 바다 가까이는 갈 수가 없다. 해안 초소에서 저지하기 때문이다.

군 경비 초소에서 비춰 주는 서치라이트가 밤 바다를 대낮처럼 밝혀 주고 있다. 어둠 속에서도 바다는 하얀 포말을 일으키며 파도가 밀려온다. 모래밭 위에 남겨 놓은 수많은 발자국들을 모두 뭉개 버리고 다시 먼 바다로 밀려 나간다.

내가 거닐고 있는 좀더 멀리 떨어진 이곳의 발자국은 그 장엄한 파도의 위력으로도 어쩔 수 없는지 다시 바다로 밀려갔다.

바다와 파도와 인간과 인간의 비리와 어떠한 함수 관계가 있지는 않을까. 어쩌면 모처럼의 피서가 나에게 교훈을 남겨 주고 달아났는지 모른다. 아니면 그 아이가 나에게 교훈을 남겨 주고 달아났는지도 모른다.

'친구의 아버지여, 당신은 우리 아버지처럼 사기나 하는 부정한 비행을 하지 마십시오. 아버지의 그 비리가 아들인 나에게까지 양심의 가책과 참을 수 없는 수모를 느끼며 친구를 보고 달아나야 하고 또한 어두운 그늘에서 고통받으며 살아야 한답니다'라고.

참성단에서

참성단은 무심히 지나쳐 버리면 하나의 돌무더기에 지나지 않는다. 그러나 역사의식을 가지고 볼 때는 무심히 지나쳐 버릴 수 없는 이 나라의 운명이 달려 있는 곳이기도 하다.

마니산은 우리나라 영산 중의 하나다. 산은 그리 높지 않지만 우리 한반도의 중심점이 바로 마니산 정상이다. 즉 백두산 천지와 한라산 백록담까지의 거리가 똑같다는 이야기다. 이 마니산 정상에 국조 단군께서 참성단을 쌓고 하늘에 제사한 것은 결코 우연이 아닌, 우리 인간이 알 수 없는 태고적 하늘의 섭리라는 생각이 든다.

이 참성단은 사적 136호로 지정되어 있으며 행정구역으로는 인천광역시 강화군 화도면 흥왕리 마니산 정상에 있다.

단군 성조께서 하늘에 제사 지내기 위해 나라를 세운 지 51년에 장정 8천 명을 동원하여 쌓았고, 3년 후인 개국 54년 BC 2280년 3월에 친히 이곳에 오시어 제사를 지냈다는 기록이 있다. 수천 년을 내려오는 동안 여러 번 보수하였으리라 예상되지만, 기록상으로는 다만 고려 원종 11년(1270년)과 조선조에는 인조 17년(1639년)과 숙종 26년(1700년) 5월에 보수하였다고 한다.

그리고 특기할 사항으로는 고구려 광개토대왕이 이곳에서 제사를 지냈다. 을지문덕 장군은 매년 3월 16일 이곳 참성단에서, 그리고 10월 3일은 백두산에 올라 제사를 지냈다는 기록이 있다. 고구려 유리왕 19년에는 사슴을 제물로 드려 제사를 지냈고, 백제 비루왕 10년에는 왕이 몸소 이곳까지 와서 제사를 지냈다는 기록도 있다.

이 참성단은 자연석을 반듯하고 납작하게 잘 다듬어 쌓았다. 돌과 돌 사이에는 흙이나 회 같은 것을 일체 쓰지 않았다. 하부는 지름 4.5m의 둥근 원통 위에 네모난 상단을 정방형으로 쌓았는데 그 제단의 넓이는 16평이라고 한다. 상단의 동쪽으로는 21계단의 돌층계가 있다.

지금은 해마다 10월 3일 개천절에 이곳에서 단군 성조께 제사를 지낸다. 그리고 전국체육대회 때마다 이곳 참성단에서 7선녀에 의해 채화된 성화가 대회장으로 운반되어 점화하고 있다.

그런데 단군 성조께서는 왜 이곳 마니산에 참성단을 쌓고 제사를 지냈는가 하는 것인데, 지금 우리는 그 이유를 알 수가 없다. 다만 지질학적으로 마니산 정상이 지구의 중심이 되는 곳이라고 한다.

풍수설에 의하면 세계의 중심국이 되어 만국으로부터 조공을 받을 수 있는 곳이라고도 하지만, 믿을 수는 없는 일이 아닌가. 우리가 꼭 알아두어야 할 것은 국조 단군 성조 당시 우리 겨레는 황이·백이를 중심한 9족속이 있었고, 비리국·수말리국을 중심한 12개 나라가 연합하여 한 나라를 이루었다는 사실이다.

당시 우리의 국토가 어디까지였는지 자세히는 알 수 없으나 동서가 2만 리요 남북이 5만 리나 되었다고 하며, 단군 성조께서는 태자 부루를 이웃과의 접경지인 도산에 보내어 순임금이 보낸 하우와 만나 두 나라의 국경을 다시 정했다는 기록을 보면, 지금의 양자강 남쪽 절강성이 당시의 국경이었다.

또 북쪽은 흑룡강을 지나 바이칼 호수까지였으며 서쪽으로는 끝없는 모래벌판에 이르렀다고 하니 오늘의 고비사막까지 우리의 국토였다고 한다.

이 방대한 지역 안에서 황하문명이 발달하였고 배달겨레의 정신문화가 이루어진 것이다. 뿐만 아니라 단군 성조께서는 당시에 경천사상과 홍익인간, 농경과 양잠, 의학과 문자 만드는 법을 가르쳤다. 오늘의 한자 문명은 단군 성조께서 상형문자를 만들어 가르친 것이다. 중국의 산동성 부시사당 석실에는 이를 증명할 만한 자료가 충분히 보존되어 있다. 그러므로 단군 성조는 일부에서 말하는 신화적 존재가 아니라 실제 인물로 보아야 한다.

여기서 잠깐 단군 성조의 계보를 살펴보면, 배달 환웅이 BC 5891년 나라를 세워 94년간 재위하였고, 2세 거불리 환웅을 거쳐 18세인 거불단 황웅을 아버지로 어머니 웅씨 사이에서 BC 2370년 5월 2일에 태어났으며, 38세 되던 BC 2333년 상달 초사흗날 (10. 3) 개국하여 나라 이름을 조선이라 하였다.

비서갑 하백의 딸과 결혼하여 네 아들을 두었으며, 재위 기간 93년 BC 2241년 3월 15일 130세 되던 해에 세상을 떠나니 태자 부루가 2세 단군이 되어 계승하였고, 47대 고열자 단군까지 2096년 (BC 2333~BC 238)간 나라를 다스렸다.

다시 말하면 단군조선 이전에는 배달 환웅의 배달 나라가 있었으니 배달 환웅께서 신시에 개국한 때가 BC 5897년이었고 18대인 거불단 환웅까지 1565년이었다고 한다.

110

이 모든 사실이 《신시역대기》나 《단군세기》 같은 고서에 기록되어 있는 엄연한 사실인데도 신화로만 여기게 되었다.

그 이유는 주변 강대국들이 우리의 역사와 정신문화를 집요하게 말살하려는 데 있었다고 볼 수 있다.

신라가 삼국을 통일할 때 나·당 연합군은 백제의 서고를 불질러 버렸다. 역사의 근거를 없애기 위함이었다. 그리고 문화유산을 모조리 파괴해 버렸기 때문에 찬란했던 백제 문화는 오늘날 거의 찾아볼 수가 없게 되었다.

그뿐인가. 몽고가 침입했을 때도 그랬고 왜군이 침범했던 임진왜란 때도 마찬가지였다. 우리를 침략한 왜군도 우리를 구원 나온 명나라 군사도 우리의 역사와 찬란했던 문화유산을 모조리 불태우거나 파괴해 버리고 약탈해 갔기 때문에 우리의 유물은 찾아볼 수가 없게 되었다.

최근 일만 보아도 한일합방 후 일제치하에 있을 때 이 참성단 제기를 탈취하려 하자 뜻있는 제기지기의 지혜로 약탈을 모면할 수 있었다. 국토는 비록 빼앗겼을지라도 5천년을 지켜온 제기마저 빼앗길 수 없다는 생각에서 마니산 중턱 어디쯤엔가 비장해 두었다고 하는데, 아직도 그 제기를 찾지 못하고 있다고 한다. 그 제기가 빛을 보게 될 날이 언제일지는 아무도 모른다.

만약 이 참성단이 화려하게 꾸며졌더라면 오늘날까지 이렇게 남아 있지 못하였으리라는 생각이 든다.

참성단은 무심히 지나쳐 버리면 하나의 돌무더기에 지나지 않는다. 그러나 역사의식을 가지고 보면 무심히 지나쳐 버릴 수 없는 이 나라의 운명이 달려 있는 곳이다.

일찍이 단군 성조께서는 이 나라의 무궁한 번영과 이 민족의 영광을 위하여 경천사상과 홍익인간을 펴시던 곳이 아니던가.

비록 볼품은 없을지라도 반만년의 역사와 유적이 조용히 숨쉬고 있는 이 참성단을 바라보는 민족의 긍지가 새롭게 조명되어야 하리라는 생각이다.

1960년

화무십일홍이요 권불십년이라 하지 않았던가. 꽃은 오래 가지 못하고 권세
또한 길지 않음을 말함이다. 이를 증명이라도 하듯 자유당 정권은 붕괴되고
말았다.

1960년

소명을 받고 떠나오던 그날은
約束한 승리의 축복

발길 멎은 곳에
들바람이 좋아서
거기 旗를 올렸다.

詛呪받은 벌판에는
太古의 영광이 물들어 가고

강도의 발 앞에
군림한 哀哭의 날이 찾아들면서
낡은 역사의 장막은

걷혀 가고 있었다.

1960년.

- 〈1960년〉 전문

1960년 4월 19일은 소위 4 · 19혁명으로 인하여 이 나라에 12년간
의 자유당 독재의 아성이 무너지고 민주주의의 새로운 싹이 움트
기 시작한 날이다.

국민이 원한다면 하야하겠다는 이승만 대통령의 처절한 음성이
전파를 타고 전국 방방곡곡에 메아리치고 있었고, 나는 새도 떨
어뜨린다는 절대 권력의 상징이었던 부통령 이기붕 일가족이 집
무실의 카페트 위에서 피로 범벅이 되어 싸늘한 시체로 변하였
다. 속죄하는 마음으로 스스로 목숨을 끊었다고 당시 신문에는
보도되었다.

그때는 밤 열두 시부터 새벽 네 시까지는 통행이 금지되던 시절
이었다. 통행금지를 위반하면 경찰서 보호실 신세를 져야 했다.
그리고는 시말서를 쓰고 이튿날 아침에야 나올 수 있었다. 그때
우스개 소리로 통행금지 위반에 걸리면 '자유당원이요' 하면 그대
로 귀가시켜 주었다는 이야기도 있다.

자유당 독재가 그만큼 막강했다는 이야기이리라. 화무십일홍이
요 권불십년이라 하지 않았던가. 꽃은 오래 가지 못하고 권세 또
한 길지 않음을 말함이다. 이를 증명이라도 하듯 자유당 정권은
붕괴되고 말았다. 더 긴 이야기는 다음으로 미루자. 다만 젊은 날
의 한 토막 추억을 더듬어 보면서 당시의 사회상을 회고했을 뿐
이다.

젊다는 이유 하나로 물불을 가리지 않고 벌거숭이 알몸뚱이로 낙후되었던 농촌계몽 운동에 뛰어들었다. 생각하면 가소로운 일이 아닐 수 없다.

농촌계몽을 하려면 외국물을 먹었다든가 적어도 학부쯤은 나왔어야 할 수 있지 않을까. 겨우 시골 중학교를 갓 나온 풋내기가 무엇을 어떻게 계몽한다는 말인가.

어느 시대 어느 곳에서나 먹고 산다는 게 어디 그리 쉬운 일인가. 당시는 우리 나라 전체 인구의 80%가 농민이었다. 겨울이 지나고 새봄이 찾아오면 절량 농가가 태반을 넘었다.

지금은 쓰지 않는 보릿고개란 말이 있었다. 새봄이 시작되면서 묵은 식량은 떨어져 가고 새 곡식인 보리가 나오기까지의 음력 삼사월은 기나긴 기다림의 고개다.

식량이 떨어져도 보리 이삭(보리 모가지 또는 보릿고개)이 나오면 굶어 죽지는 않겠다고 한숨을 돌린다. 보리 모가지가 나온 시퍼런 보릿대를 베어다가 가축의 여물처럼 푹 삶아서 먹으면 죽지 않고 연명할 수가 있었다. 이 고개를 넘지 못하면 부황이 들어 누렇게 병들어 죽는다.

이런 상황에서 농촌계몽 운동이란 봉사활동 외에는 할 일이 없었다. 봉사활동이란 육체적 노동이다. 골목길을 청소하고 어려운 집에는 땔나무를 해다 주고 파리가 윙윙거리는 마루 밑의 요강도 누가 볼세라 살금살금 눈치를 보며 깨끗이 씻어다가 제자리에 갖다 놓는다.

그리고 밤이면 야학을 했다. 초등학교를 졸업하고 진학을 하지 못한 대다수의 농촌 어린이들을 상대로 한자와 한문을 가르쳤다. 낮에는 상머슴이고 밤이 되면 선생님이 되는 셈이다.

'허물어진 조국 강토 다시 세우려, 우리들은 괭이 메고 일어섰노라.'

이렇게 시작되는 애향가도 가르쳤다. 자아 완성이란 기준을 세워 놓고 산 설고 물 선 땅에서 민족과 구국의 일념으로 인류 구원의 막중한 사명감으로 그렇게 출발은 하였지만 자신은 너무도 빈약하고 초라함을 스스로 느끼지 않을 수 없었다.

헐벗고 굶주림에 시달리는 농촌에서 흙과 더불어 농촌 부흥을 위한 운동은 개척자의 정신이 필요했다. 서두의 시 〈1960년〉은 개척 시초(開拓詩抄) 중에서 유일하게 남아 있는 작품이다. 젊은 날의 자화상을 보는 듯하여 감회가 새롭다.

보리죽을 먹으면서도 의욕과 용기는 저버릴 수가 없었다. 어쩌다가 생긴 참외 하나를 들고 같이 나누어 먹을 수 있는 사람, 심금을 털어놓을 수 있는 참된 친구는 끝내 찾지를 못했다. 혼자뿐이라는 생각이 들면 너무도 외롭고 슬펐다. 하염없는 눈물과 한숨으로 먼산을 바라본다. 길 저문 나그네의 신세가 어디 따로 있겠는가. 교교히 흐르는 달빛 아래서 두고 온 고향의 낯익은 산천이며 못난 자식을 위하여 정화수 떠놓고 축원하시는 어머니의 모습이 눈에 선하다.

굽이굽이 비탈길을 뿌연 먼지를 일으키며 지나가는 시골 버스의 뒷모습을 넋을 잃고 바라본다. 저 산 너머 아스라한 하늘 아래 나를 키워 준 고향이 있거늘, 고향을 떠나온 지 그 언제이던가. 인정이 많고 따스한 고향의 어머니 품이 그립다. 그러나 여기서 물러설 수는 없다.

잃어버린 본향을 찾아야 한다. 지쳐서 쓰러지더라도 우리 모두가 찾아야 하고 가야 하는 이상의 동산이 아닌가. 참고 이겨내는 미덕을 기르자고 몇 번이나 다짐했기에 용케도 참고 견디어 낸 스스로가 대견스럽다는 생각으로 자위해 본다.

희망은 빛나고 추억은 아름다운 소산인가. 견디기 어려웠던 추억이 아름다움으로 승화되는 순간을 잊을 수가 없다. 전설 같은 날들이 보석처럼 반짝이는 것 같다.

다시 인생을 산다 해도 결코 후회하지 않으리라. 나름대로 최선을 다했기 때문이다. 비록 자랑할 만한 업적은 없을지라도 남과 이웃을 위하여, 조국과 민족을 위하여, 인류의 평화와 구원을 위하여 최선을 다했던 1960년을 나는 결코 잊지 못한다.

제2부

·

물처럼 바람처럼

친구가 되어 드릴게요

"선생님, 제가 친구가 되어 드릴게요. 젊게 사세요. 그러면 더욱 젊어지실 거예요. 젊은이들과 어울리면 젊음의 기를 나누어 가질 수 있대요."

"선생님, 이번주 토요일에 시간 내실 수 있으세요?"

"그건 왜?"

"이유는 묻지 마시고 노냐 예스냐만 대답해 주세요."

"시간이야 낼 수 있지만 그래도 이유를 알아야지."

"그럼 됐어요. 이번주 토요일 오전 열 시 삼십 분까지 지하철 서울역으로 나오세요."

"나가기만 하면 되는 건가?"

"사실은요, 선생님과 영화 구경 갈려고요."

"영화 구경? 무슨 영환데?"

"레 미제라블, 호암아트홀 표가 두 장 있는데 같이 가고 싶어서요."

"그런 곳에는 애인과 같이 가야지."

"그래서 애인과 같이 가는 거예요."

"애인과 같이 가는 곳에 눈치 없이 내가 끼면 안 되지."

"아이 참 선생님두, 토요일 하루 애인 되어 주심 안 돼요?"

"안 될 건 없지만 후회하게 될 텐데."

"저요? 후회하지 않아요. 선생님과 함께 있을 때는 항상 즐거운 걸요."

기다리던 토요일 아침, 서둘러 설레는 마음으로 약속 시간에 맞추어 지하철 서울역으로 나갔다.

"선생님, 여기예요. 선생님은 역시 멋쟁이셔요. 정확히 열 시 삼십 분이에요."

먼저 와서 기다리던 선희가 호들갑을 떨었다.

"오래 기다렸어?"

"저도 조금 전에 도착한걸요."

밖에는 비가 내리고 있었다. 40도를 육박하는 무더위를 식혀 주는 늦여름의 비가 시원하게 내리고 있었다.

"제 우산 큰 건데 같이 쓰고 가요, 선생님."

"그럴까?"

물론 집에서 헌 우산 하나를 가지고는 왔지만 오늘 하루는 그녀가 하자는 대로 하고 싶었다. 비 내리는 서울 거리, 연인처럼 한 우산을 쓰고 다정하게 걸으면서 서소문에 있는 호암아트홀에 도착하였다.

나는 속으로 놀라지 않을 수 없었다. 토요일이기는 하지만 그래도 아직은 오전인데도 입장하려는 관객들로 장사진을 이루고 있었다.

영화관에 와 본 지가 얼마 만인가. 마지막으로 본 영화를 언제 어디서 누구와 같이 보았는지 기억이 나지 않을 정도다. 관객들은 모두 20대들이고 30대도 그렇게 많아 보이지 않았다.

하루 4회 상영을 하는데 오늘 상영분은 이미 매진되었다고 한다. 적어도 3, 4일 전에 예매를 해 두어야 원하는 시간에 관람할 수 있단다.

극장마다 관객이 없어 울상이라는데 영화 관객이 이렇게 많은가 하고 의심하지 않을 수 없었다. 홀 안에 들어가서 또 새로운 사실을 알게 되었다. 본 영화를 상영하기 전에 있었던 애국가의 연주도 없었고 대한 뉴스도 없었다. 다음 프로의 예고편도 없이 몇 편의 광고 영상이 나오다가 곧바로 본 영화가 상영되었다.

프랑스의 시인이며 소설가이자 극작가인 대 문호 위고(Hugo Victor Marie, 1802~1885)의 명작인 레 미제라블(Les Miserables)을 현대판으로 재구성하여 제목도 〈20세기 레 미제라블〉이었다.

주인공 쟝 발잔(Jean Valjean)은 어린 조카의 배고픔을 달래기 위해 빵 한 조각을 훔친 죄로 19년의 옥살이를 하고 출옥하였으나, 갈 곳도 없고 오라고 하는 곳은 더욱 없었다.

탈진과 기아 상태로 거리를 헤매며 지금 감옥에서 나오는 길인데, 먹을 음식과 잠자리를 달라고 애원하면 오히려 경계하는 눈초리로 모두 문을 닫아 버린다.

성당에 찾아갔을 때도 수녀들은 험상궂은 그의 모습에 모두 놀라 나가 떨어졌지만 오직 신부님은 반갑게 맞아들인다. 따뜻한 음식을 대접받고 푹신한 잠자리도 제공받았으나 그의 도벽이 다시 일어났다.

그는 성당 안에 있는 은촛대를 훔쳐 달아나다가 경찰관에게 붙잡힌다. 붙잡혀 온 쟝 발잔을 보고 신부는, 내가 은촛대 두 개를 주었는데 왜 한 개를 빠뜨렸느냐. 한 개마저 가져가라고 한다. 이를 본 경찰관은 어이없는 듯 떠나 버리고 쟝 발잔은 도둑의 누명을 씻어 주었을 뿐 아니라 오히려 환대해 주는 신부의 관용으로 심기일변하여 새로운 사람으로 변신한다.

그 후 프랑스 레지스탕스로 활약한 그는 제2차 세계대전 중 연합군의 노르망디 상륙작전을 도와서 철옹성 같은 독일군의 요새를 죽음을 무릅쓰고 진지로 올라가서 수류탄으로 요새를 폭파시킨다. 연합군의 노르망디 상륙에 혁혁한 공적을 세웠으나 오히려 첩자로 오해받아 다시 군사 재판에 회부된다는 내용이었다.

상영 시간은 2시간 25분, 휴식 시간도 없이 꽤 긴 시간이었으나 박진감 넘치는 화면 전개로 지루한 줄을 몰랐다.

"영화 재미있었어요?"

"응! 재미있었어."

"다행이네요. 재미가 없어서 졸기나 하면 어쩌나 걱정했걸랑요."

"비싼 입장료 주고 들어가서 잠을 자?"

"아이 선생님두, 코를 드르렁드르렁 골면서 자는 사람도 있어요."

"영화가 무척 재미없었나 보군. 영화가 좋으면 관객은 찾아오게 되어 있나 봐. 이 시대 우리 주변에 쟝 발쟌은 없을까?"

"우리가 알지 못하고 찾지 못하는 쟝 발쟌은 많이 있을 거예요."

우리는 밖으로 나왔다.

"젊음은 역시 아름다운 거야."

"선생님도 아직 젊으세요?"

"아니야, 나는 지금까지 한번도 나이가 많다든가 늙었다든가 하는 생각을 해 보지 않았는데, 오늘 많은 젊은이들 틈에 끼어서 나 자신의 모습이 초라함을 느낀 거야. 아무리 젊은 척해도, 젊어지고 싶어도 세월은 속일 수가 없나 봐."

"선생님, 제가 친구가 되어 드릴게요. 젊게 사세요. 그러면 더욱
젊어지실 거예요. 어느 책에서 본 건데요, 젊은이들과 어울리면
젊음의 기를 나누어 가질 수가 있대요. 그렇다고 젊은이가 손해
보는 건 아니래요. 마치 홍수가 났을 때 하천이 범람하듯이 넘치
는 젊음의 기를 나누어 가질 수 있기 때문에 따라서 젊어질 수가
있대요."

"선희가 아니었으면 이런 곳은 생각지도 못했을 거야. 유익한
시간이었어."

꺼져 가는 등잔불에 기름을 부어 주듯 사위어 가는 모닥불에 활
력소를 넣어 준 그녀가 오늘따라 한없이 고마웠다.

나의 신접살이

군 복무 때에 결혼식을 올렸고 제대와 동시에 살림을 차렸다. 결혼 예물로는 3돈짜리 금반지 하나가 전부였는데, 그것도 교회에서 결혼기념으로 해 준 것이다.

양은솥 하나에 밥그릇 두 개, 수저 두 벌, 소반 한 개, 쌀 한 말, 연탄 50장, 그리고 사글세 방 5천 원(당시 쌀 한 가마 값이 3천 원이었고, 사글세 방 5천 원이 1년 후에는 원리금 모두 없어지는 것)이 나의 신접살이 시작의 전부였다.

쑥스러운 이야기지만 아내의 화장대는 고사하고 미제 통조림 박스로 장롱을 대신했다. 그만한 살림살이도 내가 준비한 게 아니고 손녀를 끔찍이도 사랑했던 처할머니께서 차려 준 것이다. (가난했다는 이야기는 부모를 욕되게 하는 것 같고 자랑스러운 일도 아니어서 가능하면 쓰지 않으려 한다.)

군 복무 때 결혼식을 올렸고 제대와 동시에 살림을 차렸다. 결혼 예물로는 3돈짜리 금반지 하나가 전부였는데, 그것도 교회에서 결혼 기념으로 해 주었으므로 엄밀히 따지자면 내가 해 준 것도 아닌 셈이다.

그리 되어 나는 평생 아내에게 빚진 자가 되었고, 평생에 한번

126

뿐인 결혼식 때 폐물 하나 제대로 받지 못하고 시집온 아내가 불쌍하기도 하고 측은하게도 여겨졌다. 그래서 아내를 대할 때마다 미안한 생각이 들었지만, 내가 그녀에게 줄 수 있는 것은 사랑하는 마음뿐이었다.

처가에서 반대한 결혼이었으므로 나 역시 떳떳하지 못했고, 아내도 할말을 하지 못한 벙어리 냉가슴이었다.

그래도 운명적으로 맺어진 우리의 사랑은 변함이 없었다. 옹색한 처지를 이해한 처할머니는 우리를 적극적으로 도와주었다.

'겉보리 서 말만 있으면 처가살이는 하지 말라'는 속담을 손녀에게 들려주면서, '내가 너를 도와주는 거 네 남편이 처가살이로 오해할지도 모르니 남편 기죽이지 말고 자존심 상하지 않게 하늘같이 받들어야 복받고 잘살게 된다'는 가르침을 그대로 따르고 순종하는 얌전한 아내였다.

아내 자랑하는 놈 팔불출이라는데, 은근히 아내 자랑으로 여길지 모르지만 자랑이 아니라 우리가 살아온 현실이 그랬다는 고백이다.

또 팔불출이라 해도 어쩔 수 없거니와 세월이 많이 흘러갔으니 우리의 삶을 위해서라도 숨김없이 진솔하게 밝혀 두는 것이 좋을 듯싶어서이다.

말이 나온 김에 한 가지 더 추가해야겠다. 아내는 결혼 전에 농촌계몽 운동에 적극 참여했었다. 무료 유치원을 경영하여 마을 사람들로부터 존경받는 처녀 선생님이었는데, 면장으로부터 표창장까지 받은 살아 있는 상록수였다.

지금도 그 마을에 가면 '선생님'으로 깍듯이 대하며 칙사 대접을 하는 것을 보면 괜히 나까지 송구스런 생각이 든다.

그때의 유치원생들이 옛 정을 못 잊어 가끔 찾아오지만 함부로
대할 수도 없거니와 지금은 같이 늙어 간다고 하면서 인생의 덧
없음을 이야기한다.

나의 첫 시집 《내가 기뻐 사는 것은》 에 실려 있는 〈양상리〉라
는 시가 아내를 모델로 하였다는 이야기를 이 기회에 밝혀 두고
자 한다.

정갈한 少女가
흙벽돌 찍으며
구슬땀을 흘리던
양상리에
봄비가 내린다.

개천가에
포플러 잎이 푸르고
논두렁에 콩을 심으며
천년 한을 풀어 나가면
뻐꾸기도 날아와
노래 부른다.
뻐꾹 뻐꾹 뻑 뻐꾹!

씨만 뿌리면
새싹이 돋아나
숲이 보이는 지하실에
하늘이 열리면
태양도 저만큼 손짓을 한다.

흙벽돌 찍던
少女의
꿈이 여문다.

약혼을 한 뒤 군에서 휴가를 나와 양상리를 찾아갔을 때 아내는
흙벽돌을 찍으면서도 논두렁에는 콩을, 개천가에는 포플러를 심
었다고 자랑인지 보고인지 나에게 들려주었었다. 아내의 이야기
가 먼 나라의 동화로 기억되는 그때의 그 추억들이 지금도 가슴
에 저려 온다.

속절없는 세월이 얼마나 흘렀을까. 우리가 결혼하여 안양에 자
리를 굳혀 나가던 어느 해, 양상리 이장이 찾아와서 선생님이 심
어 놓았던 포플러를 베어 내어 많은 수익금이 생겨서 드리려고
왔다고 했을 때, 아내는 펄쩍 뛰면서 얼마나 되는지는 모르지만
그 돈을 마을 발전을 위해서 사용해 달라고 하던 때처럼 아내가
자랑스러워 보인 적이 없었다.

돋보이는 아내의 얼굴은 비록 어려운 생활 속에서도 위해서 살
라는 가르침을 실천하는 표상이었다.

굳은 땅에 물이 고인다고 했던가. 만난을 무릅쓰고 저축한 결과
우리에게도 셋집일망정 구멍가게도 장만하고 초라하지만 집도 하
나 구입하게 되어 계약을 치렀는데 처할머니가 돌아가셨다.

당시 하나뿐인 손자사위를 끔찍이도 사랑해 준 처할머니는 손
녀에게 '너 잘사는 것을 보게 되면 죽어도 한이 없겠다'더니 우리
가 새 집으로 이사하기도 전에 돌아가셨다.

날씨가 풀리면 새 집을 꼭 구경하러 오겠다고 벼르시더니 그날
도 거실과 안방을 겸한 좁은 가겟방에서 증외손 재롱을 보시고

간 후 병이 나셔서 그대로 세상을 떠나신 것이다.

우리가 이렇게 가게도 집도 마련하게 된 것은 모두 할머니 덕택이라고 자랑하고 싶었는데 자랑할 사이도 없이 가신 것이다.

나는 목이 쉬고 눈물이 마르도록 슬피 울었다. 손자사위가 왜 저렇게 슬피 우느냐고 수군거리는 소리에도 아랑곳없이.

가난뱅이 사위라고 모두 탐탁지 않게 여기던 그때, 이해해 주고 감싸주던 할머니가 아니었던가. 심성이 곱고 부지런하여 꼭 잘 살게 될 거라고 자신감과 용기를 심어 주신 그분은 이제 아무 말이 없다.

돌아오지 않는 다리

돌아오지 않는 다리는 이제 돌아오는 다리로 이름을 바꾸어야 한다. 그런 날이 아마 얼마 남지 않았으리라 생각하면서 아쉬운 발걸음을 옮긴다.

'돌아오지 않는 다리'는 판문점 안에 있는 작은 개천 위에 놓인 다리 이름이다. 유엔군이 경비하고 있는 제5초소 바로 앞에 있는데 휴전이 성립되자 양측의 포로는 이 다리를 통해 송환되었다. 한번 송환이 되면 그 누구도 이 다리를 통해 돌아올 수 없었다는 데서 붙여진 이름이다.

그리고 판문점 역사에서 빼놓을 수 없는 미루나무 사건이 있었는데, 그 문제의 미루나무가 바로 이 돌아오지 않는 다리 앞에 있었다. 수백 년은 되었음직한 아름드리 미루나무의 그 육중한 잔해가 1976년 8월 18일의 비극을 잘 말해 주고 있다.

우리를 태운 버스가 이곳에서는 내리지 못하게 했다. 회담 장소와 좀 떨어진 외진 곳이어서 예상 밖의 돌발 사태가 일어날지도 모르기 때문인 것 같았다. 버스는 천천히 아주 천천히 움직이면서 지난날의 비극을 상기시키고 있었다.

오랜 세월 묵혀 있던 갈대밭에는 겨울새의 천국을 이루고 있었고, 돌아오지 않는 다리 밑으로 흐르는 하얀 물줄기에는 흰 구름이 유유히 흐르고 있었다. 휴전선 안에 있는 개울이나 웅덩이에는 오랜 세월 사람의 손길이 닿지 않아서 물고기의 천국을 이룬다고 한다.

흔한 말로 물 반 고기 반이다. 한번은 무료한 우리 장병들이 자연산 장어 잡이를 한 적이 있는데, 장어 잡는 모습이 북한의 카메라에 잡혀 남조선의 장병들은 먹을 것이 없어서 휴전선 안에까지 몰려와서 물고기의 씨를 말린다고 떠들어 대더란다.

그 후로는 어떤 이유에서라도, 그리고 자연식품이 아무리 건강에 좋다 하더라도 휴전선 안에서의 어패류 포획이나 초식 채취를 금하고 있다. 교육관에서 무슨 말이든 손짓이나 행동 하나라도 조심하라고 당부하던 의미를 짐작할 수 있을 것 같다.

이곳 비무장지대 안에 있는 자유의 마을 대성동은 50가구에 255명이 민사부대의 보호를 받으며 평화와 자유 속에서 행복하게 살고 있다. 이곳 주민들은 비무장지대 안에 있는 농토를 소유권은 없지만 경작권을 가지고 있는데, 한 가구당 논은 삼만 평에서 오만 평, 밭은 삼천 평에서 오천 평까지 경작을 하고 있다.

이들은 국민의 의무인 국방과 납세의 의무는 지지 않고 교육의 의무만 지면 된다. 가구당 연평균 소득이 오천만 원이 넘는 자유의 마을은 마음껏 풍요를 누리고 산다.

한 가구마다 보통 두세 대의 승용차를 가지고 있으면서 서울 등 외지로 나가서 쇼핑도 즐긴다. 그리고 텔레비전이나 냉장고, 비디오는 물론 노래방까지 갖춘 최고의 문화 시설 속에서 부족함 없이 부러울 것 하나 없는 이상향을 이루고 산다.

이 마을에 들어와 살려면 먼저 이 마을 사람과 결혼을 해야 한다. 그렇다고 결혼만 하면 아무나 들어올 수 있는 게 아니다. 외지의 여자는 이곳 남자와 결혼하여 들어올 수가 있지만 외지의 남자는 이곳 여자와 결혼을 해도 여자를 따라서 들어올 수가 없다. 즉 처가살이는 허용되지 않는다는 뜻이다.

이와는 대조적으로 이곳으로부터 불과 1,200미터의 거리에 있는 북측이 세운 기정동 마을이 있는데, 인민군 20여 명이 일반 국민을 가장하여 마을을 지키고 있다고 한다. 그런데 날이 어두워지면 일시에 불이 들어왔다가 밤 열 시가 되면 마을 전체가 일시에 불이 꺼지는 것으로 보아 일반 국민이 살고 있지 않음이 확실한 듯하다.

몇 발짝 앞에 있는 마을의 동태를 직접 가서 확인하지 못하고 짐작으로만 알고 있는 오늘의 현실이 안타깝기만 하다.

기정동 마을에 게양되어 있는 인공기는 130평의 대지 위에 160미터의 높이로 국기 게양대로는 세계에서 제일 높다. 인공기의 크기도 가로 30미터에 세로 14미터로 초대형이다.

게양대를 세우는 데 270kg의 철근을 사용했다고 하니 알만하다.

　나이가
　제일 많은 사람을

　대통령으로 뽑는
　나라는 없다.

　힘이 센 코끼리가
　왕 노릇 했다는 고전도 없다.

깃발을 높인다고
하늘을 뚫을 수 있으랴.   -〈깃발〉

　휴전선 안에는 조수들의 천국을 이룬다. 반세기 동안 사람의 손
길이 닿지 않았으므로 자연의 생태계가 그대로 잘 보존되어 있
다. 통일이 되더라도 휴전선은 자연 박물관으로 지정하여 보호해
야 한다는 것이 간절한 바람이다.
　우리 한반도는 신라가 삼국을 통일한 이후 약 1,300년간 하나의
나라, 하나의 조국으로 존립해 왔다. 불행하게도 우리 세대에 와
서 우리 민족의 의사와는 상관없이 강대국의 횡포에 의해 분단되
는 희생양이 되고 말았다.
　이 지구상에 갈 수 없는 나라는 하나도 없다. 다만 같은 민족으
로서 같은 언어와 문화를 가진 북한 땅만을 갈 수가 없으니 기막
힌 운명이 아닌가.
　한번 가면 다시는 돌아올 수 없는 하늘나라는 있어도 돌아오지
않는 다리는 이곳 말고는 지구상에 어디에도 없다. 10여 미터에
불과한 조그마한 나무다리 하나가 왜, 무엇 때문에 우리의 가슴
을 이다지도 아프게 하는가.
　마른 갈대 숲속에서는 이름 모를 새들이 돌아올 봄의 이야기를
속삭이고 있다. 기지개를 켜듯 바스락거리는 소리가 정적을 깨며
포르르 날고 있다.
　돌아오지 않는 다리는 이제 돌아오는 다리로 이름을 바꾸어야
한다. 그런 날이 아마 얼마 남지 않았으리라는 생각을 하면서 아
쉬운 발걸음을 옮긴다.

눈물의 몫과 사랑의 몫

가난을 죄악으로 여기고 죄인처럼 살아오신 어머니, 항상 말씀이 없으시던 아버지, 그 누구 한 분도 지금은 이 세상에 계시지 않는다. 사랑하는 아내와 귀여운 자녀들이 내 곁에 있지만 눈물의 몫은 사랑의 몫과 서로 다르다.

가을비가 유리창에 소리없이 부딪치고 있다. 흐르는 빗물이 마른 대지를 적시듯 두 눈 속에 맺혀 있던 눈물도 주르르 흘러내린다. 누가 볼세라 먼 곳을 바라보며 손등으로 흐르는 눈물을 닦는다. 기가 막힌 일이다. 축하해 주어야 할 이 자리에서 주책없이 눈물을 흘리다니, 아직도 흘릴 눈물이 남아 있었다는 말인가.

어려서부터 유달리 눈물이 많았는지도 모른다. 사내 녀석이 눈물이 너무 헤프면 큰 사람이 되지 못한다는 꾸지람을 어릴 적 백부님으로부터 자주 들었다. 그래서 나는 될 수 있으면 눈물을 흘리지 않으려고 무던히도 애를 썼다.

그러나 눈물은 참는다고 참아지는 것도 아니고 흘리고 싶다고 억지로 나오는 것도 아니다. 눈물 한번 흘려 보지 않은 사람이 세상에 어디 있으랴마는, 나는 철없는 어린 시절에 밤이 새도록 흐느껴 운 기억이 지금도 생생하다.

내 나이 일곱 살이었던가. 그때 선친께서는 당시 일제의 소위

보국대에 끌려가셨다. 그날 밤 어머니께서는 나를 끌어안고,

"아빠는 징용에 끌려가셨단다. 우리는 이제 어떻게 산다냐."

하시면서 슬피 우는 것을 보고 징용이 무엇인지도 모르는 나는 덩달아 따라 울었다.

어머니께서는 열세 살에 시집와서 열여덟 살에 첫아들인 나를 낳으시고 3남매의 엄마가 되시던 25세의 젊은 나이에 아버님과 생이별을 하게 되었으니, 이것이 기한이 정해진 것도 아니고 꼭 살아서 돌아온다는 보장도 없으니 하늘이 무너지는 듯한 슬픔을 삼키셨으리라.

해방이 되던 해 봄, 나는 당시 보통학교(현 초등학교)에 입학했다. 그리고 그해 여름 8월 15일 해방을 맞이하게 되었고 초등학교 6학년이 되던 6월에 6·25를 맞이하였다.

그런 연고로 초등학교 졸업장도 받지 못하고 허송세월하며 가사를 돌보다가 1954년 봄에 중학교 2학년에 편입하였다. 그것도 형편이 되어 간 것이 아니라 어머니께서 빚이라도 얻어서 큰애 공부는 시키자고 아버지를 설득하여 다행히 편입할 수가 있었다.

지금 같으면 상상도 할 수 없는 일이지만 전쟁 후의 무질서한 당시에는 그것이 가능했었던가 보다.

우리 나이로 열아홉 살 때의 일이다. 그래도 내 나이는 어린 편에 속했고 스무 살이 넘는 중학생이 많았다. 우리 반에서 최고령자는 스물여섯 살이었는데 결혼해서 아이가 둘이나 있는 가장이었다. 믿어지지 않는 일이지만 사실이었다.

우리 반에는 수재가 없었던지 나 같은 둔재가 그것도 뒤늦게 편입을 했는데도 반에서 1, 2위를 다투면서 장학금으로 중학교를 졸업은 했으나 상급학교 진학은 엄두도 내지 못했다.

나는 상급학교에 가지 못하는 슬픔에 젖어 눈물로 밤을 새운 적이 한두 번이 아니었다. 이러한 사실을 아는 어머니는 다른 말씀은 안하시고,

"어미 죄가 많다. 어미 죄가 많다."

라고 하면서 눈물을 안 보이시려고 애쓰시던 모습을 지금도 잊지 못한다.

그러다가 어머니 몰래 고등학교 입학시험을 치렀는데 우수한 성적으로 합격이 되어 등록금을 반액만 내고 입학하라는 통지서를 받았다. 그러나 그것마저 형편이 안 되어 나도 울고 어머니도 울었다.

흐느껴 울던 울음은 급기야 통곡으로 변했고 옆에서 지켜보시던 아버지가,

"우리 집에 초상이 났느냐. 나 죽으라고 고사를 지내느냐."

라고 역정을 내시다가 끝내는 눈물을 감추지 못했다.

초등학교 5년, 중학교 2년 해서 7년의 학교 공부는 이렇게 끝이 났다. 그리고 독학을 해서 1년 후에 대검을 보았지만 과목 합격으로 그치고 말았다. 그 후 일자리를 찾아서 집을 떠난 이후 길고도 험한 인생 항로의 길을 걸어왔다.

한평생 헐벗고 굶주림 속에서도 당신의 고생은 아무 것도 아닌 양 애오라지 자식들 못 먹이고 못 입히고 못 가르친 죄 스스로 죄인임을 자처하시던 어머니가 돌아가셨을 때, 그리고 아버지마저 돌아가셨을 때 나는 어린아이처럼 소리내어 울었다.

찾아온 문상객이 있는 데서도 참지 못하고 설움에 겨워 흐느껴 울었던 결례를 이 기회에 사죄하고 싶다.

수상식을 겸한 문학의 밤에 초청을 받고 수상식장을 찾았다. 화

려한 수상식장에는 수상자와 축하객 그리고 문학의 밤 행사에 참석하려는 사람들로 꽉 차 있었다. 몇 사람의 아는 얼굴이 보일 뿐 거의 낯선 얼굴들이다. 대학 교수와 기관장 그리고 저명 인사들이 단상 위에 좌정하자 시상식이 시작되었다.

수상하는 OOO씨가 수상 소감을 말하면서 오늘의 영광을 담임 교수였던 노 교수님께 돌린다면서 꽃다발을 전해 주었고, 꽃다발을 받은 노 교수는 수상자를 포옹해 주면서 스승보다도 더 큰 거목으로 성장한 OOO를 여러분과 함께 축하하게 되어 더없는 기쁨이라고 인사를 한다.

훌륭한 교수에 훌륭한 제자다. 왕대 나무 밑에서 왕대 난다고 했던가. 사제지간의 끈끈한 정을 느끼는 순간 나도 모르게 뜨거운 눈물이 쏟아지면서 지난날의 추억들이 파노라마처럼 스치고 지나간다.

시기심이나 질투심은 아니었다. 어쩌면 너무도 강렬한 부러움이었는지도 모른다. 수상하는 그 자체가 부러운 것이 아니라 사제간의 인간애가 부러웠던 것이다.

나에게는 그러한 상을 받게 될 기회가 주어지지도 않겠지만, 설령 그러한 기회가 온다 할지라도 거목으로 자랑해 줄 스승도 없거니와 꽃 한 송이 달아 줄 제자 하나도 없다는 외로움이 북받쳤던 것이다.

지지리도 못난 사람이라고 스스로를 꾸짖어 본다. 끔찍이도 사랑해 줄 스승은 애당초부터 없었지만, 가난을 죄악으로 여기고 죄인처럼 살아오신 어머니, 항상 말씀이 없으시던 아버지, 그 누구 한 분도 지금은 이 세상에 계시지 않는다.

물론 사랑하는 아내와 귀여운 자녀들이 내 곁에 있고 가까운 이

옷들이 없는 것은 아니지만 눈물의 몫과 사랑의 몫이 서로 다른가 보다.

이러한 나의 심중을 아는지 모르는지, 소리없이 내리는 가을비는 유리창 밖에서 눈물처럼 사랑처럼 흘러내리고 있다.

담배 피우는 천사(天使)

젊은 여자들이 담배 피우는 걸 요즘은 쉽게 볼 수 있다. 그런데 그게 당연하다거나 아름답게 보이지는 않는다. 신세대에 적응하지 못한 탓인지는 모르지만 젊은 여인이 담배 피우는 모습은 용납될 수 없다는 것이 나의 지론이다.

"저 담배 피우는 거 보시고 놀라셨죠? 뭐라고 흉보셨어요?"

"천사의 담배 피우는 모습이 아름답다고 생각했어요."

"버르장머리 없는 계집애라고 욕하셨죠?"

"숙녀한테 어떻게 욕을 할 수 있겠어요."

"말씀 안하셔도 저는 다 알고 있어요."

내 속마음을 읽은 듯한 그녀의 말에 가슴이 뜨끔했으나 그렇다고 그대로 털어놓을 수는 없었다. 그래서 외려 엉뚱한 말만 하고 있었다.

"천사가 담배를 피우니까 나도 한번 피워 보고 싶은 충동을 느꼈지요."

"담배 안 피우세요?"

"못 피우지."

"부럽네요."

"뭐가?"

"담배 안 피우시는 선생님이."

"그럼 안 피우면 되잖아요."

"말처럼 그렇게 쉽게 끊을 수가 없어요."

"언제부터 담배를 피우기 시작했는데?"

"스튜어디스가 되어 얼마 안 되어서부터 피우기 시작했어요. 우리 스튜어디스들 거의가 담배를 피우고 있어요. 동료들이 옆에서 피우는 걸 보고 처음에는 호기심으로 피웠는데, 지금은 끊을 수 없는 애연가가 되고 말았어요."

"하루에 얼마나 피우는데요?"

"그게 문제가 되는 건 아니에요. 계집애가 담배 피우는 거 남 보기에도 밉살스럽게 보일 거구요, 자신의 건강에도 좋지 않다는 것을 알면서도 구제불능의 고질병이 되어 버렸다는 생각을 하게 돼요."

나는 침묵하고 있었고 그녀의 이야기는 계속되었다.

"인간은 환경에 쉽게 적응하는 동물인가 봐요. 스튜어디스라는 특수한 직업 환경이 그렇게 만들었다는 생각이 들어요. 손님들이야 가끔 이용하시는 항공기 여행도 지루하다 하시는데, 저희들이야 거의 매일 하늘에서 살고 있잖아요. 참, 천사라고 하셨나요? 맞아요. 저희는 천사예요. 하늘의 심부름꾼을 천사라고 부른다면서요? 오랜 시간 가만히 앉아 있기도 힘이 드는데 승객들의 시중을 들다 보면 심신이 모두 피로해지고 만답니다. 잠깐 동안의 휴식 시간에 창 밖을 내다보면 아름다운 산이 보일 때도 있고, 푸르른 바다도 보이지요. 그리고 변화무쌍한 구름, 그 솜털같이 푹신한 하얀 구름 위에서 포근히 잠들고 싶기도 하답니다. 하지만 듣기 좋은 노래도 한두 번이라잖아요. 그러니 잠깐 동안의 휴식 시간이지만 할 일이 없답니다. 그래서 심심풀이로 배운 게 담배였어요. 그런 저희를 이해해 주셔야 해요. 그리고 용서해 주시구요. 저의 추한 모습을 손님에게 보여드리지 않았어야 하는 건데, 텅텅 비어 있는 뒷좌석이 내 세상이다라고 생각한 게 잘못이었나 봐요. 정말 죄송해요."

말레이시아의 수도 쿠알라룸푸르에서 서울로 오는 말레이시아 항공 기내에서 유일한 한국인 스튜어디스와의 대화였다.

"오늘도 저희 말레이시아 항공을 이용해 주신 승객 여러분에게 깊은 감사를 드립니다. 이 항공기는 고도 삼만 오천 피트, 시속 구백 킬로미터로 운항하고 있으며, 목적지 도착 예정 시간은 여덟 시간 후인 오후 일곱 시 이십 분경이 되겠습니다. 도착지 서울의 날씨는 대체로 맑겠고 기온은 섭씨 25도가 되겠습니다. 저는 기장 ○○입니다."

말레이시아어로 방송을 하고 난 다음 영어로, 그리고 한국어로 기내 방송이 흘러나왔다. 아름다운 목소리로 낭랑하게 울리는 저 목소리의 주인공이 누구일까 궁금하여 한국인 스튜어디스에게 물어 보았더니 빙그레 웃으면서,

"이 항공기 안에는 승객 외에 승무원은 저 한 사람밖에 없습니다. 물론 기내 한국어 방송은 제가 하고 있구요. 어려운 일이 있으시면 저한테 부탁하세요."
하는 것이었다.

목소리가 무척 아름답다고 생각했는데 얼굴도 예쁘고 마음씨 또한 비단결같이 곱다고 할까. 심신의 피로가 확 풀리는 것 같았다. 김양이라고 했다. 항상 생글생글 화사한 얼굴로 기쁨을 주고 승객들의 요구 사항을 즐거운 마음으로 들어준다. 하늘의 선녀

같다는 생각이 뇌리에서 떠나지를 않는다. 친절하지 않은 스튜어디스가 있으랴마는 그래도 업무상 의례적으로 베푸는 친절과 인간미 흐르는 친절은 엄연히 다르다는 생각을 느껴 본 사람은 알고 있으리라.

380석이나 되는 점보여객기의 뒷좌석은 텅텅 비어 있었다. 우연히 뒷좌석으로 갔는데 그게 잘못이었다. 항공기의 맨 뒤쪽 창가에 그녀가 다리를 포개고 앉아서 눈을 지그시 감은 채 담배를 피우고 있지 않은가. 못 볼 것을 본 듯 고개를 돌렸지만 너무도 어이가 없었다. 담배를 피우는 게 대수로운 일이 아닐지도 모른다.

그러나 미의 화신이었던 그녀가 담배를 피우다니, 실망이 컸다. 먼발치에서 물끄러미 쳐다보고 있는데 그녀가 눈을 뜨자 나를 보더니 깜짝 놀란다. 황급히 담뱃불을 끄고는 홍당무가 되어 휘장 안으로 들어가 버린다.

잠시 후 그녀는 맥주와 오렌지 주스와 땅콩을 들고 찾아와서 사과인지 변명인지 말을 늘어놓는다.

그러나 그녀에 대한 환상적인 이미지는 산산이 깨지고 말았다. 그렇다고 그녀에게 듣기 싫은 말은 하지 않았다.

젊은 여자들이 담배 피우는 걸 요즘은 쉽게 볼 수가 있다. 그런데 그게 당연하다거나 아름답게 보이지는 않는다. 신세대에 적응하지 못한 탓인지는 모르지만 젊은 여인이 담배 피우는 모습은 결코 용납될 수 없다는 것이 나의 지론이다.

그런 내 속마음을 알기라도 하는 듯 깊이 사과를 하고는 있었지만 땡감을 씹은 듯 떨떠름한 기분은 쉽게 사라지지 않았다.

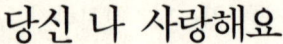

당신 나 사랑해요

한국 남자들은 자기 아내에게 사랑한다는 말을 많이 하지 않는다. 사랑하지 않아서가 아니라 사랑을 하면서도 말로는 잘 표현하지 않는다. 마음으로 사랑하고 가슴으로 사랑한다.

"여보, 당신 나 사랑해요?"

"무슨 뚱딴지 같은 소리를 하는 거요?"

"나 사랑하고 있느냐고 물었잖아요."

"사랑하니까 같이 살고 있잖아요."

"사랑하지 않아도 같이 살 수는 있어요."

"사랑하지 않으면서 어떻게 같이 살아요?"

"사랑하지 않으면서도 부부니까 그냥 의무적으로 살고 있는 사람이 많대요."

"사랑하지는 않지만 부부니까 의무적으로 같이 산다? 묘한 말이군."

"친구 남편이 있는데요, 자기 아내를 아무리 사랑하려고 해도 애정이 가지 않는데요. 부부니까 억지로 살고 있는 거래요."

"좋아하는 여자가 따로 있기에 그렇겠지요."

"그건 잘 모르겠어요."

"그걸 알아야 답이 나올 텐데."

"당신도 혹시 애정이 없으면서 억지로 살고 있는 건 아니겠지요?"

"남자는 다 똑같대. 그럴지도 모르지. 나도 남자니까."

"나 농담하고 있는 거 아니에요. 심각하게 묻고 있는 거예요."

"왜? 요즘 내가 이상하게 보여요?"

"그렇지는 않지만, 당신도 내 친구 남편처럼 그러면 어떡하나 걱정이 되어서요. 내가 늙어 가나 봐요. 요즘에는 괜히 눈물이 나고 인생이라는 게 너무 허무하다는 생각이 들어요."

"이 세상에 하나밖에 둘도 없는 내 여인아, 보고 또 보고 또 쳐다봐도 싫지 않는 내 사랑아."

나는 나훈아의 〈사랑〉 이란 노래를 부르고 있었다.

"정말?"

"그럼 정말이지. 이 세상에 당신 말고 또 누가 있겠어."

"이 세상에 둘도 없는 나는 행복한 사람. 나 정말 행복해요."

아내는 갑자기 소녀처럼 눈물을 글썽이며 가슴으로 파고든다. 나는 가볍게 포옹을 하며 등을 쓰다듬어 주었다.

"사랑한다고 한마디 해 주세요."

"사랑하고 있잖아."

"사랑한다는 말이 듣고 싶어요."

"사랑한다는 말이 그렇게도 듣고 싶어?"

"아무리 들어도 싫지 않은 말이잖아요."

"그래 사랑해."

계면쩍게 웃으며 억지로 입 밖으로 내밀어 보았다.

"사랑한다는 그 말 진심이지요? 계면쩍어하시지 마세요. 사랑을 말로 하느냐 마음으로 하는 거지 하시겠지만, 인간은 신이 아니에요. 여자들은요, 적어도 아침과 저녁 하루 두 번씩은 사랑한다는 말을 남편으로부터 듣고 싶어한대요. 그 말이 비록 거짓말일지라도 그 말을 듣는 순간 행복을 느끼며 만족해 한대요. 나도 여자예요."

"그 말 어디서 들었지? 아니면 당신 생각인가?"

"어느 책에서 보았는지, 아니면 내 생각인지 나도 잘 모르겠어요."

사실 남자들, 특히 우리 한국 남자들은 자기 아내에게 사랑한다는 말을 그렇게 많이 하지 않는다. 사랑하지 않아서가 아니라 사랑을 하면서도 말로는 잘 표현하지 않는다.

마음으로 사랑하고 가슴으로 사랑한다. 행동으로 보여주면서도 쑥스러워서 말은 하지 못한다. 어쩌면 사내답지 못하다는 생각에서인지도 모른다. 아니면 남존여비의 권위주의적 사상이 아내를 남편의 소유물로 생각하던 전근대적 사고방식 때문인가. 면전에서 빤히 쳐다보면서 사랑한다는 말은 사랑한다는 뜻이 아니라 아부로 들릴 수 있기 때문이다.

그런 행동은 영화에서나 삼류 연애 소설에서나 쓰는 낯간지러운 용어로 들릴지 모른다. 그래서 더욱 사랑한다는 말을 사용하지 않는지도 모른다.

"우리 결혼한 지 삼십 년이 넘었어요. 그 동안에 사랑한다는 말 몇 번이나 했는지 기억할 수 있어요?"

"수백 번, 아니 수천 번 될걸."

"마음속으로야 수백 번 수천 번 했겠지요."

그건 사실이다. 사랑한다는 말을 마음속으로만 했을 뿐 말로 표현하지는 않았다. 군 복무 시절에 약혼을 하고 부대로 돌아가는 날부터 약혼녀에게 사랑한다는 편지를 썼다. 하루도 빠뜨리지 않고 매일매일 편지를 썼다. '사랑하는 ○○에게, 사랑하는 ○○으로부터' 하는 식으로 편지 한 통에는 사랑한다는 말이 너무 많아서 어쩌면 식상했을지도 모른다.

답장이 꼭 필요하지는 않았지만 그래도 은근히 기다려졌고 한 달에 두세 번은 회신이 왔다. 한 통의 답장을 받기 위해 적어도 열 통 이상의 편지를 쓴 셈이다.

온갖 미사여구를 다 동원하여 사랑한다는 말을 한 장의 편지지에 쓸 때도 있었지만 많을 때는 대여섯 장이 필요하기도 했다. 결혼식을 올리고 제대를 할 때까지 일년 반 동안 거의 매일 편지를 썼다.

그러나 막상 얼굴을 대하면서부터 사랑한다는 말을 하지 못했다. 지금도 마찬가지다. 사랑하지 않아서가 아니라 그 말이 숙달되지 않아서이다. 말은 하지 않아도 마음속으로는 항상 사랑하고 있다. 때로는 안쓰러울 때도 한두 번이 아니다. 그러나 무엇으로 어떻게 표현해야 할지 모른다.

가난한 가정에 시집와서 지지리도 고생만 한 그녀가 불쌍하다는 표현은 너무도 통속적일까.

십수 년 전 어느 추운 겨울날 가게에 나온 아내가 추위에 떨고 있었다.

"내복을 입고 나오지 그랬어."

"미안해요. 안 추워요."

나는 집으로 달려가서 장롱을 뒤졌지만 아내의 내의는 보이지 않았다. 다만 덕지덕지 기워 입었던 내의 한 벌이 눈에 띄었지만 도무지 입을 수 없어 보였다. 눈물이 핑 돌았다. 겨울 내의 한 벌 못 사 입을 형편은 면했는데 지금도 어려웠던 옛날을 생각하며 내의 하나 못 사 입는 아내가 측은하게 생각되어 곧바로 시장으로 가서 최고급 내의 두 벌을 사다 주면서 입으라고 했다. 장롱을 뒤져 본 사실을 모르는 아내가 말했다.

"고마워요. 사실은 내의가 없어서 못 입고 나왔어요."

"주변머리 없는 여자, 내의가 없으면 사서 입어야지."

그해 겨울부터 지금까지 나는 겨울 내의를 입지 않고 겨울을 보낸다. 특별한 이유가 있어서 그런 것은 아니고 다만 버릇이 그렇게 되었을 뿐이다.

말로만 사랑하고 실제로는 사랑하지 않는다면 그 또한 안 될 일이거니와, 마음속으로만 사랑하고 겉으로 표현하지 않는다면 그 또한 바람직한 일은 아니다.

가을 꽃

갈대꽃은 향기도 없고 아름다운 색깔도 없어서 벌도 나비도 찾아오지 않는다. 그래서 누구에게나 사랑을 받지 못하고 버림받은 여인처럼 찬바람 부는 가을에만 빛 바랜 모습으로 을씨년스럽게 가을 하늘을 지킨다.

오늘 아침 등산길에 꺾어 온 갈대꽃이 복잡하게 어지러운 나의 책상을 비집고 들어섰다. 물도 없는 필통 꽂이에 꽂혀서 가을이 깊었음을 말없이 알려주고 있었다.

마침 찾아온 여자 손님 한 분이 갈대꽃을 보고는 감탄을 한다.

"아, 가을 꽃, 물씬 풍기는 가을 냄새."

하며 코끝을 갈대꽃에 갖다 대며 기뻐한다.

갈대꽃, 가을에 피는 꽃이라 '가을 꽃'이라 하는가. 가을 냄새, 내가 무심코 꺾어 온 그 갈대꽃에서 가을 냄새를 맡을 수 있고, 그 가을 꽃을 좋아하는 그 여인은 갈대꽃에 얽힌 무슨 사연이라도 있는 걸까.

갈대꽃은 향기도 없고 아름다운 색깔도 없어서 벌도 나비도 찾아오지 않는다. 그래서 누구에게나 사랑을 받지 못하고 버림받은 여인처럼 찬바람 부는 가을에만 빛 바랜 모습으로 을씨년스럽게 가을 하늘을 지킨다. 호젓한 산 속에서 외롭게 혼자만 피어 가는 가을 꽃. 잔잔한 미풍에도 잘 흔들리기 때문에 지조 없이 사는 여인을 갈대 같다고 천박하게 여겨 온 갈대꽃. 그 갈대를 비유하여 '너희가 무엇 하러 광야에 나갔더냐. 바람에 흔들리는 갈대이냐, 옷 잘 입은 사람이더냐. 옷 잘 입은 사람은 궁중에 있나니라'고 책망한 예수님의 말씀은, 너희는 갈대처럼 흔들리지 말고 세상의 부귀 영화 부러워하지 말고 하나님의 말씀을 순종하여 참되게 살라는 가르침이 아니겠는가.

벌과 나비뿐 아니라 지나가는 산새 한 마리 찾아주지 않을지라도 혼자서 하늘 향해 손짓하는 갈대꽃은 꽃이라기보다는 생명을 탄생시키려는 위대한 창조다. 종족 보존의 본능, 즉 잔잔한 바람에도 비록 비웃음을 받으면서도 스스로 살아 남기 위한 생존권의 갈구인지.

그런 사연을 생각지 못하고 절개 없는 여인을 갈대에 비유한 옛말은 생존권과 종족 보존의 위대한 창조를 모독하는 인간의 죄악이 아닐는지.

아무도 돌봐주는 이 없을지라도 가을 찬바람 속에서 피어나는 갈대꽃을 나는 좋아한다. 사루비아처럼 그 붉은 정열이 어찌 없으랴마는, 누구에게도 자랑하지 아니하고 누구에게도 보이지 않으려고 속으로 감추어 두고, 겉으로 그렇게 초라하게 피고 있는지도 모른다.

오상고절을 자랑하는 국화 같은 향기는 없을지라도 있는 그대로를 피우고 자신만만하게 생존권을 주장하고 있다.

차가운 가을 하늘을 혼자라도 지켜 가려는 절개 높은 소나무 사이에서 가을이면 꼭 피어나는 갈대꽃을 보노라면, 아침 등산길에서 만나던 그 여자 생각이 떠오른다.

수리산 아침 등산길에 만난 여자. 그러니까 내가 이곳 양지동으로 이사올 무렵이니까 15년이란 세월이 흘러간 옛날 이야기가 된다. 지금도 가끔 수리산 정상을 오르는 때가 있지만 그때는 매일 아침 수리산 정상까지 등산을 다녔다.

비록 등산길이기는 하지만 매일 아침 만나던 여자이기에 더욱 잊혀지지 않는지 모른다. 그렇지만 나는 그 여자의 성도 모르고 이름도 모른다. 더구나 어디 사는지도 모르고 나이는 더더욱 모른다.

누군지도 모르면서 나이는 알아서 또 무엇하랴. 스물은 조금 넘었을 젊은 여자, 그렇게 미인은 아니었지만 개성 있는 여자였다. 산에서 만난 여자이기에 더욱 아름답게 보였을 수도 있다.

보통 키에 눈이 좀 크다는 게 인상적이었다. 어딘가 모르게 깊은 수심에 잠겨 있는 듯 목이 긴 사슴처럼 먼산을 바라보던 여자. 산을 오르내리다가 서로 마주치면 말없는 미소가 아니면 눈인사쯤으로 별로 관심 없이 피차 지나치곤 했었다. 어떤 때는 혼자 오기도 하고 어떤 때는 다른 사람과 같이 오기도 했는데 대개는 혼자서 다닌 적이 더 많았던 것 같다.

그때도 지금처럼 가을이 노랗게 익어 가던 늦가을 어느 날이었다. 그 큰 눈에 눈물을 글썽이며 갈대밭 속으로 걸어가며 갈대꽃을 꺾고 있었다. 어쩌면 가는 세월이 야속하여 가을을 붙잡아 놓으려고 갈대꽃을 그렇게 꺾었는지 그것까지는 내가 알 수 없다. 그리고 그때 나는 무심히 지나쳐 버리고 말았는데, 그 후로 수리산에서 그 여자를 만나 볼 수가 없었다.

무슨 큰 병이라도 났는지 먼 곳으로 이사를 갔는지, 아니면 좋은 자리가 있어서 좋은 사람을 찾아 갔는지도 모를 일이었다. 그 여자가 나타나지 않는 수리산에는 차가운 바람만 온 산을 휩쓸고 지나갈 뿐 적막하기까지 했다.

하얀 첫눈이 내리기 시작하면서 나의 산행도 동면으로 들어갔다. 나의 게으름 탓도 있겠지만 새벽 찬바람을 쐬며 등산을 하면 피부 세포를 쉽게 노화시킬 뿐 아니라 이익보다 손해가 더 많다는 박사님들의 TV 방담이 정당한 이유가 된 것 같다.

비록 향기는 없을지라도 가을임을 실증이라도 해 주려는 듯, 나의 책상 위에서 찾아온 손님들의 시선을 끌고 있는 갈대꽃을 보며 15년 전 수리산에서 만났던 그 여자가 이 가을에 생각나는 까닭은 웬일일까?

오늘 아침에 꺾어 온 갈대꽃과 찾아온 여자 손님과는 또 무슨 관계라도 있는 게 아닐까? 그렇다. '아, 가을 꽃' 하는 감탄사에서 분명 보이지 않는 이슬 같은 눈물이 흐르고 있음을 볼 수 있었다.

갈대꽃을 아름답게 보면서 감탄하는 그 여자에게 무슨 사연이 있으리라는 나의 예감은 비교적 적중했다.

그녀는 학생 때부터 산이 좋아 등산을 하기 시작했고, 특히 가을 산을 좋아했다면서, 가을이 오면 먼 산행이 없을 때는 가까운 산을 자주 찾아갔다고 한다.

그 평퍼짐한 산등성이에 흐드러지게 피어 있는 하얀 갈대꽃을 바라보노라면 그 오만한 가을 산의 따스한 낭만이 그녀를 미치게 하였다.

마침 그녀의 집이 수리산 밑에 있었기 때문에 사범학교를 졸업하고 집에서 놀고 있을 때에는, 매일같이 아침이면 수리산을 다녔다는 그녀의 이야기는 분명 나에게 큰 충격을 주었다. 자세히 훑어보니 분명 그때 그 여자였다. 그래서 나는 혹시 어느 날 아침 갈대꽃을 한 웅큼 꺾은 적이 없었느냐고 물었다.

"있었지요. 이제 생각해 보니 선생님 생각이 나네요. 그날이 저의 어머니 백일제 되는 날이었지요. 그날은 어머니 산소에 가려고 평소보다 좀 일찍 산에 가서 갈대꽃을 꺾어 왔지요. 이렇게 탐스러운 하얀 가을 꽃을, 돌아가신 어머니도 갈대꽃을 무척 좋아했어요. 그해 가을에도 갈대꽃이 풍성하게 피면 꼭 한번 보고 싶다더니 더 보시지 못하고 세상을 뜨셨답니다.

그날 이후 수리산에 갈 기회가 없어져서 처음이자 마지막으로 당신 생전에 한번 더 보고 싶다던 그 갈대꽃을 꺾어 어머니께 드리고는 발령이 난 산골 학교로 떠났답니다."

그는 옛날을 회상하는 듯 눈물을 글썽이고 있었다. 발령이 난 시골 학교에 가서도 가을이면 어김없이 피어나는 갈대꽃을 찾아 나섰다고 한다. 그리고 갈대꽃이 피어 있는 그 평퍼짐한 산등성이에서 만난 사람과 사랑이 싹트게 되어 지금은 두 아이의 엄마가 된 중년 부인이 되었지만, 갈대꽃을 보면 지금도 그때처럼 가슴이 뛰고 눈물이 난단다.

그랬었구나. 그 여자였구나. 세상에 이럴 수가. 세상은 넓고도 좁다고 하더니 인연치고는 참으로 묘한 인연이었다.

오늘 아침 등산길에 무심코 꺾어 온 갈대꽃이 15년 전 그 묘령의 여인을 이렇게 다시 만나게 될 줄은 꿈에도 생각지 못했다.

그때는 돌부처처럼 말 한마디 붙일 수 없는 쌀쌀한 여자였다. 그런데 지금은 어엿한 중년 부인이 되어 묻지도 않은 자신의 지난 이야기를 털어놓는다. 생활에 쫓기다 보니 가을이 와도 그 평퍼짐한 산등성이에 오만하게 피어 있는 가을 꽃을 볼 수가 없다고 푸념까지 해 가면서.

젊음과 낭만이 무한히 펼쳐진 가을 산을 구경할 수 없는 자신이 때때로 처량하게 느껴진다는 그녀의 눈에는 분명 무엇인가 감추고 말하지 않은 더 큰 비밀스러운 가을 꽃의 이야기가 숨겨 있는 듯 이슬이 맺혀 있었다.

고추를 따면서

보약이 따로 있는 게 아니라 우리 몸에 맞아야 보약이듯이 음식물도 우리 몸에 맞아야 한다. 즉 우리 땅에서 나는 음식물이라야 우리 몸에 잘 맞는다는 말이다.

"안녕하세요, 선생님."

비오듯 땀을 흘리며 고추를 따고 있는데 풋사과처럼 풋풋한 여자의 목소리가 등뒤에서 들려 왔다. 소맷자락으로 땀을 씻으며 일어나 소리나는 쪽을 바라보니 하얀 블라우스에 하얀 바지를 입은 미모의 여인이 눈부시게 빨간 파라솔 밑에서 미소를 짓고 있었다.

하늘에서 내려온 선녀인가 내 눈을 의심할 정도로 아름다운 여인이었다. 흐르는 땀방울이 눈 속으로 들어가 아른거렸기 때문에 더욱 아름답게 보였는지, 아니면 내 몰골이 너무도 초라했기에 그녀가 더욱 돋보였는지는 모른다.

어디서 본 듯한 얼굴이다. 어디서 보았을까. 그리고 누구일까. 뙤약볕에 땀을 흘려 가면서 왜 찾아왔을까 하고 생각하면서 허리를 폈다.

"선생님, 찾아 뵙고 싶었어요. 저 누구인지 기억나세요?"

"……?"

"지난 봄에 쑥 캐러 왔던, 쑥도 몰랐던 그 여자예요."

"아, 예, 이제 생각이 나는군요. 알아뵙지 못해서 죄송합니다."

"아니에요, 선생님. 제가 오히려 죄송해요. 고추 따시는 데 방해
가 되잖아요."

"건강은 많이 좋아지셨나요?"

"보시다시피 이렇게 건강해졌어요. 선생님께서 염려해 주신 덕
택인가 봐요."

"건강 관리를 잘 하신 때문이겠지요. 아주 건강해 보이십니다."

"고추 많이 따셨어요?"

"먹을 만큼 따면 되겠지요."

"고추 농사가 아주 잘 된 것 같아요."

"아직까지는 잘 되었는데, 하나님 하시는 일을 우리 인간이 알
수 있나요."

"하나님 믿으세요?"

"하나님 안 믿는 사람 있나요. 급하면 모두 하나님을 찾게 되지
요."

"고추는 언제 심어요?"

"옛날에 밭에다 직접 심을 때는 4, 5월에 심었는데 요즘엔 직파
하는 사람이 아무도 없어요. 2월이 되면 벌써 온상에서 싹을 틔우
지요. 고추 모가 어느 정도 자라면 연결 포터에 하나씩 옮겨 심는
답니다. 포터에서 튼튼하게 자란 고추 모는 입하 무렵이 되면 온
상 안에서 이미 꽃이 피기 시작하지요. 그리고 입하가 지나면 곧
바로 밭에 옮겨 심게 되는데, 이건 입하가 지나면 서리가 절대 오
지 않는다는 우직한 농부의 생활에서 얻은 경험이지요. 고추밭에

밑거름으로는 계분(닭똥)이 제일 좋다고 합니다. 그래서 가능하면 계분을 주지만 쇠똥 같은 유기질 거름도 많이 쓰고 있답니다. 밭은 깊게 갈아서 두렁을 만들고 잡초가 나오지 못하게 까만 비닐을 덮어씌우지요."

"왜 까만 비닐을 씌워요? 하얀 비닐은 안 되나요?"

"까만 비닐은 햇빛을 차단하기 때문에 잡초 씨앗이 발아를 하지 못해요. 그러나 하얀 비닐은 그 비닐 속에서 잡초가 자라서 비닐을 뚫고 나온답니다. 비닐을 씌울 때도 찢어지지 않도록 고르게 고른 다음 또 바람에 날리지 않게 흙으로 눌러 덮어야 해요. 그 두렁 위에 약 40센티 간격으로 고추 모를 심은 다음에, 자라서도 폭풍우나 태풍에 쓰러지지 않도록 튼튼한 받침목을 세우고 단단한 끈으로 비끌어 맨답니다."

"고추 농사가 그렇게 손이 많이 가는 거예요?"

"그뿐인 줄 아세요. 진딧물 약과 오갈병, 짓물러 썩는 병을 약으로 예방하는데 일주일 또는 열흘 간격으로 수확이 끝날 때까지 계속 하지요. 그리고 밑동에서 필요 없이 자라고 있는 새순은 제거해 줘야 하구요. 한 가지 재미있는 사실은 고추나무는 외줄기로 자라다가 두 가지로 갈라지면서 가지와 가지 사이에 고추가 열리지요. 즉 고추가 열릴 때마다 가지가 나누어지고 두 가지로 갈라질 때마다 고추가 열린답니다."

"이제 보니 정말 그러네요. 그래서 아들을 낳으면 고추라고 표현했나 봐요. 오늘 새로운 사실을 알게 되어서 정말 기뻐요."

"고춧가루가 식탁에 오르기까지 얼마나 많은 손길이 닿는지 생각해 본 적 있으세요. 아마 없을 거예요. 한 알의 쌀이 밥상에 오르기까지 무려 88번의 손길이 간다고 해서 옛 조상님들도 열 십

(十)자에 여덟 팔(八)자를 두 개 포개 놓아 쌀 미(米)자를 만들었 대요. 고추 역시 셀 수 없을 만큼 많은 손길이 가야 우리 밥상에 오를 수 있다고 생각하면 될 거예요."

"왜 그렇게 힘든 농사를 해요? 수입하면 훨씬 싸다는데요."

"신토불이라는 말 들어 본 적 있으시죠?"

"예, 있어요. 우리 농산물을 사랑하고 애용하자는 거 아니에 요?"

"맞아요. 우리 농산물을 애용하자는 거지요. 물론 애국하자는 그런 뜻도 포함되지만 그보다도 우리 자신의 건강을 위해서지요. 보약이 따로 있는 게 아니고 우리 몸에 맞아야 보약이듯이 음식 물도 우리 몸에 맞아야 하는데, 우리 땅에서 나는 음식물이라야 우리 몸에 잘 맞는다는 거지요. 더구나 수입하는 음식물은 자연 그대로의 상태가 아니지요. 얼마 전에 텔레비전에서 방영한 사실 을 기억하고 있는지 모르겠지만 수입하는 농산물이나 축산물은 원상태를 유지하기 위해 다량의 방부제나 방균제, 방습제 등 무 려 22가지의 인체에 해로운 약품으로 아예 코팅을 하여 들여온다 는 사실을 알아야 합니다. 음식을 만들어서 한 달을 두어도 상하 지 않는 음식물을 우리가 먹고 소화를 시켜야 하는 우리의 소화 기는 고된 작업의 연속입니다."

"우리 자신을 위해서 우리 것을 애용하자는 선생님의 말씀 충분 히 이해가 되네요."

"오늘 이곳까지 오셨으니 고추 좋아하시면 풋고추나 따가지고 가세요."

"고추 싫어하는 여자 있겠어요? 하지만 선생님께서 힘들게 지 은 농사를 어떻게 그냥 따갈 수 있어요."

"힘들게 지은 농사일지라도 이웃들과 같이 나누어 먹는 미풍양속이 우리의 전통이고 자랑이잖아요. 사양 마시고 편한 마음으로 따 가세요."

"그럼 조금만 따 갈게요. 땀흘려 일하신 선생님의 정성을 생각하면서 오늘 성대한 신토불이 식탁을 꾸며 보겠습니다. 그리고 선생님, 〈쑥도 모르는 여자〉라는 글 재미있게 읽었어요. 글을 쓰시는 훌륭하신 분인 줄은 미처 몰랐어요. 제가 도움이 된다면 언제라도 도와드리고 싶어요."

노을이 지는 석양의 햇빛에 해맑은 그녀의 얼굴이 붉어지는 고추처럼 발갛게 물들고 있었다.

고구마를 캐던 날

내가 밟고 있는 흙은 인간사의 모든 부조리와 부패까지도 넓은 아량으로 받아들인다. 용서하고 화합하여 새롭게 탄생한다. 흙은 허물을 감싸주고 지혜와 용기를 주는 어머니의 마음 같다.

선생님, 저는 오늘 고구마를 캐면서 많은 것을 배우고 느꼈습니다. 도시의 찌든 공해 속에서 해방되는 마음으로 고구마 밭을 찾았을 때만 해도 들뜬 기분이었습니다. 고구마 밭은 생각보다 그렇게 크지도 않고 몇 고랑 되지도 않았지만 고구마를 캐는 즐거움을 맛보기에는 충분했습니다. 사실 소녀처럼 마음은 고무풍선이 되어 있었던 것도 숨길 수가 없었답니다.

그리고 지금은 비록 숨막히는 도시의 공해 속에서 살고 있지만 생활이 어느 정도 안정되고 마음의 여유가 생기면 공기 맑고 전망 좋은 전원생활이 내 작은 꿈이었습니다. 그 꿈의 실현을 위하여 오늘은 예행을 하는 마음으로 찾아간 셈이지만 그 꿈이 여물기도 전에 깨어지는 아픔을 느꼈습니다.

왜냐고, 왜 묻지 않으세요?

흙은 만인을 포용할 수 있는 아량을 갖고 있지만 그렇다고 아무나 그 포용력에 응할 수 없음을 절실히 느꼈습니다. 흙과 친할 수 있는 친화력은 자신의 능력에 달려 있겠지요. 적응을 하지 못하면 나와는 상관이 없을 뿐 아니라 고통만 더해 줄 뿐입니다.

어떠한 괴로움과 고통이 따른다 할지라도 과묵하게 인내하는 흙을 보았습니다. 과묵한 흙 위에 하잘것없는 자신을 발견하고는 자신이 너무도 미약함에 놀라고 말았습니다. 말이 없는 흙과 쉽게 친할 수 있을 거라고 생각한 자신이 부끄럽기만 합니다. 참으로 어리석고 부질없는 생각이었음을 뉘우치게 하는 순간이었습니다.

호미로 잡아당기면 순순히 따를 줄 알았던 흙덩이가 완강하게 거부를 해요. 제자리에 그대로 있겠다는 거지요. 차라리 부스러질지언정 노예처럼 끌려다니지 않겠다는 항거지요.

"민경아, 너는 나를 사랑할 줄 몰라. 엄마가 아기를 키울 때 가슴으로 안아서 감싸주듯이 그렇게 안아 보렴. 너는 흙에 대한 애정이 결핍돼 있어. 자연은 인간에게 모든 것을 거저 주는 줄 알지만 인간이 자연을 사랑하는 만큼 자연도 인간을 위해 희생과 봉사를 아끼지 않는다는 사실을 알아야 해."

이렇게 말을 하고 있어요. 순간 나는 흙에 대한 사랑의 결핍증을 느꼈어요. 진정으로 흙을 사랑하는 사람을 흙 또한 진정으로 받아들인다는 사실을 깨닫게 되었습니다.

내가 밟고 있는 흙은 인간사의 모든 부조리와 부패까지도 넓은 아량으로 받아들입니다. 용서하고 화합하여 새롭게 탄생합니다. 흙은 허물을 감싸주고 지혜와 용기를 주는 어머니의 마음 같다는 사실을 알았습니다.

흙은 항상 따스한 손길로 맞아 주는 어머니의 넓은 가슴입니다. 그러한 흙과 설익은 내가 동화되기에는 너무도 거리가 멀다는 사실을 깨달았습니다. 자신이 너무도 초라한 존재임을 느꼈습니다. 흙을 보기가 부끄러웠습니다.

그리고 내가 과욕을 부리고 있구나 하고 깨닫는 순간 하늘 보기가 두려워졌습니다. 땀에 찌들어 후줄근한 옷차림에도 의연한 선생님의 당당한 모습이 성자처럼 보였습니다. 두꺼비 등이 된 거친 손길이 위대하다는 생각도 들었고요.

고구마를 캐는 즐거움을 맛보게 하려고 호미 자루를 쥐어 준 선생님의 깊은 사려를 지금에야 깨닫고는 새삼스럽게 놀랐습니다. 흙에 대한 생각이 너무도 부족했고 모든 사물은 저절로 이루어지는 것이라고 생각한 철부지였습니다. 생각할수록 너무도 모르는 맹추였습니다.

고구마 줄거리를 말끔히 거두어 주신 깊은 생각에 죄송하기도 하고 한편 감사할 따름입니다. 사실 고구마를 캤다는 것보다는 뽑아내고 있었지요. 상상 외로 큰 고구마가 흙 속에 묻혀 있을 때 캐내지 못하고 뽑아내려고 씨름을 했지요. 흙 속에 깊이 묻혀서 힘 겨루기를 하는 느낌이었어요. 결국 제가 진 셈이지요. 화풀이라도 하는 양 고구마에는 상처투성이였습니다. 그래도 하얀 눈물만 줄줄 흘리고 있을 뿐, 아무런 반항도 원망도 하지 않더군요. 승자인 양 의기양양했지만 나는 속으로 울었답니다.

들깨를 거둘 때 그 향긋한 향기를 잊을 수가 없습니다. 찬란한 햇빛 속에 서늘한 가을 바람도 영원히 내 기억에 남아 있을 추억입니다. 비록 반항하는 흙덩이일지라도 사랑으로 감싸줄 때 자연도 스스로 순응해 온다는 신비와 오묘함을 보았습니다.

선생님, 갈대꽃을 꺾을 때 왜 야단치시지 않으셨어요. 산야에 아무렇게나 널려 있는 갈대꽃, 어찌 보면 한량없이 무질서하게 보이지만 좀더 자세히 관심을 갖고 관찰해 보면 모두가 있어야 할 제자리에서 질서를 지키고 있는 갈대꽃을 함부로 꺾어서는 안 된다고 말입니다.

갈대꽃은 그 꽃대로 제자리에 있어야 제격이라는 사실을 알았습니다. 도시의 안방에 들어앉아 있으면 꺾을 때의 낭만적인 기분은 곧 사라지고 오히려 이질감만 불러일으키겠지요. 머지않아 실증이 나고 쓰레기 종량제에 신경이 곤두서고 순수했던 본연의 모습은 찾을 길이 없어지겠지요.

호미 끝에 찍혀 나오는 고구마를 보면서 나는 속으로 또 울었습니다. 선생님께는 대단히 미안했고요. 하나의 생명으로 탄생하여 그 생명을 생명으로 유지하려고 얼마나 많은 노력을 하였으며 피땀을 흘렸을까. 참사랑으로 보듬어 주기를 또 얼마나 갈구하였을까.

상처마다 하얀 눈물을 글썽이면서도 말없이 아픔을 다스리는 인내를 보았습니다. 그리고 자연의 섭리에 놀라울 뿐이었습니다. 잠시나마 사람을 잘못 만난 탓으로 돌리기에는 그의 운명이 너무도 가혹하다는 생각이 들었습니다.

말없는 식물일지라도 어찌 생각이 없겠습니까. 자신을 이해하고 감싸주는 참주인을 학수고대하며 기다리고 있음을 보았습니다. 식물일지라도 주인을 잘 만나면 충분한 영양 공급을 받아서 소기의 목적 달성을 위하여 튼튼하게 성장한 모습을 보았습니다. 스스로 만족을 느끼며 정성을 다하여 보살펴 주고 사랑을 나누어 주는 사람에게는 충성을 다하여 만족과 기쁨을 준다는 사실을 알았습니다.

흙은 거짓이 없고 순수하다는 사실을 새삼 실감했습니다. 우리가 살아가는 데도 지도자를 잘 만나면 행복과 만족을 향유할 수 있습니다. 그러나 지도자를 잘못 만나면 불행해질 수밖에 없습니다. 그렇다고 모두가 지도자가 될 수는 없겠지요.

어찌 보면 사람이 흙을 지배하는 것 같지만 흙이야말로 사람 위에 군림하고 있는 위대한 지도자라는 사실을 오늘 다시금 깨닫게 되었습니다.

심은 만큼 거두리라는 성경 말씀을 다시 곱씹어 봅니다. 오늘은 참으로 잊을 수 없는 값진 하루였습니다. 정성 들여 보살펴 주신 덕택으로 오늘 저녁 우리 집 식탁이 유달리 풍요로워지겠습니다. 오염되지 않은 무공해의 식품으로 안심하고 포식하겠다고 생각하니 기분이 상쾌해지고 절로 머리가 맑아지는 것 같습니다. 풍요로운 가을 하늘 아래서 무한한 행복과 사랑을 베푸는 대지를 보면서 나로 인해 상처투성이가 된 고구마를 어루만지는 내 마음은 아프기만 했습니다.

고스톱은 망국 병인가

고스톱은 우리 생활에 너무도 깊이 뿌리내려져 있다. 앞으로 당분간은 사라지지 않을 게 분명하다. 그러므로 고스톱은 망국병이라고 지탄하기 전에 적당히 다스릴 줄 아는 지혜가 필요하리라 본다.

상갓집에 가면 으레히 고스톱 판이 벌어지게 마련이다.

그런데 멍석을 깔아 놓은 널따란 마당에서 고스톱은 하지 않고 윷놀이 판이 벌어졌다. 건전한 놀이라고 생각했다. 우리 농촌도 이렇게 건전해졌구나 하고 속으로 감탄했다.

온 마을 사람들이 모두 모여 밤을 새우며 윷놀이를 하고 있었다. 윷놀이를 모르는 바 아니지만 얼마나 재미가 있기에 한 사람도 집으로 돌아가지 않고 밤을 지샐 수가 있을까 생각하면서 눈여겨보았더니 그게 아니었다.

판돈이 어마어마하게 많이 걸려 있었다. 윷놀이를 하고 있는 사람은 두 사람인데 구경꾼이 30여 명이나 되었다. 구경하는 사람들은 단순한 구경꾼이 아니라 두 편으로 나뉘어져 응원을 하고 있었다.

각자 이길 수 있다고 점친 사람에게 돈을 걸고 응원을 하는데 이기면 투자한 금액이 배로 늘어나고 지면 투자한 액수 전액을 잃게 된다.

윷을 던질 때마다 함성이 터지고 말을 쓸 때마다 의견이 분분하다. 말 하나 쓰는 데도 말다툼이 벌어진다. 건전한 민속놀이가 아니라 커다란 도박판이었다.

겉으로 보기에는 우리 고유의 전통 민속놀이인데 그 속을 들여다보니 어마어마한 판돈이 걸려 있음을 보고는 또 한번 놀라지 않을 수 없었다.

바둑을 두면 신선해 보이고 화투를 하면 천박해 보인다. 그런데 바둑은 두 사람 이상은 할 수가 없다. 윷놀이처럼 편을 갈라서 할 수 있는 성질의 것도 아니다. 그래서 세 사람 이상 모이면 고스톱을 하게 되는지 모른다.

한국의 성인 남자 89%가 고스톱을 즐긴다고 한다. 식당이거나 유원지의 나무 그늘 밑이거나 가리지 않고 앉으면 고스톱 판이 벌어진다. 며칠 전에도 어느 식당에서 고스톱 판이 벌어졌는데, 식사를 시켜 놓고 기다리는 시간을 이용하여 잠시 하는 고스톱이 아니라 아예 아침부터 판을 벌이는 사람도 있다는 보도를 하면서, 이래서 되겠느냐는 텔레비전의 뉴스가 있었다. 그래서 망국병이라는 지탄의 소리가 높아지는지도 모른다.

그런가 하면 고스톱 애호가들은 나이 많은 사람들에겐 치매 예방이 된다고 권장하는 사람도 있다. 나이가 많지 않더라도 잠시 머리를 식히는 정도는 오히려 생활의 활력소가 된다. 고스톱 판에서는 크고 작고 간에 돈내기가 따른다. 내기가 아니면 아무런 재미가 없다. 그러나 바둑은 내기가 아니어도 재미가 있다. 죽었던 돌이 살아나기도 하고 죽을 것 같지 않던 대마가 비명횡사하기도 한다. 바둑 한 판은 우리 인생 행로와 비유되기도 한다. 바둑판 위에서 벌어지는 한판 승부는 심오한 인생 철학을 생각하게 한다. 그런데 내기를 하지 않아도 재미있는 바둑을 더 재미있게 하려고 내기 바둑을 두는 사람이 많아졌다고 한다. 모든 운동 경기나 오락은 내기를 걸어야 더 재미가 있게 마련이다. 그래서 바둑에도 내기 바둑이 성행하는지 모른다. 방 내기가 있는가 하면 돌 하나에 적게는 몇천 원에서 크게는 상상을 초월하는 거액을 걸고 바둑을 두는 사람도 있다. 그렇게 되면 바둑 역시 신선 놀음이 아니라 도박판이라 할 수 있다.

건전한 스포츠로 아니면 오락으로 즐긴다면 신선 놀음이 되겠지만 거액의 내기 바둑은 도박이 된다는 사실을 알아야 한다. 윷놀이도 마찬가지다. 고스톱 역시 거액의 판돈이 오고 간다면 도박판이겠지만 가깝게 지내는 사람끼리 점심이나 저녁 내기 정도는 오히려 삶의 활력소가 되지 않을까.

가뭄 때는 한 방울의 물이 소중하지만 홍수가 나면 오히려 많은 피해를 입을 뿐 아니라 귀중한 생명까지도 잃게 된다. 불 역시 우리 생활에서 없어서는 안 될 소중한 것이지만 실수하여 화마라도 입게 되면 많은 재산과 목숨까지도 잃게 된다.

어느 집에나 주방에 가면 주방용 칼이 있다. 그 집의 주부는 아침 저녁으로 칼을 이용하여 가족의 건강을 위한 각종 요리를 하는 이기의 하나로 꼭 필요한 것이다. 그러나 강도가 그 칼을 들면 흉기로 변한다. 주부가 들었을 때는 이기였던 칼이 강도가 들었을 때는 흉기로 변한다는 이야기다.

보약이 좋다고 너무 많이 복용하면 오히려 건강을 해칠 뿐 아니라 폐인이 되는 경우도 있다. 독약도 적당히 쓰면 보약이 된다. 무엇이든 적당하면 이롭지만 지나치면 해롭다는 뜻이다.

적당한 운동, 적당한 식사는 건강을 지켜 주지만 과음·과식은 건강의 적이다. 지나친 운동 역시 건강을 해친다.

고스톱 역시 지나치면 분명 망국 병이 되겠지만 적당히 이용하면 생활의 활력소가 될 수 있다. 바둑이나 윷놀이도 적당하면 신선 놀음이 되겠지만 지나치면 망국 병이 될 수도 있다는 얘기다.

억대의 도박판은 가정을 파괴하고 나라를 망하게 하는 마약이다. 바둑알 하나에 몇십만 원 혹은 몇백만 원 하는 내기 바둑은 반드시 근절되어야 한다. 도박으로 패가 망신한 사람은 있어도 성공했다는 이야기는 들어 보지를 못했다.

돈은 우리 생활에서 꼭 필요하다. 그렇다고 돈의 노예가 될 수는 없다. 집권자가 권력을 남용하면 전직 대통령들 처럼 역사의 심판을 받게 된다.

우리 몸에는 항상 적당한 영양 섭취와 적당한 운동이 필요하듯 적당한 레크리에이션 또한 필요하다는 이야기다. 적당한 영양 섭취를 위해서는 주식과 부식을 골고루 먹어야 한다. 고된 일을 한 후엔 반드시 휴식이 필요하다. 이렇듯 우리 생활에는 리듬의 조화를 이루어야 한다.

또 여가를 선용할 줄 알아야 한다. 충분한 휴식과 수면은 넘치는 활력과 진취성을 준다. 고스톱을 장려하자는 이야기는 아니다. 성인들이 만나서 즐길 수 있는 오락이 별로 없는 우리나라에서는 마지못해 고스톱을 즐기는지 모른다. 다른 운동 경기나 오락은 시간과 공간의 제약을 많이 받지만 고스톱은 언제 어디서라도 쉽게 할 수가 있다. 때와 장소를 가리지 않는다. 남녀노소가 같이 즐길 수 있다.

요즈음은 가족끼리도 고스톱을 즐긴다. 그래서 돈을 딴 사람이 식사도 시켜 주고 때로는 노래방도 가곤 한다. 이렇게 돈을 딴 사람은 많으니 기분을 내고 잃은 사람은 자신이 가까운 사람들에게 대접한 셈치면 모두가 흡족하고 화목해질 수 있다고 한다.

여러 사람이 모이면 음담패설이나 시국 이야기 또는 남의 흉을 보거나 헐뜯다가도 고스톱 판으로 돌아간다. 돈이 없을 때는 바둑알 내기라도 한다. 바둑알도 없을 때는 진 사람은 이긴 사람에게 이긴 만큼 박수라도 쳐 주면 재미있는 고스톱이 될 수 있다.

고스톱은 우리의 생활에 너무도 깊이 뿌리 내려져 있다. 앞으로 당분간은 사라지지 않을 게 분명하다. 그러므로 고스톱은 망국병이라고 지탄하기 전에 적당히 다스릴 줄 아는 지혜가 필요하리라 본다.

마사지를 해 드릴까요

"다리 아프지 않으세요? 쉬었다 가세요. 쉬면서 장딴지에 마사지를 하세요. 시원하실 거예요." "정희가 좀 해 줄 수 있겠어? 그럼 아픈 다리가 싹 나을 것 같은데." "못할 것도 없지만 그건 안 돼요." "걱정 말아요. 해 준대도 말릴 테니까."

"저는 처음에 걱정을 많이 했는데 저보다도 산을 더 잘 타시는 데요."

지리산의 연하천 산장에서부터 종주를 같이 하게 된 정희의 말이었다.

"정희한테 짐이 되지 않으려고 기를 쓰고 있는 거예요."

"등산은 마음으로만 되는 게 아니에요. 몸이 허락돼야지요. 놀랐어요. 참 건강하시네요. 젊은 제가 따라가기가 힘들 정도예요."

정희는 어젯밤 연하천 산장에 도착하면서 처음 만나 알게 되었다. 친구와 같이 지리산 종주를 시작했는데 도중에 친구를 잃어버리고 혼자 남게 되었단다. 취사도구를 그 친구가 가지고 있었기 때문에 당장 굶어야 할 처지가 되고 말았다. 이러한 사정을 듣고 우리 일행과 합류하여 저녁식사를 같이 했을 뿐이다.

등산객들의 인심은 그 어느 곳보다도 후하고 다정다감했다. 그보다도 상대가 묘령의 여자이기에 더욱 호감을 가지고 있었는지도 모를 일이다.

　이곳에서는 해가 떨어지기 전에 식사를 끝내고 잠자리에 들어야 한다. 산장에는 전깃불은 고사하고 촛불도 없다. 설사 양초가 있다 하더라도 불을 밝힐 수가 없다. 산장의 규율이다. 아마 화재의 염려 때문이리라.

　산장은 차디찬 마루방이었다. 군대 내무반처럼 중앙으로 복도가 있고 양편은 마루방으로 되어 있었다. 아래층은 남자 숙소이고 위층은 여자 숙소인데 위층의 여자 숙소는 금남 구역이다. 부부라 할지라도 이곳에서는 떨어져서 자야 한다. 난방도 되어 있지 않았다. 방안을 밝혀 주는 유일한 달빛이 하나뿐인 창문으로 반사되어 들어왔다.

　차디찬 마루방이므로 침구가 없는 사람은 침낭을 빌려야 한다. 침낭을 하나 빌리는 데는 이천 원이고 하룻밤의 숙박료는 삼천 원이다.

　이곳 연하천 산장은 해발 1,510m로 고산지대이기 때문에 아직은 10월 중순인데도 밤바람이 한기를 느끼게 했다. 저녁 일곱 시도 되지 않았는데 사방이 어둠으로 휩싸였다. 산정의 고사목이 초병처럼 어둠을 지키고 있었다.

　산장 안으로 들어가서 침낭 속 자리에 누웠다. 사다리를 타고 이층으로 올라간 정희와 남편을 따라온 듯한 중년 부인도 침낭 속으로 들어가는지 부스럭거리는 소리가 들렸으나 곧 조용해졌다.

　지난 밤에는 구례읍에 있는 여관에서 잠을 자고 오늘 아침 9시에 성심재에 도착하여 지리산 종주를 시작하게 되었다. 노고단(1,507m)을 거쳐 지리산맥의 제2봉인 반야봉(1,753m)을 왼쪽으로 보면서 뱀사골 산장에서 점심을 먹고 이곳까지 18km를 걸었다. 연하천 산장에 도착한 시간이 오후 네 시 반이었으니 7시간 반을 걸어온 셈이다.

내일 밤은 천왕봉 밑에 있는 장터목산장에서 자고 모레 아침 일찍 천왕봉에 올라가서 지리산 팔경 중의 하나인 일출을 보기로 계획을 세웠다. 자리에 눕자 곧 잠이 들었다. 얼마를 잤는지 두런거리는 소리에 날이 밝은 줄 알고 일어났다. 옆에서 자고 있던 K가 일어나는 나를 보고 아직 밤 열한 시라고 속삭이면서 발목이 쑤셔서 잠을 잘 수가 없다고 하소연했다. 그래서 찬물로 씻으면 나을 거라고 했더니 그렇게 해서 나을 병이 아니라고 했다.

어둠 속을 더듬거리며 밖으로 나왔다. 초저녁에 떴던 달은 이미 보이지 않았다. 하늘에는 누군가가 금자루를 쏟아 놓은 듯 수많은 별들이 반짝거렸다. 필설로 표현할 수 없는 하늘의 장관이요 조화였다. 이를 연하선경이라 하는가. 어쩌면 처음 보는 하늘인지도 모른다. 대기의 오염이 없는 높은 곳이기에 더욱 투명하게 보이는 걸까. 이렇게 크고 아름다운 보석상자는 처음 보았다. 나는 넋을 잃고 별들 속에 취해 있었다. 밤이 깊어서인지 낙엽을 건드리는 가느다란 미풍이 정적을 깨뜨렸다.

취사장으로 사용하는 통나무 의자에 앉았다. 많은 사람들의 훈기와 침낭 속에서 등에 배인 땀이 식으면서 싸늘한 한기가 느껴졌다. 감기라도 들면 큰일이다 싶어 아름다운 우주의 장관을 더 이상 감상하지 못하고 쫓기다시피 산장 안으로 들어갔다.

"아무래도 나는 내일 이번 종주를 포기해야 할 것 같애. 쑤시는 발목이 나을 기미가 보이지 않아."

그때까지도 잠들지 않은 K가 괴로움을 털어놓았다.

"나는 내일 벽소령에서 마천으로 빠지는 지름길로 하산할 테니 혼자서 계획대로 천왕봉까지 종주해 봐. 같이 동행해 주지 못해서 정말 미안해."

난감했다. 같이 왔으니까 같이 하산을 하면 편하겠지만 벼르고 별러서 온 종주 계획이 도중에 무산된다는 게 무척 아쉬웠다. 동행했던 S는 오늘 낮에 뱀사골 산장에서 하산을 했다. 그래도 K는 끝까지 종주를 할 줄 알았는데 그도 도중에서 포기하겠다는 이야기다.

"아무튼 내일 아침에 계획을 다시 세워 보자고."

그리고 자리에 누웠으나 좀처럼 잠이 오지 않았다. 사람이 많을 때는 좁은 산장에서 포개어서 잠을 잔다는 이야기도 들었지만 오늘은 그렇게 많지는 않은가 보다. 그래도 30여 명 되는 성싶은데 지그재그로 누워서 잠을 잤다. 코를 드르렁드르렁 고는 사람, 잠꼬대를 하는 사람, 나처럼 잠을 못 이루고 부스럭거리는 사람 등 다양했다.

날이 밝을 무렵에야 눈을 붙이려는데 한쪽에서 손전등을 켜고 아침밥을 짓기 시작했다. 우리도 일어나서 점심까지 한꺼번에 짓는 바람에 밥이 설익었다. 어젯밤 이야기대로 K는 하산하기로 하고 나는 계속 종주를 하기로 결심했다. 다행히 어젯밤 저녁식사를 하면서 알게 된 정희도 계속 종주할 거라고 해서 같이 동행하게 되었던 것이다.

연하천 산장을 출발한 시간은 일곱 시 반이었다. 산장 앞에 세워 놓은 이정표에는 천왕봉까지 27km라고 쓰여 있었다. 정희는 이번이 세 번째 종주라고 했다. 스물다섯의 젊은 나이에 세 번씩이나 지리산 종주를 한다는데 나는 이제야 종주를 한다는 게 내심 자존심도 상하고 부끄럽기도 했지만 피할 수 없는 현실이 아닌가. 동행을 하는 동안 정희는 끝까지 좋은 친구가 되어 주었다.

사람이 뜸한 깊은 산 속에서 말동무가 되어 주었고 목이 마를 때는 시원한 샘물도 떠다 주었다. 험한 바위를 오를 때는 손을 잡아 주기도 했고 경치가 좋은 곳에서는 사진도 찍었다. 펑퍼짐한 바위 위에 앉아 산야를 내려다볼 때는 수려한 절경에 탄성도 나왔다.

"다리 아프지 않으세요? 쉬었다 가세요. 쉬시면서 장딴지에 마사지를 하세요. 시원하실 거예요."

"정희가 좀 해 줄 수 있겠어? 그러면 아픈 다리가 싹 나을 것 같은데."

"못할 것도 없지만 그건 안 돼요."

"걱정하지 말아요. 해 준대도 내가 말릴 테니까."

지리산맥은 해발 1,200m에서 1,700m를 오르내리는 고산지대이지만 샘물이 많아서 산행에 많은 도움이 된다고 했다.

K와의 계획은 장터목산장에서 하루를 더 쉬기로 했는데 J양이 내일 출근을 해야 하기 때문에 오늘 밤 기차를 타기 위해서는 강행군을 하지 않을 수 없었다.

어쩌면 사람은 숙명적으로 태어났는지도 모른다는 생각을 해 본다. 이번 지리산 종주 계획만 보아도 같이 출발했던 S와 K는 도중에서 포기하고 생각지도 않았던 정희와 같이 종주를 하게 되었으니 말이다. 더구나 전문 산악인이 아닌 내가 연하천 산장에서 천왕봉까지 27km, 천왕봉에서 버스 종점이 있는 백무동까지 12km, 도합 39km의 험한 산길을 이틀을 해도 힘이 들었을 텐데 하루에 주행했다는 사실이 대견할 뿐 아니라 스스로도 믿어지지 않는 일이었다. 사실 정희를 만나지 못했다면 불가능한 일이었을 지도 모른다. 역시 젊음은 좋은 것이다.

이미 어두워진 숲 속 길을 손전등 하나로 하산을 했다. 험한 골짜기를 빠져 나와 백무동 버스 정류장에 도착했을 때는 남원행 마지막 버스가 시동을 걸고 있었다.

조국은 하나인데

흰 구름 넘나드는 휴전선은 말이 없네. 당신은 아는가 애타는 한을. 생각하면 저쪽도 흰 옷 입는 민족인데 나뭇잎은 푸르게 거짓없이 피어 가는데, 북녘 무궁화도 피어 있는가.

1979년 10월 26일, 소위 10·26 사태가 일어났다. 즉 이 나라의 최고 통치자인 박정희 대통령이 그의 가장 가까운 심복이었던 중앙정보부장 김재규에 의해서 시해되었다. 1961년 5월 16일, 군사혁명으로 정권을 장악한 후 참신한 정치인에게 정권을 이양하고 군 본연의 임무에 복귀하겠다던 그는 18년간 이 나라를 통치해 왔다.

최고 통치자가 가까운 심복으로부터 끝내는 배신을 당하는 게 역사의 교훈인가. 카이사르는 그의 부장 브루터스에게, 예수는 제자 가롯유다에게, 박정희는 심복이었던 김재규에게 죽임을 당했다. 열 길 물 속은 알아도 한 길 사람 속은 모른다 했던가. 철석같이 믿었던 심복에게 배신을 당한 통치자의 심정은 어떠할까. '유다야' 하고 다정하게 부르던 예수나, '브루터스 너마저', '김재규 네가' 하는 최후의 원망과 통한의 소리가 들리는 듯하다.

이유야 어찌 되었건 한 나라의 통치자가 시해되어 정국이 혼란스럽게 소용돌이치고 있었다.

지난 3월 23일, 한강 하류에서 수중으로 침투한 간첩 사건이 있었다. 곧이어 3월 25일에는 포항 앞바다에서 해상으로 침투한 간첩 사건이 있었고, 이틀 후인 3월 27일에는 중부전선 비무장지대로 간첩을 침투시켰다. 불과 며칠 사이에 전국 각지에서 동시 다발적으로 일어나고 있다. 따라서 어느 한 곳도 안심할 수가 없다. 즉 전방도 후방도 없다는 이야기다.

1980년 5월 18일에는 광주사태가 일어났다. 광주사태는 신 군부와 광주 시민과의 투쟁이었다. 6월 21일에는 서산 앞바다를 통해 침투하려던 중무장된 간첩선을 다행히 침몰시켰다.

그러나 이 과정에서 12대의 북한 미그기와 5척의 군함이 우리 영해와 영공을 침범하여 무장 간첩선의 도주를 엄호하는 사건이 일어났다. 이 또한 선전포고 아닌가. 한반도는 일촉즉발의 위기를 당하게 되었다.

다행히 전쟁 발발의 위기는 모면했으나 평화를 갈구하는 온 국민의 간담을 서늘하게 하는 처사가 아닐 수 없었다. 이런 때일수록 우리는 경거망동하지 말고 굳건한 조국관으로 한 마음 한 뜻이 되어야겠다는 생각이 든다.

이 땅은 우리의 조상이 지켜온 우리의 조국이다. 우리는 이 땅에서 태어났고 이 땅에서 행복하게 살아갈 권리와 의무가 있다.

그리고 죽어서도 우리가 묻혀야 할 버릴 수 없는 위대한 조국이다. 이 땅은 조상으로부터 물려받은 조국이요, 우리의 후손으로부터 빌려 온 조국이다. 후손으로부터 빌려 온 조국은 털끝만한 흠집도 있어선 안 된다. 깨끗이 물려주어야 한다. 흠집이 없는 조국을 물려주기 위해서 우리는 최선을 다해야 한다.

조상으로부터 못난 후손이라는 꾸지람을 들어서는 안 된다. 후손으로부터 못난 조상이었다고 원망을 들어서도 안 된다. 우리의 조국은 위대하다. 위대한 조국 앞에 위대한 민족이어야 한다. 비록 1,000여 회의 외침을 당했지만 그때마다 슬기롭게 이겨내고 반만년을 지켜온 우리의 조국이 아닌가.

우리의 조국은 우리 자신 외에 누구도 지켜 주지 않는다. 애국자가 따로 있는 게 아니다. 국회의원이 되어야 애국자가 되고 꼭 지도자가 되어야 애국자가 되는 게 아니다. 폭탄을 몸에 지니고 적진으로 뛰어드는 일만이 애국이 아니라 우리가 처해 있는 처소에서 비록 하잘것없는 작은 일일지라도 맡은 바 책임을 충실히 완수하는 것이 바로 나라를 위하는 일이요 애국이다.

농부는 농사일을 열심히 해야 하고 기업인은 기업을 키워 나가야 하고 학생은 학업에 충실해야 한다. 근로자는 근면함이 보국하는 일이요, 군인은 누구를 막론하고 국토 방위의 신성한 임무를 수행해야 한다.

정치가는 정치를 하되 사리사욕을 버리고 이 사회의 그늘진 곳을 없애야 한다. 어느 한 구석에서도 불만이 없게 하여 명랑하고 항상 밝게 펼쳐 나가야 한다.

분단된 조국은 우리 본래의 모습이 아니다. 우리는 하나였다. 우리가 힘이 없었던 연고로 외세에 의해 지금은 비록 분단된 조국으로 남아 있지만 언젠가는 하나의 조국이어야 한다. 같은 조상을 가진 하나의 조국인데, 같은 언어를 쓰며 같은 문화 유산을 물려받은 같은 민족이면서 우리가 이렇게 싸울 수는 없다. 싸워서 얻는 게 무엇인가. 몸 속에 꿈틀거리는 사리사욕을 버리고 보다 큰 조국의 앞날을 생각하자.

결코 두 개의 조국이어서는 안 된다. 하나의 조국으로 웅비해야
한다. 하나의 조국을 염원하면서 필자의 시 한 편을 읊어 본다.

산은 아스라히 보이는데
눈시울 뜨거워 고개 돌렸네

눈을 들면 반만년
조국은 하나인데

흰 구름 넘나드는
휴전선은 말이 없네
당신은 아는가 애타는 한을
생각하면 저쪽도 흰 옷 입는 민족인데

나뭇잎은 푸르게
거짓없이 피어 가는데
북녘 무궁화도 피어 있는가

산은 아스라히 보이는데
못 볼 것을 본 듯 고개 돌렸네.

- 〈휴전선에서〉

낀따마니의 소녀

우리가 타고 있는 버스가 낀따마니를 출발하고 있을 때 차창 밖을 내다보니
그 소녀가 손을 흔들고 있었다. 열대지방 특유의 구릿빛 피부에 영양실조라
도 걸린 듯 야윈 체구에 눈이 유달리 큰 그 소녀의 손에는 바나나 한 송이
가 들려 있었다.

낀따마니는 발리의 샤누르에서 북쪽으로 약 70km 떨어져 있는
고원지대의 이름이다. 버스로는 약 한 시간 가량 걸린다.

낀따마니 고원지대에서는 1917년과 1925년 두 차례의 큰 화산
폭발이 있었다. 이 폭발로 인해 주위에 있던 6만 호의 민간 주택
과 2만 5천 개의 사원이 화산재로 매몰되어 버렸다.

지금은 사화산이 되었지만 당시의 위용을 말해 주는 듯 까맣게
타버린 화산재만 남아 있어 아직도 나무는 고사하고 풀 한 포기
자라지 못하고 있었다.

어느 승려가 사원을 지으라는 계시를 받고 매몰된 당시의 사원
을 다시 짓기 시작했지만 완성되기까지는 아직 요원하다고 한다.

낀따마니는 1,500m의 높은 고원지대이다. 발리의 젖줄이라고
하는 빠뚜르 호수가 여기에 있고, 발리의 성산이라 일컫는 빠뚜
르산과 아방산이 허리에 띠를 두르듯 흰 구름을 두르고 성산의
위용을 보이고 있다.

끼따마니는 지대가 높은 탓인지 우리의 가을 날씨처럼 선선하다. 그리고 전망이 좋기 때문에 항상 관광객이 끊이지 않는다. 그래서인지 이곳의 장사꾼은 그 어느 곳보다 극성을 부린다.

점심을 먹기 위해 식당 안으로 들어가는데 입구에 많은 장사꾼이 철벽을 이루고 있었다. 여행자보다도 장사꾼 숫자가 더 많은 곳으로 또 하나의 명물이 되고 있는지 모른다. 관광객 한 사람에 두 세 명의 장사꾼이 따라 붙는다. 이리 밀리고 저리 밀리며 땀을 흘리고 있는데, 이번에는 열두세 살쯤 되어 보이는 소녀가 팔을 잡고 놓아주질 않았다.

자기가 가지고 있는 줄부채를 사달라고 한다. 한 개에 2불인데 열 개를 사면 10불에 주겠단다. 사지 않겠다고 했더니 더욱 힘차게 붙잡고 매달리며 놓아주지를 않는다. 열 개에 한 개를 더 줄 테니 5불만 달라고 한다. 그래도 사지 않겠다며 배가 고파서 먼저 식사를 해야 한다고 했더니, 그럼 식사를 하고 난 후 꼭 사달라고 다짐을 하고서 길을 비켜 주었다. 간신히 길을 뚫고 식당으로 들어가서 끼따마니 특유의 식사를 마치고 나오는데, 역시 문 밖에서 장사꾼들이 철통같이 겹겹이 진을 치고 기다렸다. 너나없이 소리소리 지르며 손님을 불렀다.

물건을 높이 쳐들고 '50달러, 50달러' 하며 외친다. 누구와 눈이라도 마주치면 '헤이 10달러, 오케이' 한다. 50달러 받아야 하는 물건인데 당신에게만은 단돈 10달러에 팔겠다는 뜻이다.

목각 바틱을 비롯해 은세공품, 토속품 등 다양하지만 문외한이 보기에도 엉성하고 섬세한 맛이란 찾아볼 수가 없었다. 그럼에도 이 세상에서 가장 좋은 상품인 양 목청껏 소리지르며 길을 막고는 비켜 주지 않는다.

그 누구도 먼저 길을 뚫고 나오려는 용감한 사람은 없었다. 가이드도 애가 타서 마구 밀고 나가자고 고함을 지르지만 생각대로 되지 않는다. 그러자 잠시 후 어디서 구했는지 몽둥이를 휘두르며 앞장을 서서 길을 뚫는다.

유치원생이 선생님의 뒤를 따라 소풍을 가듯이 가이드의 뒤를 따라 나가려 했지만 마음 약한 우리는 모두 하나하나 납치되고 말았다. 예외없이 그 어린 소녀도 그들 틈에 끼어 있었다. 힘이 약한 그는 앞으로 나오지는 못하고 먼발치에서 쳐다보았다. 눈이 마주치자 손을 들어 흔들면서 빨리 와서 자신의 물건을 사달라고 호소하는 눈빛이다.

나는 사지 않을 양으로 애써 눈길을 피해 다른 사람의 뒤를 따라갔다. 그런데 어느 틈에 왔는지 옷자락을 붙잡고 놓아 주질 않는다. 뿌리쳐도 소용이 없다. 뿌리쳐 떼어내면 거머리처럼 다시 달라붙는다. 화를 내어도 소용이 없고 발길로 차도 소용이 없다. 버스를 타면 그만이라는 생각이 들어서인지 그 소녀도 악착같이 달라붙는다. 비굴함이나 자존심 같은 것은 버린 지 오래인 듯하다. 적반하장으로 오히려 그쪽에서 화를 내며 대든다. 강압적으로 위협도 준다. 내 물건을 사 주지 않으면 강제로라도 지갑을 빼앗아 가겠다는 태도다. 언제 강도로 변할지 불안한 생각이 든다. 도대체 연약한 어린 소녀로는 보이지 않는다. 동화책 속에서나 나옴직한 마귀 같다고 할까. 어느 순간에 예리한 주머니칼로 옷이라도 북 찢어 버린다면 어쩌나 하는 불안한 생각이 들자 더 이상 참을 수가 없었다. 그래서 나도 모르게 그 소녀를 힘껏 떠밀쳐 버렸다.

그러자 저만큼 떨어져 나뒹군다. 뒤로 넘어진 소녀는 일어나지를 않는다. 뇌진탕이라도 걸렸나 하는 불안한 마음이 든다.

그 소녀의 물건을 사 주고 싶은 동정적인 마음이 없지도 않았지만 필요치도 않은 물건을 산다는 게 일종의 낭비라는 생각에서 힘껏 밀어붙인 게 너무했나 하는 후회가 든다. 어린 소녀가 무슨 힘이 있다고, 5달러가 그렇게 큰돈도 아닌데 냉혈동물이 되었나 하는 생각을 하고 있을 때 그 소녀가 일어났다.

눈물을 글썽이며 원망하는 눈초리로 쳐다본다. 미워하는 마음이 사라지고 애처로운 생각이 든다. 동정 어린 내 마음을 알아차렸는지 다시 찾아와서 내 앞에 우두커니 서 있다. 옷자락을 붙잡지도 않고 내 주머니 속에 손을 집어넣지도 않는다. 눈물을 글썽이며 쳐다만 보고 있을 뿐이다.

우리나라 같으면 초등학교 삼사 학년쯤 됨직해 보였다. 부모 앞에 어리광을 부리며 티없이 맑고 순수하게 자라고 있을 어린 소녀가 가엾다는 생각이 든다.

나는 주머니에서 1달러짜리를 한 장 꺼내어 그 소녀의 손에 쥐여주었다. 그리고 미안하다고 사과를 했다. 그 소녀는 헤일 수 없을 정도로 고맙다는 인사를 하고는 군중 속으로 사라져 갔다.

우리가 타고 있는 버스가 낀따마니를 출발하고 있을 때 차창 밖을 내다보니 그 소녀가 손을 흔들고 있었다. 열대지방 특유의 구릿빛 피부에 영양실조라도 걸린 듯 야윈 체구에 눈이 유달리 큰 그 소녀의 손에는 바나나 한 송이가 들려 있었다. 어린 소녀이지만 낯선 이국인에게 주려고 구해 가지고 왔는지는 모르지만 이글거리는 적도의 태양 아래 눈물 어린 소녀의 까만 눈동자가 버스의 뒤를 따라오고 있었다.

아내의 큰 자리

이 생명 다하도록 당신만을 위하여 사랑을 바칠 수 있음은 나의 행복입니다. 이 세상 살아 있는 동안, 아니 저 세상 영혼의 세계까지도 당신은 나의 전부요, 나는 당신의 포로가 되어 있음을 이제야 비로소 고백하게 됩니다.

7월 20일, 당신이 임지를 향해 집을 떠났을 때 온 집안은 텅 비어 있었습니다. 당신이 우리 집안에서 차지하고 있었던 자리가 그렇게 넓고 큰 자리였던가를 새삼스럽게 깨닫게 되었습니다.

텅 빈 집안에는 적막만이 흐르고 있을 뿐입니다. 폭포처럼 쏟아지는 그리움을 억누를 길이 없어 소리없이 당신을 불러 봅니다. 행여 이 그리움의 고동이 당신의 귓전에 메아리치고 있으리라는 생각으로 더욱 간절하게 속삭여 봅니다.

함께 있을 때는 미처 깨닫지 못했습니다. 당신의 큰 자리를 접어 둔 채 생활에만 얽매여 살아온 지난날이 부끄럽습니다. 산다는 게 무엇입니까. 위해 주고 보살피며 사랑하는 마음이 항상 우리 마음속에 머물러 있어야만 행복할 수 있다는 생각을 해 봅니다. 이러한 사실을 미처 깨닫지 못하고 살아온 숙맥입니다.

이렇게 떨어져 있을 때에 비로소 당신의 큰 자리와 사랑의 척도를 느낄 수 있다는 게 부끄러울 뿐입니다.

이 생명 다하도록 당신만을 위하여 사랑을 바칠 수 있음은 버릴 수 없는 나의 행복입니다. 이러한 행복을 지킬 수 있음은 또한 나의 의무요 사명입니다.

　이 세상 살아 있는 동안, 아니 저 세상 영혼의 세계까지도 당신은 나의 전부요, 나는 당신의 포로가 되어 있음을 이제야 비로소 고백하게 됩니다.

　이 세상 수많은 여인 중에서 당신을 찾게 해 주시고 배필로 정해 주신 하늘 앞에 감사를 드립니다. 우리가 처음 만나던 그 순간을 나는 잊지 못합니다. 청파동 그 언덕배기를 오르내리던 기억이 지금도 머리 속에 선하게 떠오릅니다. 효창공원 벤치에 앉아서 미래를 설계하고 있을 때 느릅나무의 연약한 속잎은 소망으로 피어오르고 있었습니다.

　그렇게도 청순하고 아름다움의 화신으로 당신은 나의 앞에 우뚝 서 있었습니다. 피할 수 없는 숙명이라 생각했습니다. 피할 수도 물러설 수도 없는 길은 하나뿐이었습니다.

　모든 고통을 이겨내고 피눈물나는 설움도 참아냈습니다. 뼈가 저리도록 어려운 가난도 견디며 불평하지 않았습니다. 어려움을 당할 때마다 속으로 참아내며 겉으로는 결코 표현하지 않았습니다. 순수 무구한 여인으로서 아내의 위치를 잘도 지켜 주었습니다. 어머니의 사명을 위하여 최선을 다해 온 당신이 자랑스럽습니다.

　가진 게 없다고 불평할 줄도 몰랐습니다. 누구를 원망하지도 않았습니다. 주어진 운명이라 생각했습니다. 때로는 참을 수 없는 모욕을 당하면서도 용케도 잘 견디어 냈습니다. 그럴수록 어엿하고 떳떳하게 살아야 한다고 다짐했습니다.

어머니의 힘은 강하고 아내의 순종은 위대합니다. 내 적은 눈물 방울이 어찌 메마른 대지를 적실 수 있으랴 생각하지만 어머니의 강은 항상 넘쳐흐릅니다.

어머니의 강이 넘쳐흐를 때 그 국가는 망하는 법이 없다고 합니다. 또한 그 종족은 결코 융성할 수밖에 없다고 합니다.

강한 어머니 하면 먼저 생각나는 민족으로 이스라엘 민족이 떠오릅니다. 이스라엘 민족은 2천년을 나라 없이 살았습니다. 세계의 방방곡곡을 유리 방황하면서도 오늘날 가장 우수한 민족으로 각광받고 있습니다. 그 이유는 물론 여러 가지가 있겠지만 강한 어머니를 가졌기 때문이라는 게 지배적입니다.

이스라엘 민족의 어머니들은 매와 사랑을 동시에 다스릴 줄 아는 지혜의 여신이라고 합니다. 동서고금을 막론하고 어머니의 사랑은 절대적이며 불변의 가치입니다.

물고기를 잡아다 주는 게 어머니의 사랑이라고 생각하지만 더 큰 사랑을 위하여 이스라엘의 어머니들은 물고기를 잡아 오게 하는 용기와 지혜를 터득케 한다고 하지요.

어느 민족보다도 선민사상과 철저한 메시아 사상이 투철합니다. 비록 셋방살이를 할지라도 선민사상의 긍지는 그 누구도 따를 수 없습니다. 이 사상이야말로 2천년을 참고 견디어 온 원동력이 아니겠습니까.

도처에 흩어져 살면서 멸시와 천대를 감내했습니다. 6백만이나 되는 동족이 가스실에서 희생되었지만 이스라엘 민족은 이 지구상에 다시 살아 남아 있습니다.

그러한 압박 속에서도 세계적인 인물을 어느 민족보다 더 많이 배출했습니다. 3백만도 안 되는 적은 인구를 가지고 있으면서도 1

억 5천만이 넘는 아랍 제국과의 전쟁에서 승리로 이끈 1968년의 7일 전쟁을 우리는 기억합니다.

민족의 우수성과 단결력을 우리에게 보여준 좋은 교훈이라 하겠습니다. 그러나 이스라엘 민족은 선민이라는 자부심은 강했지만 선민으로서의 사명을 다하지 못했고 선민의 축복을 감당하지 못했습니다.

국가이거나 민족이거나 어느 개인이거나 주어진 사명과 책임을 다하지 못할 때는 더 큰 비극과 시련을 안겨 준 좋은 본보기라 할 것입니다.

어느덧 밤이 깊었습니다. 우리의 사랑과는 거리가 먼 이야기 속에 아이들도 모두 곤하게 자고 있습니다. 당신이 없는 집안에 어려움이 어찌 한둘이겠습니까.

밥짓는 일에서부터 집안 청소며 빨래하는 일은 그래도 해낼 수 있습니다. 큰아이의 도시락 싸는 일이며 이제 막 젖떨어진 어린아이의 칭얼대는 모습을 보면서는 나도 모르는 사이에 눈물이 핑 돌았습니다.

더 긴 이야기를 쓰다가는 나도 울고 당신도 울어야겠기에 여기서 줄이겠습니다. 당신의 손길이 닿았던 곳마다 먼지가 뽀얗게 내려앉아 당신의 손길을 기다리고 있습니다.

당신이 돌아오는 날은 구석구석 먼지를 털어내고 살림을 정돈하고 화사한 웃음으로 나의 신부를 맞이할 것입니다.

어린아이처럼 이제 열 밤이 남았구나 손꼽아 헤어 보는 사이에 벌써 먼동이 밝아오고 있습니다. 부엌으로 나가서 설거지를 하고 아침을 준비할 시간입니다.

단돈 100달러에 아내를 빌려 드립니다

'너희들의 애인을 왜 내게 소개시켜 주겠다고 하느냐'고 소리지르자 세상에
여자 싫어하는 남자가 어디 있느냐고 했다. 만약 에이즈가 두려워서 그렇다
면 자기의 아내를 데려오겠다고까지 했다.

필리핀의 수도 마닐라에서 겪었던 내 경험으로는 마닐라의 밤
거리는 공포와 불안의 도시로 변한다는 생각이 든다. 그래서인지
모르지만 현지 주민들도 해만 지면 가급적 활동을 하지 않고 바
깥 출입을 삼가한다고 한다. 내가 마닐라에 도착하기 며칠 전에
도 한국인 두 사람이 마닐라 근교에서 강도를 만나 살해당했다는
뉴스가 있었다. 그렇게 보아서인지 밤거리에는 질주하는 차량만
있을 뿐 걷는 사람은 보이지 않았다.

호텔 주변도 마찬가지다. 버스에서 내려 호텔 안으로 들어가고
있는데 낯선 여인이 옷자락을 붙잡고 말을 건다. 키로 보아서는
우리나라 중학생 정도로 보이는데 이미 성숙한 여인이다. 그녀의
말을 알아들을 수는 없었지만 행동과 눈빛, 억양과 미소로 보아
남자를 유혹하며 호객 행위를 하는 여인임을 알 수 있었다. 호텔
정문에서 호객 행위를 하는 이 나라의 의식 수준을 짐작케 한다.

배정된 방으로 들어가 여장을 풀고는 조심하라는 가이드의 말

을 귓전으로 들으며 혼자서 호텔 문을 나섰다. 호텔 문에서 열 발자국도 걷기 전에 건장한 청년이 접근해 온다. 모른 체하고 건널목을 건너려는데 어느새 쫓아와서 나의 어깨를 탁 잡는다. 그리고는 일본 사람이냐고 묻는다. 나는 일본 사람이 아니라 한국 사람이라고 했다. 그는 반갑다고 악수를 청하면서 신분증을 내보인다. 그게 무슨 신분증인지는 알 수가 없었지만, 자기는 나쁜 사람이 아니라 나 같은 외국인을 보호해 주는 사람이라고 했다.

어디 가느냐고 묻기에 시내 구경을 나왔다고 했더니, 자기가 좋은 곳으로 안내해 주겠다며 아주 날씬하고 예쁜 여자를 소개시켜 줄 테니 따라가지 않겠느냐고 한다. 그런 일은 마음에 없으니 구경이나 하자면서 걷고 있는데 어느 완구점으로 안내를 한다. 한국 제품 완구점이었는데 한국 제품이 최고라고 엄지손가락을 펴 보인다.

어느 점포 앞에 이르러서는 그 점포 안에 있는 일고여덟 명의 여점원을 가리키며 맘에 드는 여자를 지적하면 자기가 소개시켜 주겠다고 한다. 내가 아무 반응을 보이지 않자 마음에 드는 여자가 없어서 그리 하는 줄 알고 예쁜 여자가 더 많이 있는 지하 상가로 내려가자고 한다.

지하 상가에 들어가서 무슨 봉변을 당할지 몰라서 내려가지 않겠다고 했다. 그때 갑자기 내 어깨를 툭 친다. 나는 깜짝 놀랐다. 사실 나는 건널목을 건널 때부터 몹시 초조하고 불안했었다. 이러다가 납치라도 당하지 않나, 치안 유지가 불안한 마닐라에서, 그리고 말이 통하지 않는 외국 땅에서 납치를 당하면 어떡하나 하고 속으로 무척 겁을 먹고 있었다.

어떻게 해서든지 이놈을 떨쳐 버려야겠는데 좋은 생각이 떠오르지 않는다. 내 머리 속에는 여행 중에 일어났던 모든 일들만 떠오른다. 이놈의 목적은 돈일 게다. 그러나 나는 달러를 가지고 있지 않았다. 많이 가지고 있지 않기 때문에 더 불안했다. 여차하면 달러를 주고라도 빠져 나올 수가 있을 텐데 걱정이었다. 이런 불안한 내 마음을 아는지 또 어깨를 툭 친다.

그러나 나는 겉으로는 매우 태연한 척 허물없는 친구를 대하듯 미소를 지으며 왜 그러느냐고 대꾸했다. 그랬더니 커피를 마시자고 한다. 나는 좋다고 하면서 자리에 앉았다. 또 상대가 누구이건 상관없이 이국의 도시에서 낯선 사람과 커피를 마시는 일도 낭만이라는 생각이 들었다.

커피는 생각보다 싼 편이었다. 셀프 서비스이긴 했지만 두 잔을 시켰는데 15페소(약 530원)였다. 커피를 마시면서 또 여자 이야기다. 자기 여자 친구 중에 아주 예쁜 애가 있는데 원한다면 소개시켜 주겠다고 한다.

나는 여자를 찾으러 나온 게 아니라 아름다운 당신의 나라 필리핀 그리고 이 마닐라를 구경하러 온 사람이니 더 이상 귀찮게 하지 말라고 했다.

그가 내 말을 알아들을 리 없다. 이번에는 자기 남자 친구를 소개시켜 주겠다고 한다. 문 밖으로 나가더니 아주 우락부락하고 덩치가 큰 놈을 데리고 왔다. 겁을 주려는 모양이다. 솥뚜껑 같은 손을 내밀면서 악수를 청한다. 악수를 했다. 그랬더니 이 친구 애인이 싫으면 자기 애인을 소개시켜 주겠다면서 손을 놓아주지 않는다.

그래서 '너희들의 애인을 왜 내게 소개시켜 주겠다고 하느냐, 이 미친놈들아' 하고 소리를 버럭 질렀다. 그랬더니 세상에 여자를 싫어하는 남자가 어디 있느냐, 무슨 이유로 소개해 주겠다는 여자를 모두 싫다고 하느냐, 당신은 지금 여행 중이고 또 필리핀 여자에 대해서 관심도 호기심도 없느냐. 아니면 에이즈가 두려워서 그리 하느냐. 만일 그렇다면 안심할 수 있는 자기 와이프를 데려오겠다고 했다. 내일 아침 8시까지 허락해 줄 테니 100달러만 내라고 노골적으로 홍정을 한다. 이번에도 거절하면 그냥 두지 않겠다고 엄포를 놓는다.

리자알 공원에서는 자기가 쓰고 있는 모자를 필리핀에 온 기념으로 사가라고 조르는 경찰관이 있었다. 이를 거절하자 이번에는 가슴에 달고 있는 경찰관 마크를 떼어 주면서 1달러만 달라고 한다. 이를 기념으로 사가는 사람도 있는데 그 경찰관은 분실 신고만 하면 된다고 한다. 물론 분실한 물품은 보충을 해 준다지만 한심스러운 일이 아닐 수 없다.

그런데 이놈은 자기의 부인을 낯선 외국 사람에게 팔겠다고 하니 미쳐도 보통 미친 게 아니다. 물론 자기 부인이라고 하고는 직업 여성을 소개해 줄 수도 있겠지만 필리핀의 치부를 보는 것 같아 낯이 뜨거워지지 않을 수 없었다.

한때는 아시아의 영광을 한몸에 지녔던 필리핀이 아니던가. 필리핀 정부가 1958년 제정한 막사이사이상은 아시아 최고의 상으로 아시아에서의 자유를 위한 투쟁과 빈곤으로부터의 해방을 위한 막사이사이 대통령의 업적을 기리기 위함이었는데 오늘의 후손은 왜 이 모양이 되었는지.

물론 이것이 필리핀의 전부는 아니리라. 그러나 내 마음은 필리핀의 국민 모두가 이렇게 살아가리라는 생각을 지울 수가 없었다. 커피 값을 주려고 지갑을 꺼내는데 솔개가 병아리를 채가듯 내 지갑을 낚아채 간다. 제 마음대로 지갑 속에서 돈을 꺼내어 커피 값을 주고는 지갑 속을 한참 들여다보더니 다시 돌려준다.

지갑 속에는 1달러짜리 몇 개와 약간의 페소가 있었으므로 빈털터리로 생각했던 모양이다. 봉이 걸려들지 않을까 기대했다가 크게 실망했을지도 모른다. 사실 100달러짜리 두 장이 있었는데 다른 곳에 숨겨 두었었다.

빈털터리를 끌고 다녀 봐야 소득이 없겠다는 생각에선지 호텔까지 안내해 주겠다고 한다. 비로소 안도의 숨을 쉴 수가 있었다. 호텔 앞에 와서는 담배 한 갑만 사달라고 사정한다. 얼마냐고 물었더니 50달러를 달라고 한다. 결국 그의 본색을 드러낸 셈이다.

나는 그놈에게 이미 보였던 지갑 속을 보여주며 50달러가 어디 있느냐, 집에 갈 여비도 없으니 달러 좀 빌려 달라고 역공을 했다. 순간 놈은 지갑 속에서 1달러를 꺼내 가지고는 빙그레 웃는다. 지금까지 안내를 해 주었으니 1달러라도 달라는 뜻인지도 모른다. 내가 좋다고 하자 악수를 청하고는 도망가듯 어둠 속으로 사라져 갔다. 그가 사라진 그림자 위로 마닐라의 밤이 깊어 가고 있었다.

마니산에서 만난 신선

"마니산은 아름다움 이전에 우리 한민족의 얼이 담긴 명산이자, 한민족의 정기가 뻗어 나가는 이곳은 지구의 배꼽이 되지. 즉 세계의 중심이 된다는 말씀이야. 다시 말하면 앞으로 세계의 운세가 우리 한국을 중심하고 이루어 진다는 이야기일세."

가을 하늘은 맑고 푸르렀다. 버스가 달리는 길가에는 아름답게 피어 있는 코스모스가 목을 길게 늘이고 낯선 우리를 반겨 준다. 햇빛도 찬란한 들녘에 여름의 땀방울이 누릇누릇 익어 가는 김포 평야를 달려서 강화도 마니산으로 가고 있었다.

강화도는 그 넓이가 300㎢로 우리나라에서 네 번째로 큰 섬으로 서울에서 버스로 한 시간 정도 걸린다. 섬이라고는 하지만 1970년 1월 20일에 강화대교가 개통되면서 육상교통이 아주 편리해진 곳 이다.

마니산은 강화읍에서 서남쪽으로 20㎞ 지점에 있으며 산의 높 이는 468m로 그다지 높지는 않다. 그래도 마니산 등반을 위해 가 까이 찾아갔을 때는 영산답게 산봉우리에는 하얀 구름이 산허리 를 감돌며 뭉게뭉게 피어오르고 있었다.

정상으로 오르는 등반길은 가파르지만 않다면 탱크라도 다닐 수 있을 정도로 확 트인 넓은 길이었다. 중턱쯤 올랐을까. 서해 바다가 시원하게 바라보이는 전망이 좋은 곳에 앉아 땀을 닦고 있을 때였다. 한눈에 바라보이는 서해바다가 가슴을 시원하게 쓸어내리고 날씨도 화창하여 금상첨화라 할까, 등산하기에는 더없이 좋은 날씨였다.

"여보게, 젊은이!"

은근하게 부르는 소리가 들려 돌아보니 나를 부르는 소리였다.

"저를 부르셨습니까?"

"자네 말고 여기 또 누가 있나."

그날 따라 등산객이 많았지만 내 주위에는 그 순간 아무도 없었다.

"내가 보기에 마니산에는 초행으로 보이는데 내 말이 틀림없겠지?"

"예, 산을 좋아는 하면서도 이 마니산에는 오늘 처음으로 찾아왔는데 산세가 아주 아름답습니다."

사실 아름다운 산이라는 생각을 떨쳐 버릴 수가 없었다. 아름다움 그 이상으로 표현하기 어려운 서기 같은 느낌을 강렬하게 받고 있었다.

"아름다움 이전에 우리 한민족의 얼이 담겨 있는 영산이지. 한민족의 정기가 뻗어 나가는 이곳은 지구의 배꼽이 되지. 즉 세계의 중심이 된다는 말씀이야. 다시 말하면 앞으로 세계의 운세가 우리 한국을 중심하고 이루어진다는 이야기일세."

얼핏 보아 이 노인은 범상한 노인이 아니구나 하는 생각이 들었다. 백발이 성성할 뿐 아니라 눈썹까지 하얀데도 피부는 20대의 젊은이 같았다. 쏘아보는 눈빛이 금방 바위라도 뚫을 것처럼 예리해 보였다. 나는 겁에 질린 토끼처럼 아무 말도 못하고 그 노인을 쳐다보고 있었다.

"내 말이 믿어지지 않겠지만 사실로 이루어질 날도 멀지 않았다네."

나는 나도 모르는 사이에 벌떡 일어나 공손히 인사를 드렸다. 그리고 많은 가르침을 부탁드렸다.

"나, 나는 이 산중에 사는 이 산의 안내자일세! 다만 하고 싶은 이야기는 마니산에 얽힌 이야기를 자네한테 들려주고 싶을 뿐이야. 정상까지는 918개의 돌계단을 밟고 올라가는데 약 한 시간 정도 걸리지. 서서히 올라가면서 이야기나 하자고."

현대의 기인인가. 옛날 전설에서나 나옴직한 이야기가 지금 현실로 나타나 내 앞에 전개되고 있다는 사실이 도무지 믿어지지가 않았다.

"옛날 이 근처에 신선들이 바둑을 두었다는 곳이 있는데 어디쯤인지 짐작이 가지 않는단 말씀이야!"

노인은 점점 알 수 없는 이야기를 늘어놓았다. 신선들이 바둑을 두었다는 곳을 찾는다면 이 노인은 신선이거나 그 신선의 사촌쯤 된다는 이야긴가.

"이 근처 어디쯤에서 신선들이 바둑 두는 구경을 하며 신선주 한잔 얻어 마신 나무꾼이 마을로 내려가 보니 모두 낯선 마을이 되고 말았다는 거야. 그도 그럴 것이 이미 300년이란 세월이 흘러갔거든."

그 비슷한 이야기는 우리 주위에서 많이 들어 본 이야기가 아닌가. 또한 신선 놀음에 도끼자루 썩는다는 이야기도 새삼스러운 이야기는 아니다. 그 알 수 없는 백두 노인의 이야기는 계속되었다. 이야기에 취해 힘든 줄도 모르고 정상에 도달했다. 이마에 흐르는 땀을 닦으며 경청하고 있는데 많은 등산객들이 하나 둘 모여들고 있었다.

흔히들 역사는 되풀이된다는 말을 많이 쓰고 있는데 이는 역사의 원인을 모르고 그 결과만을 보았을 때의 이야기다. 다시 말하면 역사는 선을 향한 섭리역사요, 따라서 창조 본연의 역사를 찾아 나아가는 과정이라는 사실을 아는 사람은 많지 않다. 우리가 명심해 두어야 할 게 있다. 우리 한반도, 우리 한민족이 맺힌 한을 풀어 볼 날도 멀지 않았다는 사실이다. 세계의 운세와 우주의 섭리가 그렇게 돌아가고 있다.

그 증거로 중국, 인도, 이집트를 중심한 대륙문명권으로 보아도 그렇고, 로마를 중심한 이태리반도의 문명권으로 보아도 그렇다. 또 영국, 일본을 중심으로 한 도서문명권으로 보아도 세계를 움직일 수 있는 천주(天宙)의 중심 축이 바로 한반도라는 것이다.

하늘의 섭리는 인위적으로 되는 게 아니다. 우리 인간의 노력과 하늘의 뜻이 합하여 비로소 이루어진다. 머지않아 우리의 조국통일은 꼭 이루어진다. 그때에 우리는 잃어버렸던 옛 땅 아시아 대륙을 다시 찾아야 한다. 그리고 우리는 지구상에 영원한 평화와 번영과 행복을 가져올 막중한 책임과 사명이 한민족에게 있다는 사실을 알아야 한다. 즉 세계를 구원할 수 있는 나라가 미국도 아니고 일본이나 중국도 아닌 우리 한반도 대한민국이라고 하면 믿어지지 않겠지만, 그것이 틀림없이 현실로 나타나게 될 날도 멀지 않았다는 희망을 갖자.

우리 단군 성조께서 참성단에서 하늘에 제사한 것이나 이스라엘의 조상 아브라함이 모리아 산상에서 양을 드려 제사한 것에는 우리가 알 수 없는 하늘의 오묘한 섭리가 숨어 있을 것 같다. 분명 하늘의 오묘한 역사가 숨겨 있음을 우리는 찾아야 한다.

나는 지금 꿈을 꾸고 있는지도 모른다. 영역 높은 도인에게 최면되어 있는지도 모른다. 그러나 나는 지금 꿈을 꾸고 있지도 않고 최면술에 걸려 있지도 않다. 오히려 정신이 맑아지고 속이 시원하다. 가난한 나라, 가난한 집안에 태어나 하늘을 얼마나 원망했던가. 가진 자를 저주하며 가난의 한에 맺혀 얼마나 울었던가. 우리들의 개인의 생활이 그랬고, 이 민족의 운명이 그랬고, 이 나라의 역사가 그러하지 않았던가.

찬란한 역사와 문화유적을 가지고 있었음에도 불구하고 한번도 내 것이라 자랑해 보지 못했으며, 두 다리 쭉 펴고 편안한 잠을 자 보지 못한 한에 맺힌 한민족이 아니었던가. 거짓말이어도 좋다. 아니 머지않아 그 웅대한 꿈은 현실로 이루어지리라. 영광의 축복이 하늘로부터 내려와 이 나라 이 민족을 감싸주고 만방에 햇살처럼 펼쳐지리라.

가을의 짧은 해가 서쪽으로 기운다. 서둘러 산을 내려오는 나의 뒷모습을 보며 그 노인은 웃었으리라. 그러나 나의 가슴은 뿌듯하다. 살맛나는 세상이 금방이라도 이루어질 듯한 꿈에 부풀어 있다. 나의 어리석음을 깨우쳐 준 그는, 이 민족의 웅대한 꿈을 가르쳐 준 그는 과연 누구였을까.

송도에서

정직하고 성실하게 살면 반드시 길이 열린다는 방선생님의 가르침이 저의 평생 좌우명이 되었습니다. 사업을 하면서 확실하게 확인한 셈입니다. 지금은 종업원들에게 그렇게 가르치고 있습니다.

"사장님, 안녕하세요. 저 기억하시겠습니까? 오정영입니다."

"아니, 이게 누군가? 오군, 참으로 오랜만일세."

"그런데 이곳은 어쩐 일이십니까?"

"자네야말로 이곳에 어쩐 일인가?"

"예, 저는 이곳에서 사업을 하고 있습니다."

"오, 그래. 언제부터 무슨 사업을 하고 있는가?"

"조그마한 공장을 차렸는데 한 십 년 가까이 됩니다. 이곳에서 멀지 않은 곳에 저의 공장이 있는데 한번 들러서 가시지요. 차라도 한잔 대접해 드리고 싶습니다."

참으로 뜻밖이었다. 오늘 내가 인천에 가게 된 것은 마음의 갈등을 겪고 있는 경옥이가 민경이를 만나서 좋은 지혜를 얻을 양으로 간다기에 나는 거기 옵서버로 따라간 셈이다.

"민경아, 나 너희 집에 가려고 하는데 괜찮겠니? 너하고 의논할 일도 있고, 인천 바다 구경도 좀 하고 싶고, 심신이 피로해서 하루쯤 푹 쉬고 싶구나."

"그래, 환영한다. 대접할 것은 없지만 멋진 곳에 가서 점심이라도 같이 하자. 그런데 너 혼자 올 거니?"

"아니야. 현희랑 같이 가려고 했는데 현희는 바쁘대. 그래서 방선생님하고 같이 가려고 하는데 괜찮겠지?"

"방선생님께서 우리 집에 오신다면 영광이다, 애. 꼭 모시고 와야 한다."

이러한 연유로 해서 내가 인천을 가게 되었고 민경이가 인도한 곳이 그 유명한 송도였다. 송도에 있는 인천상륙 기념관에 들러 6·25 당시 전쟁 유품을 구경하고 멀리 인천 앞바다를 바라보며 1950년 9월 15일 상륙의 그날을 되새겨 본다.

'추억은 가슴속에 쓰레기는 배낭 속에'라는 푯말을 보며 혼자서 중얼거린다.

"가슴속에 추억을 담아 가라는데."

민경이도 푯말을 보면서 한마디 한다.

"그것은 사랑하는 사람들에게 하는 말이에요."

"그럼 우리는 미워하는 사인가?"

"그냥 덤덤한 사이잖아요."

"사랑하는 사이거나 덤덤한 사이거나 나는 아름다운 추억을 담아 갈 거야."

"그건 선생님의 자유예요. 마음대로 하세요. 그런데 점심때가 되었는데 시장하시지요? 식사하러 내려가요."

민경이가 안내한 삿보로는 송도에서도 유명한 일식집이라고 한다. 식사가 거의 끝나 갈 무렵이었다. 창 밖에서는 함박눈이 펄펄 내리고 있었다.

"선생님, 우리 밖으로 나가서 함박눈 맞으며 차 마시러 가요."

커피 맛이 좋다는 레스토랑 시카고로 갔다. 커피 전문점은 아니지만 아름다운 음악과 분위기가 좋아서 평소에도 가끔 들른다는 곳이다. 언젠가 민경이는 송도를 라스베가스라고 했다.

"라스베가스 가 본 적 있어요?"

"아직 가 보지 못했어요. 들은 풍월이지요. 사람들이 그렇게 말들 해요."

적절한 표현인지도 모른다. 삿보로에서 식사를 하고 시카고에서 커피를 마신다. 이색적이고 낭만이 있지 아니한가. 간판들이 거의가 외국 명이다. 삿보로, 시카고, 북경요리, 사천성, 맨하탄, 해밀턴, 캘리포니아 등 헤아릴 수가 없다. 우리가 차를 마시고 있을 때 오정영이가 나타났다.

오정영, 벌써 20여 년 전 일이다. 강원도 횡성에서 고등학교를 졸업하고 일자리를 찾아 안양의 이모님 집에 묵고 있을 때 인연이 되었다. 그때 나는 문구 도매업을 꽤 크게 하고 있었다. 그가 우리 집에 와서 문구 소매점에 학용품 등 문구류를 배달했었다.

내가 문구 도매업을 하는 동안 수많은 종업원들이 거쳐갔다. 그 많은 종업원 중에서 지금처럼 뜻밖에 길에서나 이런 찻집에서 만난다면 찾아와서 인사할 사람이 몇이나 될까 생각해 본다. 모르면 몰라도 거의는 찾아오지 않으리라는 생각이 든다. 모른 체하거나 못 본 체하면 그만이다. 구태여 찾아와서 내가 종업원으로 있던 아무개입니다 하고 인사하기에는 자존심이 허락지 않으리라. 보다 더 큰 이유는 많은 종업원들이 정직하지 못했다는 사실이다. 물론 다 그랬다는 건 아니다. 인사를 못하고 피하는 편에 속하는 사람을 두고 하는 말이다. 주인의 눈을 속이며 현금이나 물건을 빼돌린 종업원은 떳떳이 나타나지 못한다는 이야기다. 한두 번의 경험이 아니다.

그런데 오늘 오정영은 그런 류가 아니다. 누구에게나 흠이 없는 사람이 있으랴마는 그런대로 정직한 아이였다. 계산이 잘못되었을 때는 더 많은 금액을 수금해 와서도 속이지를 않았다. 칭찬하려고 하는 이야기는 결코 아니다. 명절 때가 되면 조카들에게 줄 선물을 준비하여 정확하게 계산한다. 계산하지 말고 그냥 가지고 가라고 해도 기필코 계산을 한다.

그런 그가 군에 입대한 후 소식이 없다가 오늘 레스토랑 시카고에서 너무도 뜻밖에 만났으니 우연치고는 너무도 의외였다.

"그때 저는 사장님 밑에서 배달을 하고 있었지만 사실은 인생에 대해서 많은 것을 배웠습니다. 사장님께서 가르쳐 주신 대로 정직하게 살려고 무척 노력했습니다. 그런데 착하게 살려고 노력하면 할수록 주위에서는 유혹의 손길이 뻗어 오더군요. 몹시도 괴로웠습니다. 지금 누구라고 말할 수는 없습니다. 그까짓 월급 몇 푼 된다고 월급에 의존하느냐, 한밑천 잡아야 한다는 거지요. 누이 좋고 매부 좋자는 거예요. 그 유혹을 뿌리치면 단골 손님이 떨어져 나가니 사장님도 손해라는 말에 하마터면 넘어갈 뻔하기도 했습니다. 그러나 부정으로 얻은 재물은 일시적으로는 풍요로울지 모르지만 긴 안목으로 바라볼 때 더 큰 손해라는 사장님의 가르침을 지금도 잊지 않고 있습니다. 정직하게 열심히 살면 반드시 길이 열린다는 사장님의 가르침이 평생의 좌우명이 되었습니다. 사업을 하면서 확실하게 확인한 셈입니다. 지금은 저도 종업원들에게 또 그렇게 가르치고 있습니다. 저는 지금 십여 명의 종업원을 거느린 사장이 되었답니다. 그리고 착한 내자를 만나서 아이도 둘이나 두었구요. 사장님께 보은하는 뜻으로 저의 사는 모습을 꼭 보여드리고 싶습니다."

"고맙네. 정말 고마워. 오늘 당장 같이 가고 싶네만 일행이 있으니 이 다음 시간을 내어 꼭 한번 찾아가겠네."

"사장님, 고맙습니다. 아무 때고 전화 주시면 아무데도 가지 않고 기다리겠습니다. 저도 지금은 거래처 손님하고 같이 왔으니 오늘은 이만 실례하겠습니다."

그가 떠나간 텅 빈 자리가 쉽게 지워지지 않는다. 인천 앞바다에 석양이 들면서 내리던 함박눈도 그치고 삿보로의 네온사인이 번쩍이고 있었다.

물처럼 바람처럼

세속의 풍진을 털어 버리고 산처럼 너그러운 마음으로 모두를 용서하며 살아야겠다. 나를 미워하는 사람까지도 사랑하며 허물을 감싸주는 다정한 이웃이 되고 싶다.

천왕봉은 지리산의 주봉이다. 왜 천왕봉을 오르느냐고 물으면 산이 좋아서 오른다고 어느 산악인은 대답할지 모른다. 물론 산이 좋아서 오를 수도 있겠지만 더 중요한 사실은 거기에 천왕봉이 없었더라면 오를 수도 없을 뿐 아니라 오르고 싶어도 오를 수가 없다는 이야기다.

왜 산을 오르느냐고 묻는다면 나는 서슴없이 다시 내려올 수 있기 때문이라고 대답할 것이다. 사람이 살아가면서 다시 만날 날을 약속하고 헤어지듯이 산을 오르는 모든 사람은 다시 산을 내려올 수 있다는 무언의 약속 때문에 산을 오른다.

지리산은 우리나라에서 보기 드문 큰 산이다. 전라북도 남원군과 전라남도 구례군 그리고 경상남도 산청군·하동군·함양군 등 세 개 도, 다섯 개 군에 열여덟 개 면을 접하고 있다. 노고단에서 천왕봉까지의 거리는 45km이며 산 주위는 장장 팔백 리에 달한다.

지리산은 1967년 우리나라 최초로 국립공원 제1호로 지정되었으며 그 면적은 약 440km²라고 한다. 주봉인 천왕봉(1,915m)은 남한에서는 제주도의 한라산(1,950m) 다음으로 높은 봉이다. 천왕봉·반야봉(1,753m)·노고단(1,507m)으로 이어지는 주맥에는 해발 1,000m가 넘는 봉우리만도 20여 봉이 된다.

그 옛날 좌익과 우익의 이념 대결로 많은 젊음을 앗아간 피아골이 이곳에 있으며, 댕기 머리 총각이 우리의 고유 전통과 의식을 지금도 지키고 있는 청학동 또한 이곳에 있다.

장터목 산장에서 천왕봉까지는 3km로 왕복 두 시간이 걸린다. 오늘 아침 연하천 산장을 출발하면서 준비한 도시락을 장터목 산장 처마 밑에 앉아서 정희와 같이 점심으로 해결했다. 시장이 반찬이라 했던가. 비록 선 밥이긴 했지만 꿀맛이었다.

문득 A병원장의 말이 떠오른다. 우리 주변에 많은 약수가 있는데 그 많은 약수가 모두 약수일 수가 없다고. 모든 약수는 거의가 산에 있게 마련인데 약수터까지 가서 마시는 물은 약수가 되지만 약수라 할지라도 그 물을 떠다가 집에서 마시는 물은 이미 약수가 아니라는 것이다. 즉 약수터까지 가서 운동을 한 후에 마시는 물은 약수가 되지만 집에 앉아서 마시는 물은 약수가 될 수 없다는 말이다.

바꾸어 말하면 같은 밥이라도 운동을 한 후에 달게 먹으면 보약이 된다는 이야기다. 밥을 잘 먹으면 보약이 따로 필요없다는 이야기가 그래서 나온 말인지도 모른다.

식사가 끝나고는 곧바로 천왕봉을 오르기 시작했다. 얼마를 오르다 보니 통천문이 눈앞에 나타났다. 천왕봉으로 가려면 누구라도 통천문(通天門)을 통과해야 한다. 통천문, 즉 하늘로 통한다는 뜻이리라고 속으로 생각해 본다. 천왕이란 하늘의 임금님 아닌가. 하늘의 임금님을 만나러 가는 데 통과하는 문이 허술하면 하늘의 권위가 없다고 생각해서인지 커다란 바위로 길을 막아 놓았다. 지금이야 쇠사다리를 놓아서 누구라도 쉽게 오를 수가 있지만 쇠사다리가 없었을 때는 누구도 오를 수 없었으리라.

쇠사다리를 타고 통천문을 지나니 밋밋한 능선이 전개된다. 그 능선을 따라 길 양편에는 갈대밭이 어우러진 가운데 아름드리 고사목이 즐비하게 쓰러져 있다. 더러는 아직도 살았을 때의 위용을 보이려 하지만 역시 푸르름을 잃어버리고 뼈만 앙상하게 남은 희나리였다.

이곳은 하늘이 보이지 않을 만큼 아름드리 구상나무가 울창한 숲을 이루었던 곳인데, 지금으로부터 30여 년 전 어느 도벌꾼이 도벌을 은폐하기 위해 방화를 해서 오늘과 같이 황폐한 산이 되고 말았다. 변명을 늘어놓은 듯한 안내문이 오히려 어린 상주를 대할 때처럼 보는 이의 가슴을 아프게 한다.

울창했었다는 구상나무 숲은 흔적도 없이 사라지고 지금은 말라 버린 갈대숲이 늦가을의 산정을 을씨년스럽게 지키고 있다. 갈대숲 사이사이에는 이제 한 뼘도 안 되는 구상나무 묘목을 심었는데 그 묘목이 아름드리로 자라려면 적어도 이삼백 년은 걸려야 하리라. 순간의 잘못된 생각이 두고두고 돌이킬 수 없는 후회를 쌓게 한 그 도벌꾼이 한없이 원망스럽다.

그러나 다시 한번 생각을 돌이켜보면 그 도벌꾼에게만 책임을 전가할 일이 아니라는 생각도 든다. 도벌을 하지 않을 수 없는 또 다른 사정이 그에게 있지 않았을까. 따라서 도벌을 하도록 방치한 시대적 환경과 우리 모두의 책임이 아닐까. 아직도 그 도벌했던 사람이 살아 있다면 지금 그는 통한의 눈물을 흘리고 있으리라. 자신을 씻을 수 없는 죄인으로 만든 당시의 환경과 순간의 잘못된 생각으로 역사 앞에 죄인으로 남아진 부끄러움이 천추의 한으로 남아 있을지 모른다. 그 당시 그는 자신의 행위에 대하여 죄의식을 느끼지 못하고 합리화했으리라.

소탐대실(小貪大失)이라는 말이 있다. 눈앞에 닥친 당장의 이익만을 추구하다가 민족과 역사 앞에 씻을 수 없는 죄인으로 남아진 사람들을 쉽게 찾아볼 수 있으며 현재도 우리는 보고 있지 않은가.

그러나 산은 말이 없다. 왜 나를 헐벗겼느냐고 원망하지도 않는다. 민둥산으로 만들어 놓고 무슨 염치로 찾아오느냐고 힐책하지도 않는다. 아무리 큰 죄인이라도 넓은 아량으로 포용한다.

정상에 오르니 늦가을의 따스한 햇빛이 서늘한 바람 속에 안긴다. 해발 1,915m의 안내판이 퇴색되어 잘 보이지 않는다. 정상에 세워진 〈韓國人의 氣象 여기서 發源하다〉라는 비문은 누가 세웠을까. 저 멀리 하늘의 꽃구름 속에서 지리산의 제2봉인 반야봉이 미소를 띠고 있다.

천왕봉은 일출이 절경이요, 반야봉에서는 천하의 일품인 낙조를 보아야 지리산의 진수를 안다 했는데, 이를 모두 놓치고 말았으니 아쉬움만 남는다. 인간사 새옹지마(塞翁之馬)라 했거늘, 인연이 있다면 언젠가는 여유 있게 다시 찾아와서 천왕봉의 일출을 꼭 보리라.

사실은 이번 등정에서 천왕봉 일출의 웅장함을 보려 했으나 처음부터 계획이 어긋나기 시작했다. 같이 왔던 일행들이 도중에 포기를 하고 생각지도 않은 정희와 같이 동행을 하게 되었으니 이는 우연인지 필연인지 알 수는 없지만 내일 새벽 등정 계획이 오늘로 앞당겨졌기 때문이다.

저 멀리 동쪽 하늘에는 동해 바다가 보이는 듯하지만 동해 바다가 보일 리는 없고 하늘 끝자락에 오색의 구름이 기기묘묘한 조화를 부리고 있다. 많은 등산객들이 탄성을 지르며 사진기에 담아 보려 하지만 어찌 그 웅대함을 조그마한 사진기에 담을 수 있겠는가.

지리산의 천왕봉, 너무도 성스러운 산이기에 함부로 대할 수 없는 큰 봉이 아니던가. 비록 준비 없이 왔다 할지라도 겸허히 받아들이는 정상에서 무릎을 꿇고 경건한 마음으로 감사의 기도를 드린다.

세속의 풍진을 털어 버리고 산처럼 너그러운 마음으로 모두를 용서하며 살아야겠다. 나를 미워하는 사람까지도 사랑하며 허물을 감싸주는 다정한 이웃이 되고 싶다. 모든 이의 기억에 오래도록 남아지는 큰 산은 아닐지라도 말없이 물처럼 바람처럼 살아야겠다.

중천에 떠 있던 태양이 어느덧 석양으로 기운다. 하산을 서둘러야겠다는 정희의 귀엣말이 아니었더라면 계속 앉아 있었을지도 모른다. 언제 나타났는지 하얀 낮달이 어깨 위에서 미소를 짓고 있었다.

연어가 알을 낳을 때

연어는 수만 리 바다를 항해하다가 죽을 때가 되면 출생지 하천을 찾아와서 수천 개의 알을 낳고는 스스로 주검의 길을 택한다. 그리고 부화된 새끼들은 죽은 어미의 살을 먹고 자란다.

남대천은 강원도 명주군과 강릉시를 거쳐 동해로 흐르는 강 이름으로 길이는 51km에 이른다. 대화실산(1,010m)에서 발원하여 서쪽에서 흐르는 대관천과 합류하고 성산면과 구정면의 경계를 이루면서 북동으로 흐른다.

강릉시 남쪽으로 들어와서 섬석천과 합류하고 동해로 흐르는 남대천은 우리 나라에서 유일하게 모천을 찾아 연어가 돌아오는 곳이다. 치어로 떠났던 연어가 바다에 나가 다 자라면 다시 모천을 찾아온다. 이곳을 떠난 연어가 3, 4년 만에 모천을 찾아 매년 9월에서 11월까지 산란을 하기 위해 다시 찾아오는 것이다.

평소에 가깝게 지내던 몇몇 친구들과 함께 남대천을 찾아간 지난해 11월 어느 날이었다. 처음부터 남대천이 목적지는 아니었다. 동해안을 찾아가던 차 속에서 이야기 끝에 즉흥적으로 결정한 것이었다.

"연어가 많이 잡히나요?"

연어를 잡는 곳이 어디인 줄 모르는 우리는 물어 물어 남대천을 찾아가 연어 잡이를 하는 사람에게 물어보았다. 세 사람이 연어 낚시를 하고 있었다. 그들은 아무 말도 하지 않고 우리의 눈치만 살피고 있었다.

나중에 안 일이지만 남대천으로 돌아오는 연어는 아무나 잡을 수가 없다고 한다. 연어알을 부화시켜서 치어를 방류한 관계 기관에서 통제한다는 말을 듣고는 안 사실이었다.

그들은 우리를 연어잡이 단속 요원으로 안 모양이었다. 그러나 우리가 단속 요원이 아니고 연어잡이 구경을 온 외지 사람인 것을 알아차리고는 낚싯대를 휘저었다.

연어 낚시는 미끼로 잡는 게 아니었다. 릴낚시에 길고 튼튼한 줄에 젓가락보다 조금 가는 낚시바늘이 맨 끝에 3개 달려 있고, 약 1m 위에 또 같은 바늘 3개가 갈고리처럼 달려 있었다. 그리고 물에 가라앉게 하는 봉도 달려 있었다.

이 낚싯줄을 멀리 던졌다가 후리치면서 낚싯줄을 감아올리면 이때에 그곳을 지나던 연어가 낚시 바늘에 걸려 잡힌다. 여기서 잡히는 연어는 70cm에서 80cm로 무게는 5kg에서 6kg 정도 나간다. 우리가 구경하는 사이에 세 마리나 잡아 올렸다. 군침이 돌았다.

"연어 한 마리만 파실 수 없나요?"

"우리는 어부가 아닙니다. 우리도 서울에서 연어잡이 구경을 왔다가 다른 사람들 하는 걸 보고 하도 신기해서 한번 해 보는 겁니다."

"다른 사람들은 아무도 없는데요."

"조금 전에 모두들 들어가고 저희만 남아서 해 보는 겁니다."

그러나 그들은 말과 같이 서울에서 구경을 온 사람이 아니라는 사실을 짐작할 수 있었다. 그들의 옷차림이 그랬고 그들이 타고 온 듯한 낡은 화물 자동차가 강원도 번호였다. 그리고 그 옆에는 그 중의 누군가가 타고 왔음직한 역시 낡은 오토바이 한 대가 있었다. 어부가 아니라서 팔 수가 없다고 하는 말을 듣고서도 그냥 그 자리를 떠나기에는 아쉬움이 많았다.

"여러 마리 잡으셨는데 한 마리 얻어 갈 수는 없을까요?"

체면 불구하고 한 말이었다. 그러고 보니 나도 넉살이 꽤 좋은 편이다. 어쩌면 옆에 있는 응원군을 믿고 용기를 내어 한 말일지도 모른다. 한 어부가 망설이는 표정이다. 애써 잡은 연어를 그냥 주기는 아깝고 안 주자니 무엇인가 켕기는 게 있나 보다. 그때 또 한 마리의 연어가 낚싯줄에 걸려 끌려 나왔다.

"정 그러시면 소주나 한 병 주시고 이거 가져가세요."

그러면서 지금 막 건져 올린 연어를 우리 앞에 내밀었다. 물 속에서 금방 끌려온 연어가 모래 바닥에서 펄쩍펄쩍 뛰었다. 그러나 우리가 타고 간 차에 소주는 없었다. 우리는 상의 끝에 소주 값으로 현금을 내밀었다.

"소주가 없으면 그냥 가지고 가세요. 우리는 어부가 아니니까요."

역시 어부가 아니라는 말을 강조하면서 막무가내로 현금을 받지 않는다. 우리는 고맙다는 인사를 하고 물에서 막 건져 올린 살아 있는 연어를 다른 방법이 없어서 급한 대로 신문지에 싸서 차에 싣고 예약한 콘도로 왔다.

분명히 어부들인데도 어부가 아니라고 강조하면서 돈을 받지 않은 이유가 궁금했지만, 우리에게 잘못 보이면 관계 기관에 신고할까 봐 우리의 입을 막으려고 그랬나 보다고 생각했다. 사실 그랬는지 아니면 후덕한 강원도 낚시꾼의 선심이었는지는 지금도 아리송하다.

"이 연어, 회로 먹어도 괜찮을까?"

"고급 일식집이나 뷔페 식당에서도 연어회 나오잖아. 걱정하지 않아도 될 거야."

누군가의 의견에 동의했다. 그리고 바로 준비를 했다. 일부는 껍질을 벗겨서 살코기는 횟감으로 준비하고 머리와 뼈는 매운탕 감으로 저녁과 아침 두 끼 분을 냄비에 담아 놓았다. 또 일부는 지하 매점으로 내려가서 초고추장과 상추, 마늘, 풋고추 등을 사 와서 이제는 먹는 일만 남았다.

일행 네 사람 모두가 포식을 했다. 그런데 한 시간쯤 지났을까. 우리 모두는 속이 울렁거리고 토하기 시작했다. 차례로 화장실 가기가 바빴다. 번갈아 가면서 화장실을 다녀왔다.

"세상에 공짜가 없다더니 이게 무슨 꼴이야."

서로의 얼굴을 쳐다보면서 하는 말이었다.

먹다 남은 횟감도 냄비의 찌개감도 모두 버렸다. 그렇게 고생한 이야기를 했더니 산란기의 연어는 독이 들어 있다고 했다. 연어 뿐만 아니라 산란기에는 모든 생물이 독이 들어 있단다. 그래서 민물에서 잡은 연어는 완전히 냉동을 시켰다가 먹을 때 다시 해 동시켜서 횟감으로 먹을 수 있다고 아는 체를 한다. 사실인지는 아직도 잘 모른다.

산란기의 모든 생물은 독이 들어 있다는 말이 하나의 상식인지 도 모른다. 집에서 기르는 가축도 새끼를 낳으면 사나워진다. 종 족보존의 본능이며 모성애의 발로일 것이다.

연어도 마찬가지로 종족보존을 위해 산란기에는 적을 해칠 수 있는 치명적인 독을 발산하는지도 모른다. 조물주의 오묘한 섭리이리라. 옛날부터 산란기나 번식기에는 들짐승이나 산짐승을 못 잡게 했다. 설령 잡았다 하더라도 그 고기를 먹지 못하게 했다. 옛 어른들의 지혜이다.

연어는 수만 리 바다를 항해하다가 죽을 때가 되면 출생지 하천을 찾아와서 수천 개의 알을 낳고는 스스로 주검의 길을 택한다.

부화된 새끼들은 죽은 어미의 살을 먹고 자란다.

이 얼마나 숭고한 모성애인가.

가짜 상주

대만 사람들은 부모가 돌아가시면 그 자녀가 우는 것이 아니라 돈을 주고 사람을 사다가 대신 울게 한다. 많은 눈물을 흘리며 큰소리로 슬프게 울었을 때는 그 요금을 더 많이 지불해 주어야 한다. 이를 노리고 가짜 상주는 진짜 상주처럼 슬프게 운다.

세상에 돈 가지고 되지 않는 일이 없다고 하는데, 돈이면 무엇이든지 할 수 있다고 철저하게 믿는 사람들이 바로 대만 사람들이다.

부모가 돌아가시면 상주는 슬퍼서 울기도 하지만 상식을 올릴 때마다 곡을 하게 된다. 그런데 대만 사람들은 그 자녀가 우는 것이 아니라 돈을 주고 사람을 사다가 대신 울게 한다.

대개 밤 9시부터 새벽 4시까지인데, 울어 주는 대가는 약 40불 정도이다. 우리 돈으로는 약 28,000원 정도가 된다.

그러나 이 대금은 어디까지나 기본 요금이고 울어 준 슬픔의 정도에 따라 보다 많은 대금을 청구할 수 있다. 많은 눈물을 흘리며 큰소리로 슬프게 울었을 때는 그 요금을 더 많이 지불해 주어야 한다. 그러면 진짜 상주는 대신 울어 준 그 가짜 상주에게 더 많은 요금을 지불해야 한다.

이를 노리고 가짜 상주는 진짜 상주처럼 슬프게 운다. 눈물이 나오지 않으면 눈에 침을 바르고 와서 내가 이렇게 눈물을 펑펑 쏟으며 슬프게 울어 주었으니 돈을 더 달라고 떼를 쓰는 사람도 있다고 한다.

이때 상주는 눈두덩을 보고 눈두덩이 하나도 부어오르지 않았으니 슬프게 울지 않은 증거라고 하면서 돈을 더 줄 수 없다고 일축해 버리기도 한다니, 돈을 더 달라고 떼를 쓰는 가짜 상주나 더 줄 수 없다고 버티는 진짜 상주나 오십보 백보가 아니겠는가. 우리 상식으로는 도저히 이해할 수 없는 일이다.

남의 부모가 죽었는데 설움이 북받쳐 오를 리도 없을 터인데, 슬픔을 강요하는 진짜 상주는 자신의 효심을 남을 통해서라도 주위 사람들에게 보여주려 함인가.

상갓집에서 가짜 상주를 등장시켜 울게 한다는 이야기도 생소하지만, 같은 동양권에 속해 있으면서도 문화와 풍습이 이렇게 다를 수가 있을까 하는 생각을 해 본다.

대만은 한문을 전용하고 있지만 한문과 한글을 병용하고 있는 우리와는 그 표현 방법이 전혀 다르다는 사실을 찾아볼 수가 있었다. 가령 도로에 굴러가는 자동차를 대만에서는 기차(汽車)라고 부르고, 일정한 철로를 따라 달리는 기차를 화차(火車)라고 부른다.

화장실을 세수간(洗手間)이라고 부르는 데는 모두 긍정적으로 받아들인다. 화장실을 깨끗이 사용하자는 내용의 표어는 어느 나라나 다 마찬가지인 모양이다.

'화장실을 깨끗이', '침을 함부로 뱉지 마시오', '담배꽁초를 변기에 버리지 맙시다' 등은 우리네 화장실에서도 흔히 볼 수 있는 표어이다. 대만의 화장실에 '보지 청결(保持 淸潔)'이라고 써붙인 것을 보고는 모두 한마디씩 하면서 우스개 소리를 한다.

이와 비슷한 발음으로 버스의 뒤편에 '보지 거리(保持 距離)'가
붙어 있다. 물론 안전거리를 유지하라는 뜻인 것을 모를 리 없겠
지만, 남자들끼리의 여행이고 보니 큰소리로 발음을 하면서 희희
낙락 박장대소를 한다. 이국에서 한순간이나마 웃음을 갖고 싶은
그러한 생각에서였으리라.

우리나라에서는 이발소 또는 이발관이라고 부르는데 대만에서
는 이발청이라고 부른다. 무슨 관청 이름으로 들릴지 모르지만
관청은 아니다.

이발청은 대만에서 가장 휘황찬란한 곳이다. 네온사인이 번쩍
이고 불빛이 대낮같이 밝은 곳이라서 멀리서 보고도 그곳이 이발
청으로 알면 크게 틀리지 않는다.

우리나라도 이발소마다 요금이 다르고 서비스가 다르다는 것은
다 아는 사실이지마는, 이곳에서는 더욱 심한 모양이다.

이발하는 정도에 따라 요금이 달라질 뿐 아니라 업소마다 또 각
양각색이다. 앞머리만 깎을 때 다르고 뒷머리까지 깎을 때 다르
고 면도할 때 또 요금이 달라진다. 같은 면도를 하더라도 면도하
는 아가씨의 스커트가 짧을수록 면도 요금이 비싸진다. 손톱을
깎을 때 다르고 발톱을 깎을 때 다르고 안마를 할 때 다르다. 안
마도 10분, 20분 혹은 한 시간, 두 시간 하는 데 따라 달라진다.

1층에서는 머리만 깎고 2층에 올라가서는 손톱 발톱을 깎고 3층
으로 올라가서는 면도를 한다. 4층에 올라가서는 안마를 받고 5
층까지 거치면 이발이 다 끝나게 되는데 시간에 따라 약간의 차
이는 있겠지만 한화로 약 30만 원 정도 들 거라는 이야기에 벌어
진 입이 다물어지지 않는다. 이러한 이발청이 큰 데는 500평도

넘는다는 말에 놀라지 않을 수 없었다.

누군가가 여기까지 온 김에 이발청에 한번 가 보자고 하였지만 누구 하나 선뜻 나서는 사람이 없다.

대만에서는 아직도 공창 제도가 성행하고 있다. 한국 사람이 정력에 좋다면 무엇이든지 먹어치운다는 불명예를 안고 있듯이 대만 사람 역시 한국 사람에게 결코 지지 않는다. 정력에 좋다는 원숭이 골을 비롯하여 원숭이탕을 우리네 보신탕처럼 즐겨 먹는다.

야시장에 가면 정력에 좋다는 별의별 혐오식품이 수도 없이 나와 있다. 살아 있는 독사를 매달아 놓고 피가 뚝뚝 떨어지는 생식기를 꺼내어 정력에 최고라고 소리소리 지른다.

야시장 바로 옆에는 공창 구역이 있다. 옛날에는 사진을 보고 선택했다고 하는데, 지금은 아예 실물을 유리상자 안에 공산품처럼 진열해 놓고 손님을 기다린다.

이곳에서 중국 사람들은 정력을 소모하고 있는지도 모른다. 소모되어 버린 정력을 다시 찾기 위해 독사의 그 생식기를 찾는 것인가. 어쩌면 그게 중국 사람들의 상술인지도 모른다. 이 세상에서 유태인과 중국 사람의 상술을 따라 갈 민족이 없다고 하거니와, 특히 중국 사람은 돈을 숭배하고 있는 것 같다.

길거리에서 굶어 죽은 중국의 거지 주머니에서 상상을 초월하는 많은 돈이 발견되었다는 이야기를 종종 듣게 된다. 죽은 다음에 자신의 장례비로 쓰라고 그렇게 돈을 모았다고 하는데, 굶어서 죽은 사람에게 정말 그랬느냐고 물어볼 수가 없으니 답답한 노릇이다. 정말 알 수 없는 민족이다.

사랑을 할 거야

초여름 밤이 깊어가는 줄도 모르고 우리는 노래를 불렀다. 수많은 별들도 졸리운 눈으로 잠자리에 들었는지 별자리가 텅텅 비어 있다. '사랑을 할거야. 사랑을 할거야. 아무도 모르게 너만을 위하여.'

"선생님, 노래하시는 거 그렇게 두려워하지 마세요. 박자가 틀리면 어때요. 음정이 곱지 않아도 노래는 할 수 있어요."

뒤늦게 들어간 대학원에서 만난 은영이의 말이었다.

"그래도 노래를 잘 부르지 못하면 창피하잖아. 워낙 음치라서 소질이 없나 봐요."

"선생님, 음치 아니에요. 용기를 내세요. 제가 도와드릴 테니 자신을 가지고 큰소리로 불러 보세요."

사실 그랬다. 어렸을 때는 말할 나위 없지만 지금도 노래 부르기는 나에게 고역이 아닐 수 없다. 어느 모임이든 모이게 되면 의레 노래를 부르게 되는데 내 차례가 오면 그렇게도 두려울 수가 없었다. 쥐구멍이라도 있으면 숨어 버리고 싶을 때가 한두 번이 아니었다. 그런데다가 노래를 부르지 않으면 벌칙으로 돈을 내야 한다면서 꼭 노래를 부르도록 강요한다. 그렇게 강요를 당하면 나처럼 노래에 소질이 없고 부를 게 없는 음치는 죽어도 노래는 부를 수 없으니 차라리 벌칙금을 내겠다는 사람도 더러 있다.

그러나 벌칙금을 내는 게 창피하기도 하지만 돈도 아깝고 해서 어쩔 수 없이 음정 박자가 맞지 않아도 시늉만으로 떼울 때가 한두 번이 아니다. 이럴 경우 유능한 사회자는 노래를 잘 부른 사람에게도 돈을 내게 해서 피차 거리감 없이 친목을 돈독히 하는 재치를 발휘한다.

재작년인가 MT를 갔을 때였다. 당시 인기 상승을 타고 있던 〈애모〉를 은영이가 부르는데 가수 뺨칠 정도로 잘 불렀다. 우레와 같은 박수와 함께 재창 삼창이 나왔다.

이때 은영이는 이왕에 우리 MT 왔는데 시간도 있고 하니 노래라도 한 가지 배우자면서 〈애모〉 악보를 나누어 주었다. 그래서 악보를 보면서 열심히 배웠다.

다른 사람들은 두세 번 따라 부르더니 혼자서도 곧잘 부르는데 나는 소질이 없어서인지 그러지를 못했다. 그래서 집에 와서는 테이프를 사서 계속 반복하여 들으면서 그 노래를 배웠다. 그 후로 나에게 노래할 기회가 오면 아예 〈애모〉를 부르라고 주위에서 지정해 준다.

지난해에 MT 갔을 때는 또 그런 식으로 녹색지대의 〈사랑을 할 거야〉를 배우게 되었다. 이 노래는 매주 TV 가요 1, 2위를 차지한 곡이다. 이때도 은영이는 나이가 제일 많은 나를 찾아와서 열심히 배우라고 권고했다.

"나이가 들수록 젊은 노래를 불러야 젊어지신대요. 언제까지나 함평천지 늙은 몸이 그런 식의 노래나 부르실 거예요? 젊고 발랄한 노래를 부르면 나이를 잊고 살아가실 수가 있대요. 나이를 잊고 산다는 게 바로 젊게 사는 비결 아니겠어요? 지난해에는

〈애모〉를 잘 부르셨는데 이번에는 〈사랑을 할 거야〉를 꼭 배우도록 하세요. 배우시게 되면 어디 가서라도 환영받으실 거예요. 쑥스럽다고 생각지 마시고 용기를 가지고 열심히 배우세요. 그리고 젊다고 생각하세요."

"어디 가서 환영을 받으려고 이 노래를 배우는 게 아니라 은영이가 좋아서 이 노래를 배우고 있다는 생각이 들어요."

"듣던 중 반가운 말씀이네요. 많이 좀 사랑해 주세요. 노래는 얼마든지 가르쳐 드릴게요."

"그러다가 정말로 사랑을 하게 되면 어쩌려구 그렇게 쉽게 말을 할 수 있어요. 사랑은 국경을 초월할 뿐 아니라 나이도 초월한다는데."

"사랑은 국경이나 나이만 초월하는 게 아니에요, 선생님. 빈부의 격차도 지식의 유무도 피부 색깔도 모두 초월해요. 그런 사랑을 해 보고 싶어요."

"말은 그렇게 쉽게 할 수 있겠지만 실제 상황이 되면 달아나 버릴걸."

"누가요? 선생님이요? 저는 달아나지 않아요. 만약 실제 상황이 되면 날 살려라 하고 달아나실 분은 바로 선생님이실걸요. 저는 다 알아요. 선생님 얼굴에 그렇게 쓰여 있어요."

"어떻게 쓰여 있기에? 잘못 읽은 거지요. 사람은 겉모습으로는 판단할 수가 없어요. 양의 가죽을 쓴 늑대가 얼마나 많은데요."

"선생님이 양의 가죽을 쓰고 늑대가 되어 주었으면 좋겠어요. 아니 늑대보다 더 무서운 호랑이나 사자라도 좋구요. 간교한 여우라도 개의치 않겠어요. 하지만 저의 판단으로는 선생님은 아무 일도 할 수 없는 그런 분이에요."

"사람을 어떻게 보고 그렇게 단정할 수가 있어요. 그런 말로 나의 자존심을 건드리려는 속셈이었는진 모르지만 쉽게 넘어갈 내가 아니지요."

"그것 보세요. 지금 실토하고 계시잖아요. 이래봬도, 선생님 죄송합니다. 제가 소싯적에 관상학 공부를 좀 했걸랑요. 관상 좀 봐드릴까요? 선생님은요, 사모님께서 당신 나가서 바람 좀 피우고 오세요 하고 등을 떠밀어도 못하실 분이에요. 말로야 무슨 말을 못해요. 왕비도 공주도 다 사랑할 수 있겠지요."

"듣자듣자 하니 못하는 소리가 없네. 은영인 사람이야, 여우야? 아무래도 사람의 탈을 쓰고 있는 여우인 것 같아. 그러길래 못하는 게 없지. 춤 잘 추고 노래 잘 부르지, 말도 잘하지, 게다가 관상까지 본다고. 재주 많은 사람이 팔자가 세다는데 조심해야겠어요."

"선생님, 정말 그런가 봐요. 그러니까 서른이 다 되도록 시집도 못 가고 있잖아요. 저 여자예요. 참한 여자가 되고 싶어요. 좋은 신랑감 하나 구해 주세요. 신랑을 만나게 되면 하늘처럼 모시고 살 거예요. 사실은요, 관상공부 하지 않았어요. 선생님에 대해서는 즉흥적으로 지어서 한 말이에요. 선생님을 놀린 죄 용서해 주세요. 저요, 말괄량이 같지만 집안 살림 하나는 끝내주게 잘할 수 있어요."

"가만있자, 아무래도 신랑감은 하나밖에 없을 것 같은데, 어디에 숨어서 나타나지 않는 거야. 백마를 타고 오지 않아도 좋으니 빨리 좀 나타나서 은영이를 데려가라구."

"맞아요, 하나면 돼요. 둘은 필요없어요. 백마를 타지 않아도 상관없어요. 나를 꼭 필요로 하는 사람이면 더 바랄 게 없어요."

"너무 걱정하지 말아요. 어딘가에 숨어 있을 거야. 다만 지금 나타나지 않을 뿐이지. 헌 짚신도 짝이 있는 줄 몰라요?"

"우리 지금 노래 배우다가 무슨 이야기하고 있는 거예요. 어서 노래를 배워야지요."

"계속 〈사랑을 할 거야〉를 부르면 진짜 사랑하는 사람이 찾아오겠지."

"우리 밤새도록 노래를 불러요. 저 레파토리 밤을 새우기에는 충분해요."

초여름의 밤이 깊어 가는 줄도 모르고 우리는 노래를 불렀다. 수많은 별들도 졸리운 눈으로 잠자리에 들었는지 별자리가 텅텅 비어 있다. 먼 산이 환하게 밝아 올 때까지 나는 계속 〈사랑을 할 거야〉를 배우고 있었다.

'사랑을 할 거야. 사랑을 할 거야. 아무도 모르게 너만을 위하여.'

세월은 흐르는가

만약 청소년이 없다면 기성세대들은 믿을 곳이 없어지고 희망도 없어진다. 젊은 세대의 용기와 패기가 우리의 삶에 활력소가 되어 왔고, 기성세대의 지혜와 끈기가 생활의 번영과 안정을 가져왔다는 사실을 알아야 한다.

인류 최고의 유적지인 이집트의 피라미드 안에, 역시 최고의 상형문자에 '요사이 젊은 사람들은 어른을 몰라보고 너무 방탕하여 지극히 염려스럽고 앞날이 걱정된다'는 내용이 들어 있었다고 한다.

그러고 보면 청소년에 대한 문제는 어제 오늘만의 문제가 아닌 것 같다. 아득한 옛날부터 어른들은 젊은이들을 염려해 왔다. 청소년들의 하는 일이나 행동을 못마땅하게 생각하고 걱정하며 살아온 기성 세대들이었다.

인간이면 누구나 청소년 시절을 거치면서 성장했으면서도 자신들의 청소년 시절은 성인 군자처럼 자랐다고 착각하고 있는 모양이다.

우리들도 자라면서 부모님 속을 썩이고 어른들의 염려의 대상이었던 것을 까맣게 잊고 오늘날의 청소년들만 나무라는 우를 범하고 있다.

기성세대가 하는 일이 옳다고 생각하는 것은 기성세대 자신들일 뿐 젊은이들은 그들의 생각과 행동이 옳다고 주장한다. 젊은 세대가 하는 일을 청소년들은 옳다고 생각한다.

이를 기성세대가 볼 때는 모두가 만용이요 철없는 불장난으로 보인다. 항상 불안하여 무슨 일을 맡길 수가 없다. 좌불안석이다.

우리가 자랄 때는 그러지 않았는데 요사이 젊은 애들은 해도 너무한다고 개탄하며 자신들의 과거를 또 잊어버린다.

이는 세월이 흐르고 또 세상이 변하고 있음을 모르기 때문이다. 기성세대는 용기가 없고 결단력이 없다. 무사안일만을 일삼고 무능력하다고 젊은이들은 비판한다. 옳은 말이다.

젊은이들은 용기는 있지만 지혜가 모자라고, 기성세대는 지혜는 있지만 용기가 없으므로 서로는 무언중에 배우고 가르치며 살아야 한다.

만약 기성세대가 없었다면 청소년들은 어디서 나왔다는 말인가. 하늘에서 뚝 떨어지지는 않았다. 기성세대를 의지할 수 있기 때문에 용기가 생기고 항상 불안과 초조감에서 해방될 수 있는 것이다.

만약에 청소년이 없다면 기성세대들은 믿을 곳이 없어지고 희망도 없어진다. 젊은 세대의 용기와 패기가 우리의 삶에 활력소가 되어 왔고, 기성세대의 지혜와 끈기가 생활의 번영과 안정을 가져왔다는 사실을 알아야 한다.

젊은 세대는 한번쯤 반성을 하고 기성세대는 한번쯤 각성을 해야 한다. 세월이 흐르고 세상은 변할지라도 우리 인간의 사랑은 변하지 않는다. 젊은 세대들은 어른을 공경할 줄 알아야 한다. 또 기성세대들은 젊은 세대를 이해하고 그들의 불만을 해소해 주어야 한다. 그리하여 우리 모두는 서로를 위하여 사는 그러한 가정과 사회, 국가, 그러한 세대를 이루어야 한다.

　얼마 전 속리산 등반을 한 적이 있다. 중간 지점에　있는 휴게소에서는 약주를 인삼 썩은 물이라고 선전하며 팔고 있었다. 또 도토리묵도 팔고 있었다.

　"이곳 도토리묵은 진짜일 거야."

　"요즘 세상에 진짜가 어디 있어."

　"진짜로 알고 먹으면 진짜가 되는 거야."

　도토리묵 한 접시 먹으며 주고받은 말이다. 옛날에는 도토리를 주식으로 먹을 때가 있었다. 일 년 내내 쌀 한 톨 구경 못하는 가난한 집에서는 도토리가 없어서는 안 되는 식량이 되었다. 거기에 밀가루 한 주먹이라도 섞어서 먹을 정도면 별미 중의 별미였다. 아무나 그렇게 할 수 있었던 게 아니고 그 마을에서 밥술이나 먹는 집에서나 그렇게 할 수 있었다.

　요즈음　도토리묵에 밀가루를 섞었다고 하면 가짜라고 아무도 사 먹으려 들지 않는다. 설령 섞었을지라도 섞지 않았다고 해야 속는 줄 알면서도 사 먹게 된다.

　옛날에는 살이 통통하게 쪄야 복스럽다고 했다. 살이 많은 처녀를 보면 떠오르는 달덩이 같다거나 부잣집 맏며느리감이라고 했다. 또 큰 회사 사장쯤 되어야 배가 쑥 나오게 되고 그렇게 되면 더욱 앞배를 남산만큼 내밀고 뒤뚱뒤뚱 걷는다. 보통 사람들이야 살이 오를 이유가 없었다. 나무 열매(도토리 등)나 풀뿌리, 나무 껍질을 벗겨 먹으면서 생명을 유지했으니 살이 오를 리가 있겠는가. 그래서 그때는 먹기 위해 사느냐 살기 위해 먹느냐 하는 논란도 있었다. 상전벽해(桑田碧海)라는 말이 있거니와 세월도 많이 흘렀지만 세상도 많이 변했다. 옛날에는 서독 사람이 동독 사람을 붙잡아 오면 서독 정부는 그 서독 사람에게 상금을 주었다.

그런데 베를린 장벽이 무너지면서 동독 사람이 서독으로 건너오면 서독 정부는 이번에는 동독 사람에게 어린이든 어른이든 할 것 없이 무조건 한 사람 한 사람 모두에게 100마르크씩 나누어 주었다는 이야기를 우리는 의미 있게 들어야 하고 보아야 한다. 우리도 분단된 조국, 분단된 민족이기 때문이다.

우리도 휴전선을 헐어 버리고 서울을 찾아오는 모든 북한 동포들에게 어린이든 어른이든 젊은 사람이든 늙은 사람이든 남자이든 여자이든 할 것 없이 모두에게 얼마만큼의 정착금을 나누어 줄 수 있다면 통일이 이루어질 수 있지 않을까 생각해 본다. 만약 그렇게만 할 수 있다면 가슴 벅찬 일이 아닐 수 없다. 설령 그렇게는 못한다 할지라도 서울과 평양을 서로 마음놓고 오가면서 따뜻한 숭늉 한 그릇이라도 나누어 먹을 수 있었으면 한다. 인정을 베풀어야 하고 자유를 누리며 살아갈 수 있어야 한다.

지금은 서로의 가슴에 총을 겨누던 6 · 25 그 당시도 아니요, 아침마다 혁명공약을 외치던 5 · 16 그 당시도 아니며, 구주 탄광으로 징용을 가고 학병으로 끌려가던 일제 치하는 더욱 아니다.

우리는 너무도 오랜 세월 헤어져 살아왔다.

비가 온 뒤에 땅이 굳어지고 싸움을 한 뒤에 우정이 더욱 깊어지듯이 잘못이 있으면 그 잘못을 서로 용서하고 사랑하며 하나의 조국을 이루어야 한다. 세월은 흐르고 세상은 하루가 다르게 변하고 있으니 말이다.

신곡 발표회

"그 노래 이십대 애들이 부르는 노랜데 잘 부르시네요." "나이에 걸맞는 노래를 불러야지요. 원로들은 무슨 노래인지도 모를 뿐 아니라 싫어하는 기색이잖아요." 강시인과 박시인의 충고이다. 그래도 나는 신곡만을 불렀다.

오늘도 신곡 발표회가 있는 날이다. 어느 유명 가수의 신곡 발표회로 착각할지 모르겠지만 그게 아니다. 원앙회라는 부부 친목회가 있는데, 매월 정기적인 모임을 가진 후에 노래방 가자는 뜻으로 통한다. 원앙회는 원앙새처럼 사랑으로 뭉쳐 살자는 뜻으로 붙여진 이름이다.

젊어서 아내와 남편을 서로 너무 혹사시켰으니 늘그막에라도 서로를 위하며 살아 보자고 의견을 모아 만들어진 모임이다.

노래방에 가자는 뜻으로 신곡 발표회라고 부르게 된 데에는 그럴 만한 이유가 있다. 모임이 결성되고 처음 노래방에 갔을 때였다. 노래방에는 모두 처음이 아닌 듯 흘러간 옛 노래들을 구성지게 잘도 불렀다.

드디어 내 차례가 되었다. 노래에 소질이 없는 나는 노래를 부른다는 게 무척 고역이 아닐 수 없었다. 전체 분위기를 살리기 위해서는 무슨 노래든 불러야 한다. 그렇다고 노래방에서 애국가나 찬송가를 부를 수는 없는 일 아닌가.

적당히 부를 노래가 생각나지 않아서 한참 망설이다가 대학원에서 만난 은영이한테서 배운 〈사랑을 할 거야〉를 불렀다. 그러자 의외로 많은 박수와 함께 찬사가 터져 나왔다. 물론 박자나 음정이 맞을 리 없지만 자신들이 알지 못하는 신곡을 불렀다는 데에 높은 점수를 주는 듯했다.

솔직히 말해서 우리 기성 세대들은 젊은 세대가 즐겨 부르는 신곡을 따라 부르기에는 너무 힘이 든다. 그게 무슨 노래냐고 한다. 일종의 광란이다. 알아들을 수도 없는 노래말로 악을 쓰는 것으로 들릴 뿐이다. 그런 신세대 노래를 쉰세대가 불렀다는 게 경이롭게 보였던 모양이다. 더구나 노래를 부를 줄 모르는 음치가 불렀다는 게 더 큰 충격(?)을 주었는지 모른다.

이때부터 노래방에 가자는 말 대신 신곡 발표회를 갖자고 한다. 그런 신곡 발표회를 몇 번인가 가진 후였다.

"곡이 좀 틀리시는데요. 좀 고치면 좋겠어요. 그래도 어려운 노래데 잘 부르시네요. 어디 누구한테서 배우신 거예요?"

노래를 불렀다 하면 90점 이상의 좋은 점수를 받는 ○○여사의 물음이었다. 노래 솜씨가 좋다는 평을 듣고 있는 자신도 아직 배우지 못한 노래를 듣고는 속으로 놀랐던 모양이다. 이때부터 누가 정하지도 않았는데 자신의 신곡을 준비해야겠다는 마음이 이심전심으로 전해지고 있었던 것이다.

신곡 발표회에서는 자신의 새로운 노래를 부르면 된다. 그렇게 신곡 준비를 하다가 보니 한 달이 어떻게 지나갔는지 모른다고들 한다.

사람은 무엇인가 새로움을 위하여 열심을 다할 때 성취욕을 느끼는가 보다. 비록 노래가 아니어도 좋다. 구태의연하면 발전이 없다. 사업을 하는 사업가나 공부를 하는 학생이나 교단에서 학생들을 가르치는 교수도 항상 새롭게 나와야 한다.

이는 글을 쓰는 작가나 시인도 마찬가지다. 항상 새롭게 단장하고 새로운 모습으로 독자 앞에 나타나야 한다. 그러기 위해서는 몸과 마음이 먼저 새로워져야 한다.

아무리 듣기 좋은 노래도 세 번 이상 들으면 실증이 난다고 했다. 이는 우리의 삶은 항상 새로워져야 한다는 이야기다.

양주동 박사가 대구에 있는 계명대학교에 특강을 갔었는데 어느 학생이 손을 번쩍 들고 질문하기를,

"선생님의 특강을 잘 들었습니다. 그런데 지난번 강의와 어쩌면 토씨 하나 틀리지 않습니까?"

하고 항의를 하더란다. 그래서 그가,

"이 사람아, 쇠 뼈다귀도 두세 번 우려먹는데 하물며 대한민국의 국보인 양주동이가 강의 한번 더 우려먹었기로서니 어쩌란 말인가."

라고 재치 있는 임기응변으로 위기를 모면했다고 한다.

아무리 유명한 교수의 명강의라 할지라도 토씨 하나 틀리지 않는 강의라면 청중은 식상하고 만다. 명강의일수록 더욱 새로워야 한다. 손때 묻은 강의 노트를 10년 이상 바꾸지 않고 계속 우려먹는 교수도 허다하다고 한다.

듣는 학생이 강의 때마다 바뀌고 있으니 새로운 강의의 필요성을 느끼지 못하기 때문이리라. 그러나 또 청중이 바뀐다 할지라도 자신의 발전을 위해서 새롭게 준비하는 자세가 필요하다. 바둑을 두는 기사도 새로운 수를 연구해 나가야 자기 발전이 있듯

이 말이다.

 일류 가수라 하더라도 계속 살아 남기 위해서는 끊임없이 신곡을 발표해 나가야 한다. 전쟁에서는 신무기를 가지고 있어야 적을 이길 수 있다. 성경에도 새 술은 새 부대에 넣으라 하지 않았는가.

 문학 심포지엄을 갔을 때였다. 버스 안에서 노래 잔치가 벌어졌는데 드디어 내 차례가 되었다. 물론 신곡을 불렀다. 내가 신곡을 부르는 이유는 노래를 잘 불러서가 아니다. 음치이기 때문이다. 음치는 남이 잘 모르는 노래를 선택한다. 잘 모르기 때문에 틀려도 틀린 줄을 모른다.

 내가 남이 잘 모르는 신곡을 부르는 이유가 바로 여기에 있다. 설령 안다 하더라도 신곡이기 때문에 틀렸으려니 하고 이해해 주기를 바라서이다. 사실 원로들은 그런 노래가 요즘 유행되고 있다는 사실조차도 모르고 있었다.

 "그 노래 이십대 애들이 부르는 노랜데 잘 부르시네요."

 칭찬인지 아니면 나이에 걸맞지 않는다는 핀잔인지는 모르지만 젊은 강시인이 말했다.

 그러자 옆에 앉아 있던 박시인이 충고를 한다.

 "나이에 걸맞는 노래를 불러야지요. 원로님들은 무슨 노래인지도 모를 뿐 아니라 싫어하시는 기색이잖아요."

 그래도 나는 신곡만을 불렀다. 신곡을 부른다고 해서 젊어진다는 법은 물론 없다. 오히려 주책 부린다고 속으로는 비웃고 있을지도 모른다.

 팔십이 된 노인네가 문단의 등룡문을 두드리면서 늙은이가 주책 부린다고 흉보지 말라고 신신당부하던 말이 생각난다. 스스로의 자격지심일지 모르지만 얼마나 힘든 결단인가. 대개는 생을 포기하고 죽을 날만 기다리는 그런 연륜에 나이를 잊고 젊은이 못지 않은 정열을 쏟고 있는 그 노인이야말로 존경받을 만하지 않은가. 나이를 잊기 위해서도 나는 계속 신곡을 배우고 또 신곡 발표회를 가질 것이다.

제3부

·

그리움의 항아리

시인상을 받던 날

그 동안 문단에 끼쳤던 영향과 그 열성을 감안하여 수상자를 결정했다는 회장님의 말씀과 작품의 서정성을 높이 평가하여 수상 작품으로 선정했다는 심사위원장의 말씀에 오직 부끄러울 뿐이다.

지난 3월 30일, 한국 자유시인상을 받던 날은 아침부터 비가 내렸다. 내 생애에 처음으로 큰 상을 받게 되어 나는 나도 모르게 마음이 들떠 있었다.

평소에 가깝게 지내던 문우들은 물론 문학과는 거리가 먼 친구들에게도 수상 소식을 알려줄 정도였다.

"여보, 축하해요. 당연히 수상식장에 참석해서 축하해 드려야 하는데, 사정이 생겨서 참석하지 못하게 되어 미안해요. 그러니 용서하세요. 애들도 모두 다른 약속이 있나 봐요. 막내 아이만 친구와의 약속을 취소하고 수상식장에 가겠다고 했으니 서운하게 생각지 마시고 같이 가도록 하세요."

평생을 동고동락하며 같이 살아온 아내의 말이었다. 아내에게는 물론 애들에게도 큰 상 받는 모습을 보여주고 가장의 위상을 높이며 은근히 자랑하고 싶었는데, 참석하지 못한다니 왠지 마음한 구석이 서운함으로 채워져 왔다. 그러면서도 입으로는 다른 말을 하고 있었다.

"사정이 있으면 못 가는 거지, 너무 미안해 하지 말아요. 가족을 대표해서 막내가 참석을 한다니 다행이구면. 그리고 같이 글을 쓰는 여자 친구들도 축하해 주러 온다고 했으니 외롭지는 않을 거요."

"다행이네요. 여자 친구들에게 친절하게 해 주시고요, 좋은 곳에 가서 크게 한턱 내세요."

"여자 친구들이 온다는데 질투는 하지 않고 무슨 말을 하고 있는 거요."

"나는 질투를 모르는 여자예요. 당신을 하늘처럼 믿고 살아왔으니 당신이 기뻐하면 나도 같이 기뻐할 거예요. 마음놓고 즐겁게 보내세요."

시상식이 오후 3시이므로 한 시간이면 충분히 갈 수 있는 거리이지만, 주말의 교통 체증을 생각해서 넉넉하게 시간을 잡아 12시에 출발하였다. 그러나 서울에 진입하기도 전에 승용차는 움직일 줄을 몰랐다.

"승용차로는 제 시간에 도착할 수 없겠는데요. 시간 맞춰 가려면 주차시켜 놓고 전철로 가야겠어요."

"그럴 수밖에 없겠군. 전철로 가자."

그리하여 타고 가던 승용차는 가리봉역에 주차시켜 놓고 전철을 탔다. 영등포역에 도착했을 때였다.

"아차, 카메라를 차에 두고 그냥 왔네."

하고 내가 놀라며 말하자 막내가 재빨리 대꾸했다.

"카메라 있어야잖아요. 제가 가서 가지고 올 테니 차 키 주세요."

"수고스럽지만 그렇게 할 수 있겠니?"

그래서 승용차 키를 막내에게 주며 카메라를 가져오도록 했다. 시상식이 있는 한글회관에 도착한 시간은 2시 40분이었다. 다행이었다. 전철을 이용하여 참 잘 왔다는 생각이 들었다.

3시가 조금 지나서 시상식이 시작되었다. 그런데 카메라를 가지러 간 막내가 도착하지를 않았다. 시간상으로 도착할 시간이 아직 되지 않았지만 초조하게 기다려졌다.

사진을 꼭 찍기 위해서만은 아니었다. 혹시 무슨 잘못된 일이라도 생기지 않았을까 하는 걱정이 앞섰기 때문이다.

'그냥 같이 왔어야 하는 건데, 시상식 장소도 초행이라는데 잘 찾아올 수 있을까.'

생각을 잘못 했다고 후회가 되었다. 그런데 시상식이 끝나 갈 무렵 막내의 얼굴이 보였다. 비록 사진은 찍지 못했지만 그제야 안도의 한숨이 나왔다. 그리고 괜한 걱정을 했구나 생각하며 빙그레 웃었다.

'밝은 대낮에 무슨 일이 있으랴마는, 그리고 남자 대학생인데' 하고 마음속으로 위로를 하면서도 마음 한 구석에 자리잡은 불안감을 씻을 수가 없었던 것이다. 이걸 부모의 마음이라고 하는 건가. 뒤늦게 도착한 막내의 모습을 보고서야 안심이 되었으니 말이다.

어느 문학상 수상식에 다녀와서 〈눈물의 몫과 사랑의 몫〉이라는 글을 쓴 적이 있는데, 그날도 오늘처럼 비가 내리고 있었다.

그 당시는 오늘과 같은 큰 영광이 나에게 오리라고는 꿈에도 생각지 못했었다. 오늘과 같은 영광의 날이 온다 할지라도 어느 날 갑자기 거목으로 성장했다고 자랑해 줄 스승도 없거니와 꽃 한 송이 달아 줄 사람도 없는 슬픔의 눈물을 빗물에 흘려 보냈다.

꼭 수상 자격이 있어서라기보다는 그 동안 문단에 끼친 영향과 그 열성을 감안하여 수상자를 결정하였다는 회장님의 말씀과 작품의 서정성을 높이 평가하여 수상 작품으로 선정하였다는 심사위원장님의 말씀에 오직 부끄러울 뿐이었다.

그러나 한편 생각하면 보다 더 열심히 하라는 채찍으로 알고 겸허한 마음으로 수상에 임해야겠다고 마음속으로 다짐했다. 회장님과 심사위원장님께 감사드린다. 나의 문학을 스승의 처지에서 혹은 친구의 위치에서 지도해 준 가까운 분들께도 감사드린다.

친구가 되어서 칭찬으로 용기를 준 가까운 문우들이 꽃다발을 한 아름 안겨 줄 때는 기쁨과 환희의 눈물을 감출 수가 없었다.

나는 숙명을 믿지 않는다. 스스로가 개척해 나가면 된다고 믿고 있다. 그러나 때로는 생각지도 않았던 일이 술술 풀리는가 하면 꼭 그렇게 되리라고 믿었던 일이 꽉 막힌다든지, 아니면 엉뚱한 방향으로 흘러가는 것을 볼 수 있다.

오늘 일만 해도 그렇다. 가족 중에 유일하게 참석하기로 한 막내가 카메라 때문에 시상식이 다 끝난 다음에야 시상식장에 들어오지 않았는가.

이 세상 누구보다도 기뻐해야 할 아내가 수상식에 참석하지 못하는 사정도 인위적으로 되어지는 게 아니라는 생각이 든다.

숙명은 또 아내를 대신하여 가까운 여류 문인들을 축하해 주라고 보내 주었는지 모른다. 그러나 아내는 아내의 역할이 있고 친구는 친구의 역할이 있지 아니할까.

아내가 차지하고 있는 공간은 아무리 가깝고 많은 친구가 있을

지라도 대신 메울 수는 없다. 이와 마찬가지로 아내 역시 친구가 차지하고 있는 공간을 메울 수는 없다. 부부는 일신이요 친구는 역시 친구일 뿐이다.

어느 가훈전에 참석하여 '팔자려니 생각하자'라는 가훈을 보고 이런 가훈도 다 있구나 생각했었는데, 어쩌면 많은 사람들이 숙명적으로 살아가고 있는지도 모른다.

매사를 주어진 팔자려니 생각하면 큰 발전은 없겠지만 욕심부리지 않고 의연하게 살아간다면 한편으론 마음이 편할지 모른다.

그러나 운명을 개척해 나가는 용기와 지혜와 노력이 우리에게는 더 필요하리라 생각한다. 팔자만 믿고 아무 일도 하지 않는다면 마음은 편할지 모르지만 성취를 기대할 수가 없을 것이다.

인간은 인간에게 주어진 책임을 완수할 때 비로소 주어진 숙명이 비켜 가지 않고 소기의 목적을 이룰 수 있으리라. 봄을 재촉하는 이슬비가 하늘의 섭리대로 하루 종일 내리는 것처럼.

철쭉꽃

비로봉 정상에 앉아 감사의 기도를 드린다. 술잔을 기울이며 하산길을 의논
하는 그들의 이야기가 내 귀를 스치고 지나간다. 의논할 수 있는 사람이 내
곁에는 한 사람도 없다는 생각이 들자 갑자기 외로움이 느껴진다.

　너무 서두른 것 같다. 엘리뇨 현상으로 자연은 계절을 잃어버렸
다. 아직 찬 기운이 가시지 않은 5월인데 벌써 한여름 날씨다. 예
년 같으면 6월초에 철쭉제가 열리는 소백산 큰 잔치가 금년엔 5
월에 있을 예정이라고 한다. 철쭉제의 혼잡함을 피하기 위해 일
주일 전에 소백산을 찾아갔더니 철쭉은 아직 피지 않았다.
　철쭉을 보러 가긴 했지만 목적이 등산이었으므로 철쭉이 피지
않았어도 서운하지는 않았다. 산을 좋아하는 편이지만 산에 미칠
정도로 산을 찾아갈 형편이 아니므로 가끔씩 산을 오르게 되면,
그 동안 못 다닌 몫까지 한꺼번에 다 채우려는 욕심이 생긴다.
　소백산은 충청북도 단양군 가곡면과 경상북도 영풍군 순흥면
사이에 위치해 있으며 주봉인 비로봉의 높이는 1,440m다. 북으로
국망봉(1,421m)과 신선봉(1,389m)이 있으며, 남으로는 연화봉
(1,394m)과 제2연화봉(1,357m), 도솔봉(1,314m)이 어깨동무를 하
고 있다.

1987년 12월에 소백산 국립공원으로 지정되었는데 낙동강의 근원이 이곳으로부터 시작된다. 소백산에는 국내 유일하게 국립 천문대가 있다.

희방사와 희방폭포로 오르는 길은 너무도 가팔랐다. 더운 날씨 탓도 있겠지만 오늘따라 더욱 힘이 든다는 생각이 들었다. 물론 등산이 쉬운 일은 아니지만 선두를 따라가지 못하고 뒤에 처져서 가고 있기 때문이다.

먼저 올라온 일행들이 국립 천문대 근처의 나무 그늘 밑에서 점심을 먹고 있었다. 한 발 늦기는 했지만 옆에 앉아서 남보다 먼저 점심을 먹고는 주봉인 비로봉까지 종주할 희망자를 찾았으나 아무도 나서지 않았다.

선동을 하면 따라나서는 사람이 있겠지 하는 생각으로 앞질러 가는데 오히려 말렸다. 주봉인 비로봉까지는 5km인데 갔다 오려면 4시간이 걸린다고 겁을 주었다. 그러나 기회가 자주 있는 것도 아니고 모처럼의 소백산 등산을 주봉도 가지 않고 중도에서 하산하기에는 너무도 서운했기 때문이다.

등반 대장은 제2연화봉까지만 갔다 오라고 했다. 시간은 오후 2시 20분. 물론 5시까지 도착하기에는 무리라는 생각도 들었으나, 산을 남달리 좋아하는 등반 대장이 산이 좋아서 무리를 하면서까지 등반하려는 내 마음을 어느 정도 이해하고 시간을 조절해 줄 줄 알았던 게 내 욕심이었다.

등반 대장 P씨는 산악회의 네 군데나 등반 대장을 맡고 있는 베테랑이다. 국내 산은 안 가 본 곳이 없을 정도다. 산의 위치며 높이까지도 줄줄 외운다. 산에 관한 한 모르는 게 없을 정도로 산의 만물 박사다.

제2연화봉까지는 S씨가 동행해 주었다. 목표를 비로봉까지 정했으므로 누가 따라오든 말든 상관하지 않고 부지런히 걸었다. 한 시간이면 갈 줄 알았는데 한 시간 동안 쉬지 않고 걸었는데도 아직도 1천 미터가 남아 있었다.

비로봉에 도착한 시간은 3시 30분. 1시간 10분이 걸린 셈이다. 정상에 오기는 왔지만 다시 돌아갈 길이 막막했다. 중령 주차장까지는 12km라고 알려주는 정상의 이정표가 오히려 야속하게 보였다.

정상에 앉아서 잠시 감사의 기도를 드린다. 힘은 들었지만 정상을 정복할 수 있는 체력에 감사하고, 다리에 경련이 오는 듯했으나 참을 수 있었던 게 얼마나 고마운지 몰랐다. 정상에서 또다른 등산객들을 만났다. 혼자서 올라오는 내 모습이 힘들어 보였는지 쉬어 가라고 했다.

술잔을 기울이며 하산길을 의논하는 그들의 이야기가 내 귀를 스치고 지나간다. 의논할 수 있는 사람이 내 곁에는 한 사람도 없다는 생각이 들자 갑자기 외로움이 느껴진다. 오늘은 무리를 해서 이렇게 혼자서 정상을 올라왔지만 다시는 이런 잘못을 저지르지 않으리라 다짐해 본다.

정상에 올랐지만 기념사진 한 장 남기지 못한 게 못내 아쉬움으로 남는다. 서거정의 시문을 읽어 보았지만 무슨 내용인지 지금은 하나도 머리에 떠오르지 않는다. 시간의 여유가 없었기 때문에 적어 오지도 못했다.

정상으로 오르는 1km의 등산로는 평지인데도 나무다리를 만들어 놓았다. 위험을 막기 위해서가 아니라 산을 보호하기 위해서라고 한다. 그리고는 나무다리로만 사람이 다니게 한다. 나무다리의 외길이 아니면 사람들은 새로운 길을 만들어 다니게 된다. 수많은 등산로를 형성하게 되어 자연을 훼손하고 드디어는 산을 망가지게 한다. 하나의 등산로만 있어야 할 산길이 운동장처럼 넓은 대로가 만들어지는 것을 방지하기 위해서 나무다리를 만들고 목책을 세웠다.

산을 오르는 입구나 중턱까지도 철쭉꽃은 간간이 피어 있었다. 철쭉으로 뒤덮인 정상으로 오르는 능선에는 남쪽 양지바른 나뭇가지에 매달린 꽃망울이 폭음을 준비하고 있었다. 준비가 안 되어서 아직 활짝 피지를 못했는데 성급하게 찾아왔다고 나무라는 듯 꽃망울이 입을 삐죽거린다.

정상 북서쪽에는 천연 기념물로 보호를 받고 있는 주목 군락지가 있다고 했으나 역시 시간이 허락지 않은 게 유감이었다. 사람은 언제 어디서나 항상 만족을 느끼지 못하면서 살아가는 것 같다. 무리를 해서 정상에 왔으면 목적은 달성한 셈이지만 주목이 서식하는 현장은 역시 미지의 세계로 남아지게 되었다.

지난번 태백산 정상에서 보았던 주목군을 생각하면서 모진 북풍을 이겨낸 상흔을 생각해 본다. 정상까지 오르내리며 산나물을 채취하던 사람들도 한 보따리 등짐을 이고 지고 하산을 서둘렀다. 아무래도 늦겠다는 생각으로 일행들에게 핸드폰으로 전화를 했으나 통화가 되지 않았다. 예상했던 일이기는 했지만 일행들에게 미안하다는 생각이 하늘의 구름처럼 밀려왔다.

많은 등산객들도 이미 하산을 했고 온 산은 이제 적막감마저 든다. 산나물을 채취하여 이고 지고 내려오던 사람들도 어느 샛길로 내려갔는지 산은 온통 텅 비어 있었다.

소백산 정상에 있는 국립 천문대까지는 자동차 길이 나 있었지만 나를 태워 줄 만한 자동차는 다니지 않았다. 마침 승용차 한 대가 내려오기에 손을 들었으나 손을 내저으며 그냥 지나가 버린 다. 이곳 천문대에 근무하는 직원인지 아니면 천문대에 볼일을 보고 가는 사람인지는 모르지만, 허허한 산길에 터덕거리는 한 사람을 보고 빈차로 내려가는 그 승용차가 야속하게 느껴졌다. 하지만 원망하지는 않았다. 이런 산중에 순수한 등산객일 수도 있지만 더러는 괴한을 만날 수도 있다는 두려움으로 그냥 지나쳤 는지도 모를 일이기 때문이다.

확 트인 시멘트 길은 오히려 지루하기만 했다. 국립 천문대가 웅장하게 자리잡은 정상을 바라보면서, 나는 소백산의 비탈길을 시계의 초침 소리에 귀를 기울이며 걷는 게 아니라 뛰고 있었다.

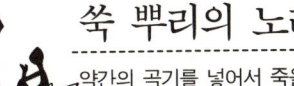

쑥 뿌리의 노래

약간의 곡기를 넣어서 죽을 쑤면 쑥죽이 되고 떡을 하면 쑥떡이 되고 곡기
가 좀 여유가 있을 때는 쑥버무리가 된다. 나는 그걸 먹고 살았다. 그것이
살아 남을 수 있는 최선의 방법이었다.

봄이 오면 양지바른 논두렁이나 밭두렁 또는 야산 기슭에서 아
스라이 들려 오는 쑥 뿌리의 노래를 듣는다. 돌덩이처럼 굳어 버
린 얼음 속에서도 얼어 죽지 않고 찬란한 봄날의 꿈을 키우며 모
진 눈보라와 혹한을 이기며 견디어 온 그 연약한 쑥 뿌리의 대견
함에 새삼 놀라곤 한다.

나는 쑥을 볼 때마다 우리의 먼 조상이 쑥을 먹고 살았다는 이
야기라든지 쑥을 먹고 살아온 나의 지난날들이 필름의 영상처럼
되살아난다.

이제 솟아오르는 어린 쑥이거나 먼 들녘에 한겨울을 나면서 말
라 버린 쑥이거나 생명의 은인처럼 느껴진다. 너무도 긴 세월을
쑥을 주식으로 살아왔기 때문이리라.

요즘에는 새 쑥을 캐다가 맛으로 먹고 멋으로 먹고 건강식품으
로 먹고 약으로 먹는다고들 하지만, 그때는 오직 살아 남기 위해
서, 굶어 죽지 않으려고 소가 여물을 먹듯이 쑥으로 배를 채우며

살아왔었다. 그러한 그 시절을 지금도 잊을 수가 없다.

그게 무슨 대견한 일이라고, 자랑하기 위해서 쓰는 글은 아니다. 다만 우리 세대에 그러한 사실을 현실로 겪었음을 증언하기 위함이요, 결코 잊어서는 안 될 뼈아픈 일이기에 그렇다. 오늘 쑥뿌리의 노래를 읊어 본다.

1950년 전쟁이 일어나고 그해부터 계속 흉년이 들었다. 나는 내 고향 정읍땅 내장산록에서 전쟁을 만났다. 그때 전쟁으로 인하여 죽은 사람도 많았고 전염병으로 혹은 굶어 죽는 사람이 부지기수였다.

산과 들에는 주인 없는 시체가 여기저기 뒹굴고 배고픈 미친개는 송장을 뜯어 먹고 더욱 미쳐 날뛰었다. 그 공포의 세월 속에서도 계절은 어김없이 찾아와 봄이 오고 또 여름이 왔다.

나는 그때 15세의 어린 소년으로 모랭이에 있는 우리 논에 나가 괭이로 논을 파고 모를 심었다. 네 마지기나 되는 아홉 배미의 논을 며칠이 걸렸는지 지금 기억이 나지 않지만 혼자서 그 모를 다 심었다.

멀지않은 곳에서 막내아들과 같이 살던 할아버지가 위독하시다는 소식을 듣고 찾아가신 아버지는 끝내 막내아들의 소식을 듣지 못한 채 세상을 떠나신 할아버지 장례까지 치르고 오느라 한 보름 걸려서야 집에 오셨다. 집에 오신 아버지는 아홉 배미의 논에 모를 낸 것을 보고 일견 놀라시고 또 칭찬이 대단하셨다.

그렇게 심은 모가, 전쟁 중에 잘 가꾸지도 못했지만 자연의 섭리는 그래도 가을이 되자 이삭이 나오고 나락이 누렇게 익어 갔다. 그 누렇게 익어 가던 어느 날 소문을 듣고 찾아간 논배미에는 소문대로 나락 모가지가 모두 잘리어 사라지고 모가지 없는 빈

대만 흉측스럽게 남아 있었다.

밤손님이 한 짓이었다. 그때는 빨치산을 밤손님이라 불렀다. 낮에는 꼼짝을 않고 있다가 해만 떨어지면 떼지어 몰려 나와 민가의 양식을 털어 가고 논에 가서 벼 모가지까지 잘라 갔다. 그리고 억압받고 착취당하는 인민이 해방되면 몇 배로 갚아 줄 테니 걱정하지 말라고 큰소리쳤다.

낮에 찾아온 아군은 또 아군대로 공비의 보급품이 된다고 볏가마니를 읍내로 실어 가거나 실어 갈 수 없을 때는 볏가마니에 불을 지르곤 했다. 그러잖아도 귀한 식량을 이리 뺏기고 저리 뺏기니 우리가 먹을 양식은 남아 있지를 않았다.

쌀은 고사하고 사람이 먹을 수 있는 곡식마저 동이 났다. 내가 살던 동진강의 상류는 물이 흐를 때보다는 말라 있을 때가 더 많았지만 사람 사는 인심은 후했다.

그러나 쌀독에서 인심이 난다고, 이미 쌀독은 바닥이 나고 나누어 먹을 콩 한 쪽도 없었다. 누구에게 하소연하거나 사정해 볼 만한 곳도 없었다. 아직도 봄은 멀었다. 생동하는 봄이 오면 그래도 산야에 먹을 만한 게 있게 마련이다.

그러나 깊은 삼동(한겨울)에 어디 가서 무엇을 얻는단 말인가. 그렇다고 가만히 앉아서 굶어 죽을 수는 없었다. 그래서 죽지 못해 쑥대에 말라붙은 마른 쑥을 따다가 연명을 했다.

하얀 눈밭에 나가서 눈 위로 앙상하게 말라붙은 마른 쑥대에서 쑥잎을 따서 메고 간 구럭(외양간 망태기)에 담는다. 그래도 말라붙은 쑥이라도 많이만 있었으면 얼마나 좋았을까. 처음에는 탐스런 쑥잎이 많았는데 시간이 흐를수록 마른 쑥마저 구하기가 힘들어졌다.

저 멀리 고부의 두등산에서 불어오는 서북풍은 왜 그리도 매서
운지 얼굴을 때리고 귀를 떼어 갈 것만 같았다. 그뿐인가. 혹한
바람은 무명베 바지 속까지 뚫고 들어와 고추도 탱자도 모두 얼
려 놓는다.

그래도 구럭에 그 땔감 같은 마른 쑥이 가득히 채워 갈 때까지
강변을 헤매곤 했다. 사실 초식동물인 소나 말도 먹지 못할 마른
쑥을 사람이 먹고 살았다.

구럭에 가득 채워지면 집으로 돌아와서 그것을 물에 담그었다
가 양잿물을 조금 섞어서 푹 삶으면 부싯깃 같던 그 쑥잎이 부드
러워지고 외양간의 쇠탕물처럼 뻘건 물이 우러나온다.

또 며칠을 물에 담가 그 뻘건 쇠탕물 독기를 우려낸 후 더 이상
우려낼 독이 없을 때쯤 되면 또다시 도구통(절구통)에 넣어 떡을
치듯 짓이겨서 부드럽게 한 다음 약간의 곡기(쌀, 보리)를 넣어서
죽을 쑤면 쑥죽이 되고 떡을 하면 쑥떡이 되고 곡기가 좀 여유가
있을 때는 쑥버무리가 된다.

그걸 먹고 살았다. 살아 남을 수 있는 최선의 방법이었다. 그나
마도 없어서 굶어 죽기보다는 얼마나 다행한 일인가. 측간(변소)
에도 3일에 한 번씩 가야 가장 건강한 사람이고 표본적인 생활이
라고 생각했다.

요즘 같으면 변비가 생겼다고 약방에 가고 병원에 가겠지만 그
때는 빨리 소화되는 게 걱정이었다. 쑥을 먹고 똥을 누면 사람 똥
인지 말똥인지 구분할 수가 없었다. 그런 쑥으로 만든 음식이라
도 밥이든 죽이든 먹어서 헛배라도 채울 수만 있으면 좋을 텐데
그나마 배부르게 먹을 수도 없었다.

그 쑥죽을 배부르게 먹는 게 아니라 어른도 한 그릇 애들도 한

그릇이었다. 철없는 어린 동생은 그 뜨거운 죽을 어느 틈에 홀홀 마셔 버리고 빈손가락을 빨면서 이 사람 저 사람 눈치만 보고 있었다. 이를 본 어머니가 한 절반쯤 따라 주시고는 나는 정지(부엌)에서 입맛을 다셨더니 별로 생각이 없구나 하시며 눈시울을 적시던 모습을 차마 잊을 수가 없다.

내가 고향을 떠나올 때 동구 밖 정자나무 아래까지 쫓아 나와서 빛 바랜 신문지에 싼 쑥떡을 주시며 '기찻간에서 시장할라' 염려해 주시던 어머니였다.

몇 년 후 고향에 들렀을 때 시커먼 곱살미 꽁보리밥에 물을 말아 주시며,

"객지에서 배 많이 곯았제. 인제는 곱살미일망정 양식 걱정은 없응께로 배부르게 많이 먹어라."

라고 하시던 어머니의 그 음성을 잊을 수가 없거니와 이제는 들을 수조차 없게 되었다.

새야새야 쑥국새야
쑥국먹고 쑥국쑥국
새야새야 쑥국새야
항아리 석섬새야
니눈에서 눈물이 나면
내눈에서 피눈물 난다.

언제 누구한테서 어떻게 배우셨는지, 그 깊은 뜻이 무엇인지 알 수가 없거니와 바느질을 하시며 콧노래로 부르실 때는 눈물바람을 하셨다. 어떤 깊은 사연이 있었는지 그 속사정을 지금은 알아볼 길이 없으니 안타까울 뿐이다.

마음이 울적할 때 들려주시던 그 노래도 이제는 들을 수가 없고, 들려주실 어머니도 계시지 않지만 올해도 봄이 오면 새 쑥은 돋아나리라. 그리고 화창한 산야에는 쑥 뿌리의 노래가 말없이 번져 가리라.

응봉산의 이무기

용소 폭포 아래에 있는 마당소는 매봉 여신이 용으로부터 용천수를 선물로 받고 난 후 용소골 이무기와 선녀들이 즐길 수 있는 장소로 제공한 곳이다. 피조 만물은 크건 작건간에 음양의 조화로 이루어지는 모양이다.

부지런한 새는 첫 새벽에 일어난다. 첫 새벽부터 하루 종일 부지런히 서둘러야 그 작은 창자를 채울 수가 있다. 아직은 인기척이 없는 이른 시간이지만 산 속의 아침은 바쁘게 움직인다. 부스럭거리던 산새가 인기척에 놀랐는지 포르르 숲속으로 날아간다.

이곳 덕구 온천을 찾은 것은 어젯밤의 일이다. 덕구 온천은 행정 구역으로는 경북 울진군 북면 덕구리에 있는 온천으로 국내에서는 유일하게 자연 용출되는 온천이다.

모든 온천수를 지하에서 인위적으로 뽑아 올리지만 이곳의 온천은 응봉산 중턱에서 자연 용출되는 온천수이다. 장소가 협소하여 그곳에 온천탕을 짓지 못하고 4km 내려온 현 지점에 호텔과 콘도를 지었다.

응봉산은 일명 매봉산이라고도 하는데 덕구 온천이 개발되기 전만 해도 세상에 알려지지 않은 비경의 산이다. 덕구 온천이 개발되면서 등산로가 생기고 보기 드문 비경의 산으로 평가받게 되었다.

새벽 5시 반인데도 아직 산에 오르는 사람은 없었다. 비가 내린 다음날이어서인지 산길은 미끄럽고 낙엽은 축축이 젖어 있었다. 평소에도 많은 사람이 다녔기 때문인지 산길이 환하게 트여 있었다. 초행자라도 별 무리 없이 쉽게 길을 찾을 수 있는 그러한 길이었다.

제일 먼저 만난 곳이 선녀탕이었다. 용소골에서 수백 년을 기다린 이무기가 매봉산 여신의 도움으로 용으로 승천하였다. 승천한 용이 다시 용소골의 용유대에서 선녀와 가무를 즐기며 목욕을 한 곳이라 하여 선녀탕이라는 이름을 남기게 되었다.

선녀탕이라고는 하지만 맑고 깨끗한 물이 고여 있지 아니하고 진한 커피색의 물이 넘실거린다. 자연으로 용출되는 온천수 속에 많은 철분이 함유되어 있기 때문이라는 생각을 해 본다.

용소골의 이무기와 마덕구의 이무기가 서로 먼저 용이 되려고 수백 년을 기다려 왔지만, 승천하지 못하고 안절부절 못하는 것을 매봉산 여신의 도움으로 용이 되었다는 용소폭포가 새벽 바람을 일으키며 줄기차게 쏟아지고 있다.

용소 폭포 아래에 있는 마당소는 매봉 여신이 용으로부터 용천수를 선물로 받고 난 후 용소골 이무기와 선녀들이 즐길 수 있는 장소로 제공한 곳이라고 한다. 피조 만물은 크건 작건 간에 음양의 조화로 이루어지는 모양이다.

모친의 병환을 치료하기 위해 어느 효자가 100일 정성을 들인 후 역시 매봉산 여신의 도움으로 얻었다는 효자 샘물은 지금도 변함없이 철철 넘쳐흐르고 있다.

덕구 온천은 지금으로부터 600여 년 전 고려 말기에 어느 사냥꾼이 사슴을 쫓다가 부상당한 사슴이 김이 무럭무럭 나는 더운물에 몸을 씻고는 나는 듯이 달아나는 것을 보고 발견했다고 한다. 자연 용출되는 온천수의 온도는 섭씨 42도를 유지하며 칼륨과 칼슘, 철, 염소, 불소, 나트륨, 마그네슘, 라듐, 황산염, 탄산, 규산 등이 함유된 약알칼리성 온천수로 신경통과 피부병 등 각종 질병을 치유케 한다고 한다.

자연 용출되는 원탕이 있는 곳까지는 4km, 산책삼아 걸어도 한 시간이면 갈 수 있는 거리다. 원탕이 있는 곳까지는 급경사도 없고 평지 길이다. 그러나 온천수가 수송되는 송수관은 언덕을 넘고 내를 건너며 장장 4km를 오르내린다. 만약의 사태에 급류가 흘러도 안전하게 시설되어 있었다.

원탕이 있는 곳까지는 많은 사람이 찾아오기 때문에 길이 훤히 트여 있었다. 그러나 정상으로 오르는 길은 험하고 또 가팔랐다. 더구나 비가 내린 후의 산길은 미끄럽고 가랑잎으로 덮여 있어서 길을 잃어버리기 십상이다.

정상의 나무 사이로 아침의 맑은 하늘이 유혹을 한다. 올라가는 시간만 한 시간 정도 걸리니까 왕복을 하려면 두 시간은 족히 걸릴 것이다. 그렇게 되면 출발 예정 시간에 도착하기가 어려울 것 같아서 최고 정상 999m를 정복하지 못하고 하산하기 시작했다.

정상을 눈앞에 두고 정복하지 못한 채 하산하기는 근래에 처음 있는 일이다. 그러나 여러 사람과의 약속을 지키기 위하여 피할 수 없는 일이었다.

수백 년을 기다려 온 용소골의 이무기는 용이 되어 승천을 했다는데, 코앞의 정상을 오르지 못한 아쉬움만 남는다.

다시 원탕이 있는 곳에 이르니 많은 사람들이 올라오고 있었다.

원탕은 대여섯 군데 되는 모양이다. 여기저기 쇠파이프가 꽂혀 있다. 쇠파이프를 손으로 만져 본다. 따뜻하다. 섭씨 42도라고 하지만 대기 중에서 식은 모양이다. 잔여 온천수를 개울로 흘려 보낸다. 아까운 생각이 든다.

낙락장송이 쓰러져 있다. 겨울에 많은 눈을 이기지 못하고 화를 당했다고 한다. 내려오면서도 정상을 정복하지 못한 아쉬움이 마음 가득하다.

어제 이곳에 오면서 정동진역에 들렀다. 정동진역은 강릉에서 남쪽으로 21km 지점에 있으며 서울의 경복궁에서 정 동쪽에 위치한 역이라 하여 그 이름을 정동진역이라고 한다. 우리나라에서는 바다의 해면에서 가장 가까운 역이다. 마중할 사람이 없으면서도 입장권을 구입하여 정동진역의 개찰구를 빠져 나간다. 철로를 건너면 시원한 모래사장이다. 파도가 밀려왔다.

특히 정동진역은 SBS의 인기 드라마 모래시계의 촬영 장소로 더욱 유명해졌다. 주인공들의 러브신을 담은 사진들로 조그마한 시골 역의 대합실을 가득 채우고 있었다. 젊음과 낭만이 어울리는 모래사장과 끝없이 펼쳐지는 수평선 위에 가물거리는 쾌속정은 누구의 손수건인가.

해돋이의 장관이 일품이라지만 우리가 도착한 시간은 오후였다. 그리고 부슬비가 흐느적거리고 있었다. 어느 날 갑자기 유명해진 정동진역은 전국에서 여행객이 몰려오고 별로 관심이 없던 사람들도 가끔씩 기웃거리곤 한다.

정동진역의 핵심 여행인 해돋이 구경도 못하고 응봉산의 정상도 바로 코앞에서 되돌아와야 했던 현실이 조금은 비참하게 느껴졌다.

사람이 살아가면서 마음과 뜻대로 되지 않는 일이 어찌 한두 가지랴. 그러면서도 사람들은 내일의 소망을 버리지 않고 그 소망 때문에 현실을 비관하지 않고 살아가고 있는지도 모른다.

재미있는 수필

수필에는 인생관은 물론 국가관과 세계관이 저변에 흐르고 있어 뭇 사람들의 공감대를 형성할 수 있어야 한다. 이런 가운데 재미가 있어야 하고 기쁨이 있어야 하고 기쁨을 줄 수 있어야 한다.

인생은 즐겁게 살아야 한다. 즐거움은 생활의 활력소가 된다. 즐겁다는 뜻은 재미있다는 이야기요 기쁘다는 말이다.

즐거움은 어디로부터 오는가. 재미있어 기쁨이 넘칠 때 우리는 행복을 느낀다. 그 즐거움을 찾기 위해 음악가는 노래를 부르고 화가는 그림을 그린다. 또 등산가는 죽음을 무릅쓰고 에베레스트 정복을 꿈꾼다. 건축가는 세계에서 제일 크고 높은 건물을 지으려 한다. 그리고 여행가는 배낭 하나 짊어지고 낯선 곳을 찾아 나선다.

그것은 자신의 뜻대로, 즉 자신이 하고자 하는 대로 이루어졌을 때 기쁨을 찾을 수 있기 때문이다. 운동경기나 오락이 즐거움을 위해서 존재한다는 사실을 우리는 알고 있다.

예술이란 무엇인가. 예술의 궁극적 목적은 인생을 즐겁게 하기 위함이다. 즉 풍요로운 인생, 아름다운 인생을 위해서이다. 아름다움은 바로 재미요 기쁨이요 즐거움이다. 문학 역시 언어 예술이므로 재미가 있어야 한다. 작품 속에서 재미와 만족을 주어야 한다는 것이다.

수필을 붓 가는 대로 쓴다고 해서 어떤 주제나 사상이 없어도 된다는 생각은 큰 잘못이다. 수필이야말로 주제의식이 뚜렷해야 한다. 사상이 있어야 하고 개성이 있어야 한다. 심오한 인생 문제를 파고드는 철학이 있어야 한다. 작게는 개인으로부터 가정, 사회, 국가, 세계와 우주까지도 볼 수 있어야 한다.

수필에는 인생관은 물론 국가관과 세계관, 우주관이 저변에 흐르고 있어 뭇 사람들의 공감대를 형성할 수 있어야 한다. 이런 가운데 재미가 있어야 하고 기쁨을 줄 수 있어야 한다.

우선 재미가 있어야 독자를 수필의 광장으로 끌고 올 수 있기 때문이다. 아무리 좋은 수필이라도 독자가 외면하면 빛을 보지 못한다. 재미있는 가운데서 도덕을 이야기하고 윤리를 이해시켜야 한다. 재미있어야 한다는 말은 천박한 언어 표현으로 말초신경을 자극하자는 이야기는 아니다. 소설이나 영화에서 맛볼 수 없는 그런 재미가 있어야 한다는 것이다. 텔레비전의 연속극이나 코미디 프로에선 느낄 수 없는 격조 높은 즐거움을 줄 수 있어야 한다.

수필은 시처럼 난해하지도 않을 뿐더러 소설처럼 길지도 않아서 언제 어디서나 아무나 쉽게 읽을 수 있다. 누구나 쉽게 읽을 수 있으므로 더욱 재미가 있어야 독자는 수필의 참맛을 알게 되고 또 다른 수필을 찾게 된다.

아무 때나 부담 없이 한 편의 수필을 읽고 독자의 입에서 감탄사가 나오는 그러한 수필이어야 한다. 수필가를 위한 수필이어서는 안 된다. 지식을 자랑하기 위한 수필이어서도 안 된다. 수필은 머리로 쓰는 게 아니라 가슴으로 써야 한다. 마음 깊은 곳에 감추어진 심성으로 써야 한다. 독자를 외면한 수필은 국민을 외면한 선량과 무엇이 다르겠는가.

수필은 잡문이 아니다. 엄연히 문학의 한 장르를 차지하고 있다. 수필은 붓 가는 대로, 즉 마음 내키는 대로 쓴다고 하지만 그 가운데 질서가 있고 규범이 있다. 우선 수필의 길이만 보더라도 원고지 한 장을 써도 좋고 백 장을 써도 무방하다는 이야기는 아무 데도 없다.

수필은 200자 원고지 15매 내외가 적합하다고들 말한다. 물론 예외는 있겠지만 옳은 말이다. 너무 짧으면 할말을 다 할 수가 없고, 너무 길어지면 주제가 중복되기 쉽고 독자가 싫증을 느끼게 된다.

무질서 속에서 질서를 찾아야 한다. 어떤 규범이나 형식에 구애받지 않으면서도 질서 정연한 논리가 있어야 한다. 특별한 기교를 부려서 독자의 눈을 속이려는 우를 범해서는 안 된다.

진실이 있어야 한다. 숨김이 없어야 한다. 위선과 거짓으로 포장을 하면 독자가 먼저 눈치를 채고 읽으려 들지 않는다.

수필은 신호등이 없는 교차로와 같다. 프랑스 파리의 개선문이 있는 에트왈 광장에는 열두 방향으로 갈라지는 교차로가 있다. 이 교차로에는 신호등이 없다. 교통을 정리하는 교통 순경도 물론 없다.

이 에트왈 광장은 열두 방향에서 밀려오는 차량으로 아주 혼잡하고 무질서하게 보인다. 그 무질서 속에 질서가 있다. 열두 방향에서 밀려온 차량들은 무질서 속에서 질서를 찾아 자기가 가고자 하는 방향으로 누구의 도움이나 안내 없이 가고 있다.

무질서 속의 질서로 말미암아 이곳에서는 교통 체증이 없다. 교통 사고도 없다. 빠르지 않을지는 몰라도 쉬임없이 밀려오고 밀려간다. 결코 서두르지 않는다. 먼저 가려고 앞지르기를 하지도 않는다.

수필은 먼데 있는 높은 산이 아니다. 또 아무나 오를 수 없는 험악한 준령도 아니다. 많은 사람들로 붐비는 명산이 아니라도 항상 우리 곁에 동산으로 남아서 편안하게 대할 수 있는 그러한 산이다.

수필은 아침 저녁으로 만날 때마다 부담 없이 말을 걸 수 있는 인자한 이웃집 아저씨같이 정이 흘러야 한다. 길을 가다가도 아무나 잠시 쉬어 갈 수 있는 펑퍼짐한 바윗돌이면 더욱 좋다.

없어도 불편함을 모르지만 있으면 더욱 소중해지는 살림 도구와 같이 우리 곁에 항상 있어 주어야 한다.

우리가 자랄 때에 귀가 따갑도록 들어 온 '초년 고생은 금을 주고도 산다'는 말은 이미 고전이 되어 버렸다. 모두 아니라고 그럴지 모르지만 우리는 지금 소비가 미덕인 시대에 살고 있으며 소비자가 왕인 시대에 접어든 지 이미 오래다. 고진감래(苦盡甘來)라는 말을 잊어버린 지 오래다. 이제는 사전에서나 찾아볼 수 있게 되었다.

우리는 지금 국민소득 만불 시대에 살면서 실제 생활은 2만불 시대를 산다고 한다. 시대와 환경에 걸맞는 수필이어야 한다. 문명을 비판하고 인간 본연의 정서를 찾는 일은 수필의 사명이다.

수필은 풋사과처럼 새콤달콤하고 씹히는 맛이 있어야 한다. 사랑하는 연인의 눈동자와 같이 그리움이 있어야 한다. 영화처럼 아름답고 각고의 뼈를 깎는 발레리나처럼 감미로운 예술을 창출해 내야 한다.

흐르는 물처럼 막힘이 없이 깨끗하고 재미있는 수필은 우리에게 무한한 삶의 활력소가 되어 주리라 믿는다. 본고는 수필에 대한 이론이나 논설이 아니다. 역시 수필일 따름이다.

풀벌레의 울음 소리

나는 아내의 손을 꼭 잡았다. 그리고 포옹했다. 참으로 긴 포옹이었다. 주위에는 어둠뿐이었다. 비록 신발은 잃어버렸지만 무사히 내려왔다는 안도감이요, 우리는 이 세상 그 누구보다도 서로를 위하고 사랑한다는 증거이리라.

햇볕이 따가운 초가을 어느 날 우리 부부는 산책삼아 현충탑이나 올라가 보자고 걷기 시작했는데 어느덧 수리산 정상까지 오르게 되었다.

산은 항상 높아서 좋고 그 산에는 언제나 엘레지 같은 사랑 이야기가 있어 더욱 좋다. 구태여 명산이 아니더라도 산에는 만인을 포용할 수 있는 관대함과 모두를 용서할 수 있는 아량이 있어서 더욱 산에 대한 매력을 느끼는지 모른다.

그렇다고 생업을 그만두고 산 속에서만 산다는 것은 우리 보통 사람으로서는 그다지 쉬운 일이 아니다. 오히려 산을 이야기한다는 자체부터가 사치스러운 일인지 모른다.

그러나 인간은 자연에서 태어나서 그 자연을 향유하다가 다시 자연으로 돌아가는 것이 순리이고 보면 인간은 자연을 떠나서는 살아갈 수 없는 일이다.

꿈 많은 시절, 본연의 이상향을 이야기하며 흰 물새 호수 위로

훨훨 날으는 그 현란한 꿈을 가꾸던 소녀도 아기 엄마가 되고부
터는 그 꿈이 소리없이 깨지고 말았다.

호구지책으로 구멍가게를 차리고 엄동설한에도 그 흔한 연탄
불 하나 제대로 피울 수 없어 손을 호호 불며 고통스러운 하루를
보내야 했던 지난날은, 오히려 살아 있다는 긍지로 스스로를 위
로해야 했다.

언제 꽃이 피고 또 언제 잎이 졌는지 알지 못한 채 우리는 수년
동안을 그렇게 살아왔다. 억새풀이 우거진 산등성이를 오르며 자
연의 오묘함에 도취되었다. 가까운 우리 주위에 아름다운 산이
있고 그 산을 찾아 오를 수 있는 행복을 이제야 느낄 수 있었다.

우리는 먼 곳에 있는 산만을 오르려 하고 먼 곳에서 행복을 찾
으려 했다. 얼마나 부질없는 일인가를 다시 한번 생각하게 한다.
자줏빛 싸리꽃 위에 어디서 날아왔는지 꿀벌이 잉잉거린다.

산밤이 알밤을 터뜨리며 부끄러운 속살을 드러내고 있다. 다람
쥐가 우리를 보고 숲속으로 달아난다. 저 멀리 산 정상에 공군 부
대 막사가 보인다.

공군 부대가 주둔하고 있지만 거기서 무엇을 하는지 알 수도 없
거니와 알 필요도 없는 일이다. 다만 그렇게 주둔해 있어야 하는
오늘의 우리 현실이 안타까울 뿐이다. 언젠가 조국의 통일이 오
고 이 땅에도 평화의 날이 오면 그 부대 막사는 산상 박물관으로
사용했으면 좋겠다.

우거진 숲 사이로 보이는 하얀 속살은 조물주의 미완성 조각품
인가. 청태 낀 바위 위에는 무구한 사랑이 흐르고 수줍은 소녀
의 얼굴처럼 붉게 물든 단풍잎이 미소를 보낸다.

성숙한 여인의 가슴처럼 곱게 단장한 크고 작은 봉우리가 푸른

소나무 가지에 걸려 있다. 푸드득 산꿩이 날자 알밤 줍던 다람쥐가 깜짝 놀라서 달아나다가, 인간을 찾아 그 무슨 하소연이라도 할 듯 앞발을 높이 들고 쳐다본다. 길 잃은 어린 사슴이라도 나타날 것만 같은 착각 속에 가을의 짧은 해가 저문다.

언제부터인지는 모르지만 나는 수리산을 좋아하게 되었다. 그래서 수리산을 자주 찾게 된다. 수리산이란 이름이 나에게 친근감을 주고 부르기도 쉽다. 그리고 그 이름 뒤에 무엇인가 감추어져 있는 듯한 함축성이 있어서 더욱 좋다.

안양을 둘러싸고 있는 관악산이 남성적이라면 수리산은 여성적이요, 관악산이 경기의 소금강이라 하여 은연중 자신을 과시하는 느낌이 있다면 수리산은 지덕을 겸비한 현모양처의 유순함을 보여준다. 관악산은 이제 경기(안양)의 관악산이 아니라 서울의 관악산이 되어진 느낌이다. 서울의 관악구가 생기고 서울대학교의 관악 캠퍼스가 들어서면서 더욱 그러한 느낌이 든다.

남성적인 관악산과 여성적인 수리산 사이에 태어난 듯 저 멀리 청계산마저 서울대공원이 들어섰으니 곱게 기른 딸을 출가시킨 기분이다.

그러나 수리산은 아직도 우리 안양의 수리산이요 안양 시민의 휴식처이다. 따라서 우리 안양의 전통과 문화를 창출해 내는 지혜요 용기의 원천이다. 무한한 모성애를 간직한 산이기에 수리산을 나는 좋아한다.

여유 있는 사람이야 먼 곳의 산고 수려한 명산을 자주 찾아가겠지만 우리 서민들이야 먼 곳으로 떠나갈 시간도 없고 여유도 없으니 가까운 수리산을 찾게 된다. 그래서 수리산은 더욱 우리 안양 시민의 사랑을 받는지도 모른다.

칡넝쿨, 다래 넝쿨, 어름 넝쿨 우거진 삼중주가 이루어 놓은 여름의 숲 속에 서면 보물 창고에 들어선 느낌이다. 하늘을 가려 놓은 여름의 산도 좋거니와 온 산이 불타는 진달래꽃과 춘설처럼 흩날리는 산 벚꽃이 흐드러진 봄 산, 시몬을 부르는 구르몽이 아니더라도 가을 산의 낙엽 밟는 정취 또한 우리를 시인으로 만들기에 충분하다.

수리산을 안양 시립공원으로 지정해서 더 이상 불도저의 침범을 막아, 자연 그대로를 간직했으면 하는 소박한 꿈을 가져 본다. 신문고가 나에게 없으니 이 소박한 꿈이 이루어질 리야 없겠지만, 꿈이란 현실로 이루어져도 좋고 꿈 그대로 남아 있어도 역시 좋은 것 아닌가.

안양교회에 안국지원 천민양육(安國之原 天民養育)이란 휘호가 있다. 그 심오한 뜻은 우리가 알 수 없다 하더라도 안양에 살고 있는 우리에게는 무한한 자부심을 줄 뿐 아니라 긍지와 애향심을 갖게 한다.

우리는 서둘러 길도 없는 골짜기로 내려오기 시작했다. 가파른 너덜 겅을 미끄럼을 타듯 내려오다 보니 설상가상으로 창이 나간 아내의 구두가 벗겨져 어디론가 달아나 버렸다.

나는 아내의 손을 꼭 잡았다. 그리고 우리는 포옹을 했다. 참으로 오래도록 남아지는 긴 포옹이었다. 주위에는 어둠만이 우리를 감싸고 있었다. 비록 신발은 잃어버렸지만 무사히 내려왔다는 안도감이요, 우리는 이 세상 그 누구보다도 서로를 위하고 사랑한다는 증거이리라.

하늘에는 별이 빛나고 있었지만 풀벌레의 울음 소리도 없는 적막뿐이었다. 그때 어떻게 집에 왔는지 지금 기억할 수는 없지만 얼굴이며 손발이 성한 곳이 없었다.

우리는 누구를 원망하거나 후회하지 않았다. 오히려 다시 한번 그 골짜기를 걸어 보자고 약속했었다. 그러나 아직까지 우리 내외는 그 길을 답습하지 못했다.

수년 전에 요트를 타고 태평양을 횡단하려던 영국의 베일리 부부가 113일인가를 태평양에서 표류하다가 우리 선박에 의해 구사일생으로 구출되었을 때 그 첫마디가 고국에 가면 더 좋은 요트를 준비하여 기필코 태평양을 횡단하겠다고 자신의 포부를 피력했다. 그 후 태평양을 횡단했다는 소식은 아직 듣지 못했다.

역사는 되풀이된다고 하지만 역사가 막연하게 되풀이되는 게 아니라 잃어버린 선의 역사를 주관하는 주관자에 의하여 창조 목적을 향한 선의 역사를 지향한다. 이는 역사의 재창조이지 결코 역사가 되풀이되는 게 아니다.

수리산의 늠름한 자태를 바라보며 나 또한 산처럼 화내지 아니하고 성내지 아니하며 누구를 미워하거나 증오하지 아니하고 슬퍼하거나 괴로워하지 아니하고 미운 사람을 사랑하고 잘못을 용서할 줄 아는 과묵한 인생의 삶을 배워야겠다.

용서해 주십시오

하나님 크든 작든 간에 비리는 백일하에 드러나게 해 주시고 재앙은 미리미리 예방할 수 있도록 지혜를 주셔서 다시는 삼풍백화점 붕괴 사고와 같은 공포에 시달리지 않게 하여 주십시오.

하나님, 이제는 그만 노여움을 푸시고 용서해 주십시오. 저희 인간들의 잘못이 한둘이 아닐 뿐 아니라 잘못을 저질러 놓고도 뉘우칠 줄 모르고 뻔뻔스러운 인간들을 용서해 달라기에는 송구스럽습니다마는, 그래도 어찌합니까. 당신의 피조물인 것을.

삼풍백화점이 붕괴되던 날 밤 온 국민은 거의가 뜬눈으로 밤을 새웠답니다. 5층이나 되는 그 육중한 콘크리트더미가 지하로 내려앉고 말았다는 이야기가 결코 뜬소문이 아니었습니다. 도무지 믿어지지 않는 그 현실에서 대다수는 잠을 이룰 수가 없었고 백화점 안에는 천 명도 넘으리라는 사람이 있었는데 지상 5층 지하 3층으로 8층이나 되는 건물이 비켜 설 틈도 없이 불과 4~5초 사이에 지하로 폭삭 무너져 내렸다는 게 도무지 믿어지지 않아서입니다.

6·25 전쟁을 겪을 때에도 우리 민족은 포탄과 총칼에 죽고 질병과 기아로 얼마나 많은 사람이 희생되었습니까. 그러한 폐허의

잿더미 속에서 쓰레기장에서 장미꽃을 피우듯 우리는 굳굳하게 살아 남았습니다. 소나 돼지도 잘 먹지 않는 겨죽으로 연명을 하였고, 그나마 없어서 굶어 죽은 사람이 또 얼마나 많았습니까. 그러한 역경을 이겨내고 세계 강대국들과 어깨를 겨루며 발전해 온 이 나라 이 민족이 아닙니까.

열차가 전복되고 항공기가 추락하고 가스가 폭발하고 여객선이 침몰하고 멀쩡한 다리가 두부모처럼 싹둑 잘리어 강물 속으로 떨어져 나간 사실을 모르는 국민은 하나도 없습니다. 그때마다 많은 인명과 재산의 피해를 보았지만 당신을 원망하지는 않았습니다. 하나님이 보호하신 이 나라 삼천리 금수강산을 버리실 당신이 아니라고 믿었기 때문입니다.

외국으로 떠나는 어떤 분이 외국에 나가면 한국 사람이라고 말하기가 부끄러워졌다고 하는데, 그 마음이 바로 용서받을 수 있는 태도가 아닐까요.

이번 사고는 부실 공사가 그 원인이었다고 합니다. 부실 공사는 어떻게 이루어지는지 우리 일반 국민들은 잘은 모르지만 텔레비전에서나 신문에서 보도되는 내용을 보고 어렴풋이나마 짐작을 하게 되었지요.

하나님, 이 민족을 용서해 주십시오. 부실 공사를 하기 위하여 뇌물을 준 업자나 뇌물을 받으면 안 되는 줄 알면서도 설마 하는 마음으로 눈감아 준 공무원도 있었다고 하니 모두 천벌을 받아야겠지만, 벌만이 능사가 아닐진대 다시는 이 땅 위에 그렇게 참혹한 참사가 있어서도 아니 되겠고 생각조차 할 수 없게 하여 주십시오.

이번 삼풍백화점 사고로 말미암아 부상자가 932명이었고, 사망

자만도 458명이라고 하는데 더 늘어날 거라고 합니다. 여기에 동원된 인원은 소방서의 119 구조대원이 1만 3천6백여 명이었고, 국군 구조대가 1만여 명, 민간인 자원 봉사자와 구조대원이 1만여 명, 거기에 경찰관이 무려 3만 9천여 명이 동원되었다고 합니다. 그뿐입니까. 여기에 든 경비가 1백억 원이 훨씬 넘을 거라고 합니다. 동원된 인원으로 보나 사상자와 재산 피해로 보아서 근세사에서 6·25 다음으로 가장 큰 참사였다고 합니다.

이미 저질러진 사고를 어찌 하겠습니까. 이를 거울삼아 다시는 이 땅 위에 이러한 비극이 일어나지 않게 하여 주십시오. 다시는 눈뜨고 차마 바라볼 수 없는 슬픔을 재현하지 않도록 도와주십시오. 육중한 시멘트 더미는 세상에서 가장 강하다는 모성으로도 막지 못하고 어머니의 품안에서 싸늘한 시체로 죽을 수밖에 없었던 참담함을 다시는 우리에게 보여주지 마십시오.

사람이 물 한 모금 마시지 않으면 1주일 이상 견딜 수가 없다고 합니다. 지금까지 의학계의 정설이라고 합니다. 그럼에도 그 정설을 깨고 11일 만에 살아 나온 젊은이가 있었습니다. 뒤이어 13일, 17일 만에 살아 나온 젊은이도 있었습니다. 그들은 바로 세계의 뉴스를 타기 시작했습니다. 어두운 시멘트더미, 그 좁은 틈새에서 물 한 모금 마시지 못하고도 17일 동안 견디어 낸 의지의 한국인을 보았습니다. 국내 기록은 물론 세계적인 신기록을 세웠다고 합니다. 그 신기록이 무슨 자랑이 되겠습니까. 오히려 부끄럽고 창피한 일이지요.

호주에서는 교통사고로 방치해 두었던 사람이 18일 만에 발견되어 살아났다는 기록이 있지만, 그 환경이 전연 다른 상태였기 때문에 비교될 수가 없지요. 마지막 살아 남은 어린 소녀는 안양 소방서의 구조대원에 의해 구조되었다고 합니다. 연일 계속되는 작업과 언제 무너질지 모르는 잔해 속에서 생명의 위협을 무릅쓰고 한 생명이라도 더 구조하려는 그 노고를 조금이나마 위로해 주려고 안양 소방서를 찾아갔을 때, 그 대원은 현장에 가고 없었고 대신 소방서장으로부터 당시의 상황을 설명 들을 수 있었습니다. 당시 현장에는 수십 대의 각종 중장비의 기계 돌아가는 소리와 잔해를 부수고 긁어내는 소음 속에서 육중한 콘크리트더미 속에서 들려 오는 가냘픈 소녀의 신음 소리는 보통 청각으로는 듣지 못했을 거라고 합니다. 만약 그냥 지나쳐 버렸다면 조여드는 잔해와 함께 어떻게 되었겠습니까. 생각만 해도 가슴이 오싹해집니다. 도저히 믿어지지 않는 신화를 창출해 내었습니다.

그러나 형체를 알아볼 수 없는 시신을 찾았을 때는 차마 눈뜨고 바라볼 수 없었지만, 상처 하나 입지 않은 시신을 찾았을 때는 조금만 더 서둘렀더라면 하는 아쉬움도 있었답니다.

하나님, 무엇을 더 우리에게 보여주려 하십니까. 기적입니까, 은총입니까. 멀쩡했던 건물이 무너져 내리다니 도무지 믿어지지 않았지만, 육중한 콘크리트더미 속에서도 살아 나온 젊은 남녀들이 우주복을 입은 우주인으로 보였습니다. 하나님, 그렇게 믿어지지 않는 현실을 부디 우리에게 보여주지 마십시오. 그러한 기적은 한번으로 족합니다. 우리가 모르고 있는 더 큰 비리와 재앙이 어느 곳에 웅크리고 있지는 않을는지요. 크든 작든 간에 비리는 백일하에 드러나게 하여 주시고 재앙은 미리미리 예방할 수 있도록 지혜를 주셔서 우리 모두를 공포에서 벗어나게 하여 주십시오. 하나님, 우리 모두를 용서해 주십시오.

수석 비서관

"안녕하세요. 방극인 선생님의 수석 비서관입니다. 전해 주시는 메시지는 빠르고 정확하게 전해 드리겠습니다. 오늘도 즐거운 하루 되십시오."

딸아이가 선물로 사준 호출기에 나오는 인사말이다.

"선생님의 호출기 개통을 축하합니다. 그리고 선생님, 인사말은 제가 녹음해 드리고 싶은데 허락해 주시겠어요?"

"뭐라고 할 건데?"

"그건 고상하고 아름다운 내용으로 해야겠지요?"

"그래, 고상하고 아름다운 내용도 좋지만 다정하고 친절한 내용이면 더 좋겠어."

"고맙습니다. 영광으로 알고 연구해서 녹음해 드릴게요."

지금도 그렇지만 그땐 호출기 사용법을 전혀 몰랐었다. 몇 시간 동안의 교육을 받고 나서야 겨우 응답할 정도였다.

며칠 후에 현희한테서 호출이 왔다.

"선생님, 인사말 녹음해 드린 거 마음에 드세요? 마음에 안 드시면 더 좋은 내용을 연구해 볼게요."

"너무 과분한 내용 같아서 망설여지는데?"

"좋다는 뜻으로 생각하겠습니다. 그리고 싫증이 나시면 다음에 또 연구해 보죠."

지난해에 국제 피플 투 피플 (P. T. P) 한국 본부 안양 클럽 회장을 맡았었기 때문에 지금도 가까운 사람들은 듣기 좋으라고 그러는지 회장이라고 부른다.

"방회장. 수석 비서관 목소리가 너무 아름다워. 수석 비서관 목소리 한번 더 들어 보려고 일부러 호출했어."

부러움인지 비아냥거림인지 그 속뜻을 알 수는 없지만 은근히 자랑하고 싶었다.

"목소리만 예쁜 게 아니지. 얼굴도 예쁘고 마음은 더욱 비단결이지. 수석 비서관을 아무나 하는 게 아니잖아?"

말이 나온 김에 지난 연말에 있었던 이야기를 하나 더 들려주고 싶었다. 종강 파티가 있었던 날이었다. 그때 현희는 케이크를 준비했었다. 왜 케이크를 준비했는지 나는 모르고 있었다.

"선생님, 음력 섣달 열엿샛날이 생신날이잖아요. 종강을 했으니 별도로 모이기가 어려울 것 같아서 오늘 미리 생신 축하연을 준비한 거예요. 그리고 몇 번째 맞이하는 생신인지 저희는 몰라요. 알려고 묻지도 않겠어요. 항상 건강하시고 젊게 사세요. 선생님을 무한히 존경합니다."

케이크에 꽂힌 빨간 양초에 점화가 시작되었다.

"오늘 생신을 맞이하는 방극인 선생님께 진심으로 축하를 드립니다. 오래오래 건강하시고 행복하세요."

DJ의 안내 방송이었다. 생일 축하 노래가 합창되었다. 축포가 터지고 팡파르가 웅장하게 울렸다. 그리고 장내에는 우레 같은 박수가 그칠 줄을 몰랐다. 평생 처음 있는 일이었다. 모두가 현희가 꾸민 시나리오였다. 고맙고 미안한 마음 어찌할 바를 몰랐다. 그리고 생일날 아침에는 예쁘게 포장된 축전을 보내와서 내 마음을 더욱 젊게 해 주었다. 지난 설 때 호출기에 음성 녹음이 되어 있었다.

"저 현희예요. 오는 토요일 오후는 비워 두세요. 민숙이랑 미정이랑 세배 드리러 갈 거예요. 안양에 가서 연락 드릴게요. 안녕히 계세요."

약속한 토요일 오후 그들이 눈부시게 화려한 한복 차림으로 찾아왔다.

"선생님, 세배 받으세요. 새해가 밝았습니다. 복 많이 받으시고 좋은 글 많이 쓰셔서 저희들의 마음을 풍요롭게 해 주세요. 건강하시고 더욱 젊게 사세요. 저희가 친구가 되어 드릴게요. 그리고 새해에도 계속해서 저희와 함께 해 주셔서 정신적 지주가 되어 주세요."

진정으로 고마워할 사람은 그들이 아니라 나 자신인지도 모른다. 인생이란 서로 돕고 살아야 한다지만 나는 이미 그들에게 빚진 자가 되고 말았다. 한없는 고마움을 느낀다. 나이가 들면 젊은 사람들로부터 외면을 당하게 된다. 마음속으로 섭섭하지만 피할 수는 없다.

늙는다는 게 얼마나 서러운 일인가. 그러나 자연의 순리는 아무도 벗어날 수가 없다. 늙고 싶어하는 사람이 어디 있겠는가. 그래도 사람은 별수 없이 늙는다. 태어나고 싶어서 태어난 사람도 없거니와 죽고 싶어서 죽는 사람은 더욱 없다.

늙었다는 생각을 하면 인생이 허무하고 서글퍼지기도 하고 눈물이 난다. 나이를 잊기로 했다. 세상에 사는 동안 자랑할 것 하나 없을 뿐 아니라 오히려 많은 사람들로부터 빚만 지고 살아온 느낌이다.

새해가 밝았다는 이야기는 희망에 부푼 꿈이 아니라 한 해가 더 늙었다는 이야기 아닌가. 나이가 들어 듬직해 보이는 모습이 탐이 난다는 소영이의 가식 없는 그 말이 오히려 부럽다.

어떠한 이유에서건 친구가 되어 주겠다는 현희가 고마울 뿐이다. 내 곁에 젊은 친구들이 있는 한 나는 결코 늙지 않으리라. 몸뚱이야 쭈그렁 바가지가 될지라도 마음만은 항상 젊고 푸르게 살아가리라. 내가 10년만, 아니 5년만 더 젊었어도 하는 이야기를 주위에서 흔히 듣는다. 후회의 통한이다. 그러나 나는 살아온 인생을 후회하지 않는다. 지금도 나는 10년은 젊었구나 하는 생각으로 살고 있다. 누군가가 주책 떨지 말고 나이답게 살라고 핀잔을 준다 해도 나를 이해해 주는 젊은 친구들과 격의 없는 대화 속에서 푸른 초원을 달리고 싶다. 파란 하늘로 날고 싶다.

누구라도 나이가 들면 늙게 마련이다. 그렇다고 마음까지 늙는 건 아니다. 젊게 살자. 강물 따라 떠내려가는 썩은 나무토막이 되지 말고 폭포를 솟아오르는 피라미처럼 도전에 도전을 거듭하자.

나이 먹고 늙어서 아무 것도 할 수 없다는 생각은 이미 세상 끝이다. 10대, 20대만 젊은 게 아니다. 인생은 60부터라 하지 않았던가. 세상은 젊은이의 차지다. 나이를 과시하지 말고 나이를 잊고 살면 10년은 더 젊게 살아갈 수 있으리라는 생각을 하면서 젊은 친구들과 대화의 광장에 나선다.

약속과 책임

약속은 믿음이요 신앙이다. 어떠한 경우라도 약속은 지켜져야 하고 또 그 책임을 져야 한다. 지킬 수 없는 약속, 지켜지지 않을 공약을 남발하면 사회는 더욱 혼탁해지고 신용사회를 이루는 데 믿음을 상실하게 된다.

우리가 생활을 하다 보면 많은 약속을 하게 된다. 복잡한 현대사회에서 사는 우리들은 거의 매일같이 약속이 없는 날이 없다고 해도 과언이 아니다.

정치를 하는 사람은 말할 것도 없고 예술을 하는 사람, 사업을 하는 사람, 학생이나 주부까지도 약속했으면 그 책임을 져야 한다. 특히 사업을 하는 사람은 사업 관계의 약속을 많이 하게 된다. 물품을 기일 내에 납품하는 약속, 대금을 지불하는 약속, 사람을 만나는 약속 등 하루 일과는 약속에서 시작하여 약속으로 끝나는지도 모른다.

그 많은 약속을 잘 지키면 신용이 있다고 하고 잘 지키지 못하면 신용이 없다고 한다. 한번 신용을 잃으면 그 신용을 회복하기도 어려울 뿐 아니라 사회생활을 하는 데 많은 제약과 어려움을 당하게 된다. 사업을 하는 사람이 외상 대금을 잘 갚으면 신용을 얻게 된다. 어떻게 한번 신용을 얻으면 물품을 얼마든지 밀어 준다. 물품을 인수하고 한 달 있다가 3개월 혹은 4개월짜리 약속어음도 군소리 없이 받아 간다.

그러다가도 대금 일자를 미루거나 불행히도 부도가 났을 때는 어제까지의 인정머리는 손톱만큼도 찾아볼 수가 없다. 당장 파렴치범으로 매도해 버린다. 고의가 아니라고 해도 소용이 없다. 약속을 한번 어기면 그대로 매장시켜 버린다.

다시 정상적인 거래를 회복하려면 많은 시간이 필요하거니와 항상 색안경을 쓰고 보는 감시를 당하게 된다. 약속이란 우리 사회에서 꼭 지켜져야 아름답고 명랑한 사회를 이룩할 수 있다.

지난해 단체 여행을 할 때였다. 그때 나는 여행사에서 나온 가이드가 지정해 준 약속 시간을 누구보다도 철저하게 잘 지켰다. 철저하게 잘 지켰다고 함은 약속 시간보다 일찍 와서 기다렸다는 이야기가 아니다. 약속 시간보다 먼저 와서 기다린다면 그만큼 손해를 보게 된다. 비싼 경비를 들여 외국까지 여행 와서 관광은 하지 않고 차 속에서 시간을 보낼 바에야 하는 생각에서 약속 시간을 최대한 이용하기로 했다. 그렇다고 내 욕심만 부려서 약속 시간보다 늦으면 다음 여행 일정에 차질이 올 뿐 아니라 다른 사람들로부터 욕을 먹게 되므로 빠르지도 늦지도 않은 약속한 정시에 도착했다는 이야기다.

여행을 마치는 마지막 날 가이드가 말했다.

"선생님은 참으로 훌륭한 국제 신사이십니다. 그 동안 나는 선생님 때문에 얼마나 걱정을 했는지 모른답니다. 다른 분들은 일찍 돌아와서 시간이 되기를 기다리는데 유별나게 선생님만 나타나지 않았을 때 국제 미아가 생기지 않을까 하는 걱정이 태산 같았습니다. 그런데 그런 걱정은 하나의 기우였어요. 약속 시간을 조금도 어기지 않고 약속한 정시에 나타났습니다. 선생님 도착하는 시간이 바로 우리 버스가 출발하는 시간이 되었습니다."

이렇게 말한 가이드의 말이 뇌리에서 떠나지를 않는다.

약속 시간을 잘 지킨다는 나의 자랑으로 들릴지 모르지만 평소에는 약속 시간을 잘 지키지 못하는 사람 중의 한 사람이다.

개인적인 약속도 그렇고 단체 모임에도 정시 정각에 도착하기란 어려운 일이다. 늦거나 너무 일찍 가게 된다. 일찍 도착하면 개인적인 시간의 손해는 보겠지만 마음은 편하다. 시간보다 늦게 도착하면 특히 단체 모임 같은 때에는 여러 사람의 눈총을 받게 되니 마음이 바늘방석이다.

늦는 이유는 부득이한 경우도 있지만 대개는 여유를 부리다가 늦을 때가 많다. 여행을 다닐 때라든지 특수한 경우는 약속을 잘 지키고 평소에는 약속을 잘 지키지 않아도 된다는 생각은 아니다. 오히려 조금만 신경을 쓰면 할 수 있는 일을 태만으로 인해 하지 못하는 스스로를 질책하여 하는 말이다.

할 수 있는 일을 왜 못하는가. 못하는 게 아니라 하지 않는다. 할 수 없는 일을 못한다면 동정이라도 받지만 할 수 있는 일을 하지 않는다면 부끄러운 일이요, 스스로 반성해야 할 일이다. 교통이 막혀서 늦었다는 이야기는 핑계가 되지 않는다.

약속을 어겼다면 어떠한 경우라도 그 이유가 성립되지 않는다. 일본 여행을 할 때 기차역까지 30분이면 도착할 수 있는 거리인데 3시간의 여유를 두고 버스가 출발한다. 너무 일찍 서두른다고 했더니 거리만 생각할 게 아니고 교통 체증을 염려하여 일찍 출발하는 거라고 했다. 맞는 말이다. 기차나 선박 또는 항공기 등은 교통 체증 때문에, 아니면 버스가 고장 났다고 해서 시간을 늦추어 주지는 않는다.

단체 여행을 할 때 다른 교통편을 이용할 경우 충분한 시간의 여유를 가져야 마음이 편하다.

언젠가 관광버스를 타고 북악 스카이웨이의 팔각정에 오른 적이 있다. 불야성을 이룬 서울의 야경은 한마디로 장관이었다. 지금은 모르지만 그날 밤의 커피 맛은 유난히 향이 좋았다. 시계를 보니 약속한 시간이 거의 되었으므로 여유를 가지고 일어서서 옆에 있는 화장실을 다녀서 약속 장소에 도착해 보니 버스가 보이지 않았다. 약속한 시간은 아직도 5분 이상이 남아 있는데 버스가 떠나 버린 것이다. 이해가 되지 않는 이야기지만 사실이다.

주최측의 실수라고 생각지 않을 수 없었다. 약속 시간보다 5분 이상 먼저 출발한 게 첫째 실수요, 출발 전에 인원 점검을 하지 않은 게 두 번째 실수였다. 또 달리 생각하면 아무리 시간을 약속했다 하더라도 다른 사람은 다 왔는데 왜 혼자만 떨어졌느냐고 핀잔을 준다면 할말이 없다. 너무도 바보짓을 했는지는 모르지만 약속한 책임을 추궁하고 싶지는 않다. 다만 스스로 내세운 약속을 최소한 지켰어야 하지 않았을까. 지키지 못할 약속이라면 아예 처음부터 약속을 하지 말았어야 했다.

약속을 해 놓고 사전에 아무런 예고도 없이 일방적으로 파기한다면 누구라도 실망을 하게 되고 배신감마저 갖게 된다.

다시 버스가 되돌아오기를 기다리고 있었으나 일각이 여삼추라 했던가. 밤 10시가 넘었는데도 감감 무소식이었다. 일반 시내버스가 다니는 곳도 아니고 걸어서 다닐 수도 없는 곳이다. 청와대 바로 뒷산이므로 보행은 법으로 금하고 있다고 했다.

내려가는 자가용을 잡아 동승을 요구했으나 오히려 의심만 받게 되어 마음이 더욱 초조해졌다. 다행히 올라올 때 어떻게 왔느냐고 묻는 사람이 있어 자초지종을 이야기하고 사정하여 그 자가용에 동승하여 산을 내려와서는 시내버스로 귀가할 수가 있었다.

나중에 안 일이지만 그 관광버스는 뒤늦게야 내가 없음을 발견하고 다시 정상까지 갔다가 왔다는 이야기를 듣고는 얼마나 미안하고 죄스러웠는지 모른다.

약속은 믿음이요 신앙이다. 어떠한 경우라도 약속은 지켜져야 하고 또 그 책임을 져야 한다. 지킬 수도 없는 약속, 지켜지지도 않을 공약을 남발하면 사회는 더욱 혼탁해지고 신용 사회를 이루는 데 믿음을 상실하게 된다. '말하였음에 이룰 것이요. 경영하였음에 행하리라' 한 말씀처럼, 사소한 관광버스의 시간 약속에서부터 선량들이나 대권 주자들이 국민 앞에 내세운 공약은 그 어떠한 희생을 치르더라도 꼭 지켜져야 하고 책임을 져야 명랑한 사회, 복지국가를 이룰 수 있으리라 믿는다.

연어의 고향

연어는 전세계적으로 인공으로 부화되지만 안전하게 부화할 수 있는 이점도 있다. 한편 연어는 오염된 강물엔 찾아오지 않는다. 출생지를 찾아오는 연어는 해저 2만 리도 멀다고 생각지 않는다. 인간이 알 수 없는 또 다른 향수병에 걸려 있음인가.

지난 가을, 우리나라에서는 유일하게 연어가 찾아온다는 강원도 강릉시 남쪽 남대천에 갔다가 연어 식중독에 걸렸던 일이 지금도 기억에 생생하다. 그 후로 연어에 대한 관심이 많아지고 약간의 지식도 얻게 되었다.

연어는 우리나라 동해안의 함경북도에서부터 남해안의 낙동강 하류까지가 서식처이다. 1960년대까지만 해도 낙동강 하류에 연어가 회귀하였다. 그러나 강물의 오염으로 인해 지금은 유일하게 남대천에만 회귀한다고 한다.

남대천도 아직은 연어가 돌아오고 있지만 이대로 강물의 오염을 막지 않으면 언제 사라질지 모른다. 연어는 출생지를 찾아와서 산란하는 회귀 어족이다. 민물에 산란하면 민물에서 부화하여 약 3cm의 치어가 되면 바다로 나가서 그곳에서 성장한다.

바다에서 성장한 연어는 산란을 위해 모천을 찾아온다. 모천을 찾아온 연어는 민물에 오르기 위하여 민물과 바닷물이 교차하는 곳에서 민물에 적응할 수 있는 훈련을 한다. 그 기간이 약 한 달간 걸린다. 이때는 먹이를 일체 먹지 않는다.

민물에 올라온 연어는 자갈이 많은 곳에 꼬리를 이용하여 약 30cm의 웅덩이를 만들어 그곳에 알을 낳는다. 한 마리의 연어가 약 2,000~4,000개의 알을 낳으면 수컷이 와서 그 알 위에 정자를 뿌리고는 자갈로 알을 덮는다. 이 작업이 끝나면 어미 연어는 건강한 채로 그 자리에서 죽는다.

연어알이 부화할 수 있는 온도는 섭씨 3도이며 부화율은 30%이다. 다른 물고기의 먹이가 되기 때문이다. 80일 만에 부화가 되는데 눈부터 생긴다. 알에서 깨어나면 아가미로 숨을 쉬기 시작하면서 약 한 달 동안 알 속의 영양소로 자란다. 어느 정도 성장하면 죽어 있는 어미의 살을 뜯어먹고 자란다.

어미의 살도 없어지면 바다로 나간다. 바다에서 자라는 성장 기간이 3~4년으로 몸무게가 3천 배로 늘어난다. 남대천으로 오는 연어를 첨연어라고 한다.

성장하면서 바다로 나간 연어는 8,000km나 되는 알래스카 연안까지 나간다. 바다를 향해 나가면서는 많은 물고기의 먹이가 되고 성장하여서는 그물에 걸려 잡히고 모천까지 회귀하는 연어는 약 1.5%에 불과하다.

연어가 모천으로 돌아올 수 있는 기억장치는 무엇인가. 많은 연구 결과를 보면 연어는 태양과 달 그리고 지구의 자기를 이용할 뿐 아니라 예민한 후각을 이용하여 모천을 찾는다고 한다. 참으로 놀라운 일이 아닐 수 없다.

북태평양에서 연간 약 68만 톤의 연어가 잡힌다고 한다. 연어가 새로운 수산자원으로 떠오르면서 캐나다와 러시아, 미국, 일본

등이 협약하여 공해상에서는 연어잡이를 금지하고 모천에서만 잡을 수 있도록 하였다.

남대천에서 부화한 연어는 알류산 열도에서 성장한다. 산란기가 되어 모천을 찾아오려면 일본의 소야 해협을 통과해야 하는데, 그곳에서 많은 연어가 일본인의 손에 잡힌다. 그러나 우리는 국제협약에 가입하지 않았기 때문에 이를 제지할 근거가 없다.

연어는 깊은 바다에 있을 때는 은백색이었다가 민물 적응 훈련을 하는 한 달 동안에 붉은 색으로 변한다. 연어가 산란을 위해 모천을 찾아올 때는 약 13km의 시속으로 달린다.

알래스카에서 한반도까지 약 8,000km를 4개월 동안 길고도 험한 항해를 계속하여 남대천에 이른다. 아무도 반겨 주는 이 없지만 오직 종족보존을 위해 약 5천만 년을 그렇게 지구에서 살아왔다.

일본의 홋가이도 섬에는 140개소의 연어 모천이 있다. 한 실험에 의하면 홋가이도에서 회유한 연어가 남대천을 찾아오는 데 한 달이 걸린다고 한다. 남대천을 찾아온 연어는 약 30km 지점에 있는 용소가 마지막 기착지가 된다. 높은 둑으로 막혀 더 이상 올라갈 수가 없다.

연어가 부화하여 바다로 나가지 못하고 민물에 머물러서 자란 연어를 산천어라고 한다. 즉 조상은 연어이지만 성장하는 주위 환경에 따라 산천어로 이름이 바뀐 셈이다. 따라서 크기도 연어의 절반쯤에서 성장을 멈춘다.

남대천 연어의 보존을 위하여 당국은 피나는 노력을 하고 있다. 남대천의 첨연어가 뛰어오를 수 있는 높이는 30cm인데, 이미 만들어 놓은 어도의 높이가 60cm로 다시 보완을 해야 한다. 그리고 남대천으로 방류하는 모든 하수구도 오염되지 않도록 작업을 하고 있다.

그러나 상류에서 무분별한 개발로 인해 남대천은 날로 오염되어 가고 있다. 당국의 각성이 아쉽다.

연어는 전세계적으로 인공으로 부화하여 방류하는데, 자연산보다는 환경 적응력이 저하되지만 안전하게 부화할 수 있는 이점도 있다. 세계적으로 연어의 모천이 제일 많은 곳은 콜롬비아 강 유역이다.

연어는 오염된 강물엔 찾아오지 않는다. 찾아왔다 할지라도 서식할 수가 없다. 1960년대까지만 해도 낙동강의 밀양천이 연어의 모천이었다. 오염된 밀양천에서 연어는 사라지고 말았다. 지금은 연어의 모천으로 남대천이 유일하게 남아 있을 뿐이다.

오염된 하천에서 연어는 사라진다는 사실을 밀양천에서 이미 경험과 교훈을 얻었다. 오염된 하천에서 살아갈 수 없는 어족이 어찌 연어뿐이랴. 오염된 환경에서는 모든 생물이 살아갈 수 없다. 생물이 살아갈 수 없으면 사람도 살아갈 수 없다는 이야기다.

출생지를 찾아오는 연어는 해저 2만 리를 멀다고 생각지 않는 모양이다. 인간이 알 수 없는 또 다른 향수병에 걸려 있음인가. 날로 오염되어 가고 있는 남대천을 살려야겠다. 이대로 방치하면 남대천 연어의 귀향은 사라질지도 모른다. 백과사전에서나 찾아볼 수 있는 전설 같은 이야기를 남기지 말아야겠다. 연어의 고향을 살리는 길은 우리 인간의 고향을 살리는 길이기 때문이다.

카네이션 한 송이

부모가 죽으면 산에 묻지만 자식이 죽으면 가슴에 묻는다고 했다. 해질 무렵 시위가 시작되면서 스크럼을 짜고 구호를 외치는 군중 속으로 아들의 이름을 부르며 쫓아가신 그 노인은 아들을 찾아서 데리고 갔는지 모르겠다.

플라타너스의 무성한 잎이 하늘을 가리우는 5월, 찬란한 햇빛에 눈이 부시다.

어버이 날인 어제는 카네이션 한 송이를 가슴에 달고 조용히 보냈다.

오늘은 이곳 안양에서 대규모 시위가 있으리라는 소문이 날개를 달았다.

오후 6시, 결전의 순간이 왔다. 어디서 몰려왔는지 안양 본 백화점 앞의 교차로를 중심으로 삼원극장과 국민은행의 뒷골목까지 대학생들로 보이는 젊은이들이 웅성거리고 있다.

교차로의 중앙에서는 애써 평온을 찾으려는 듯 교통 정리를 하고 있어 교통 순경의 호각 소리가 요란스럽게 호르락거린다.

일촉즉발! 무엇인가 금방 터질 것 같은 험악한 분위기다. 시내버스는 정류장에서 쉬지도 않고 그대로 지나쳐 버린다. 시간이 흐를수록 인파는 더욱 많아지고 지하상가까지도 입추의 여지 없이 삼대처럼 들어서 있다. 물론 보행도 제대로 할 수 없다.

6시 40분쯤 되었을까. 와! 와! 하는 함성과 함께 뛰어든 군중이 순식간에 교차로와 6차선의 넓은 도로를 꽉 메워 버린다. 달리던 버스도 원목을 싣고 가던 15톤 트럭도 달리지를 못하고 멍청하게 서 버린다.

'민자당 해체, 노태우 타도'라는 구호를 외친다. 구호와 꼭 같은 내용의 현수막이 도로를 가로질러 내걸린다. 인쇄물을 가지고 오는 사람과 라면 상자를 무겁게 들고 오는 사람이 보인다. 그 안에는 심지가 달려 있는 화염병이 들어 있었다.

명지대학교의 한 학생이 시위를 진압하는 전투경찰의 쇠파이프에 맞아 열사가 되었다. 이어서 안양 지역노조 위원장이 병원에 입원 가료 중 병실에서 투신 자살한 사건이 일어났다. 노조위원장의 자살은 자살을 가장한 타살이라고 노조측은 주장한다. 이 두 사건이 안양에서 시위를 하게 된 동기다.

15~16명씩 스크럼을 짜고 3~4미터의 간격으로 겹겹이 줄지어 파도가 밀려가듯 안양 병원 쪽으로 밀려갔다. 눈치를 보고 있던 일반 시민들도 시위 군중을 응원하면서 인도를 따라 벽산쇼핑 앞에 이르렀다.

안양 우체국과 안양 병원에 이르는 도로에는 이미 몇 개 중대로 보이는 병력이 진을 치고 있었다. 시위 군중과는 불과 몇 미터의 거리를 두고 대치하고 있다. 시위 군중은 아스팔트 위에 앉아서 구호를 외친다.

밤 10시. 더 이상 못 참겠다는 듯 드디어 최루탄이 터진다. 어두운 밤하늘에 하얀 연기가 포물선을 그리며 시위 군중 속으로 떨어진다. 시위 군중과 합류하던 일반 시민은 갑자기 아수라장이 되어 버린다. 눈물이 나와서 눈을 뜰 수가 없다. 눈도 코도 고춧가루를 마신 듯 맵고 쓰리다. 얼굴은 바늘로 찌르는 듯 따갑고 아프다.

최루탄을 못 이겨 남부 시장 골목으로 쫓기던 시위대는 마스크 또는 수건으로 입과 코를 가리고 준비했던 화염병으로 최루탄에 대항한다.

최루탄에 대항하여 시위대가 던진 화염병의 불꽃이 위협을 준다. 당사자들이야 목숨을 건 투쟁이겠지만 멀리 벽산쇼핑 앞에서 바라본 안양 우체국 앞에는 불바다의 장관을 이루고 있다.

화염병은 크게 원을 그리다가 전투경찰 앞에 떨어지면서 유리병이 깨지고 유리병 속에 들어 있던 석유에 불이 붙는다. 최루탄과 화염병의 대결은 끝이 보이지 않는다.

시위 군중 뒤에서는 민자당과 노태우 정부를 타도하자는 유인물이 바람에 날리는 낙엽처럼 정신없이 펄럭이고 있다.

누가 옳고 누가 그른가. 나이 많은 어른들은 젊은이들을 나무란다. 하라는 공부나 할 일이지 어렵게 들어간 학교에 비싼 등록금 내면서 공부는 하지 않고 시위만 한다면 장래가 뻔하다는 이야기다. 젊은이의 처지에서 보면 더 이상 군부의 독재를 좌시할 수만은 없다는 주장이다.

그러나 한쪽은 칼자루를 쥐고 있고 다른 한쪽은 칼끝을 잡고 있다. 결국 피해를 보는 쪽은 칼끝을 쥐고 있는 학생들이다. 위험한 칼끝 앞에서도 결코 물러서지 않는 용기는 젊음만이 가질 수 있는 자랑이다.

젊은이의 피를 보면서 젊은 주검 앞에서도 주권자의 뉘우침이 없다면 우리의 민주화는 아직도 요원할 수밖에 없다. 아무도 책임질 사람이 이 땅에는 없다는 말인가. 죽음을 무릅쓰고 시위를 하는 자는 누구이고 막는 자는 누구인가.

따지고 보면 같은 캠퍼스 안에 있어야 할 같은 젊은이들이다. 한쪽은 신성한 국방의 의무를 수행하고 있으며 한쪽은 아직 캠퍼스에 남아 있을 뿐이다. 같은 캠퍼스에서 혹은 같은 국방의 의무를 수행해야 하는 우리 젊은이들이 아닌가. 어쩌다가 하나는 쫓고 다른 하나는 쫓기는 신세가 되었는지. 6·25 때 형은 의용군(인민군)으로 끌려가고 동생은 국방군으로 입대하여 형과 아우가 서로 총부리를 겨누며 싸워야 했던 그때의 상황과 지금의 상황이 무엇이 다른가. 눈에 넣어도 아프지 않을 사랑하는 자식을 비명에 잃은 부모의 마음은 어떠했을까. 부모가 죽으면 산에다 묻지만 자식이 죽으면 가슴에 묻는다고 하지 않았던가.

해질 무렵 시위가 시작되면서 스크럼을 짜고 구호를 외치는 군중 속으로 아들의 이름을 부르며 쫓아가던 그 노인은 아들을 찾아서 데리고 갔는지 모르겠다.

다만 땅에 떨어진 카네이션 한 송이가 수많은 군중의 발길에 짓밟히고 있을 뿐이었다.

여인의 미소는 아름답다

식사가 끝나고 개구리 쇼도 끝나고 사진 찍는 일도 끝났다. 자리에서 일어서면서 랏니의 손을 잡아 주며 트리마까시(감사합니다) 하고 인사를 했더니 내 품안으로 기어든다. 그녀는 입으로는 미소를 짓고 있었지만 눈에는 눈물이 가득했다.

발리를 떠나기 전날 밤에 펜조르라고 하는 한식집에서 식사를 하게 되었다. 식당에 들어가면 우선 식당 입구에서 발리 아가씨들이 꽃바구니를 들고 나온다. 바구니에는 깜보자라고 하는 꽃을 담아 가지고 와서 남자에게는 귀에 꽂아 주고 여자들에게는 앞머리에 꽂아 준다.

그리고 자리에 앉으면 우리나라 식당에서 물을 먼저 갖다 주듯이 색깔이 진한 포도주를 따라 준다. 일종의 서비스다. 니 로만 랏니는 펜조르 한국 식당에서 일하고 있는 아가씨 이름이다.

우리 식탁에 와서 잔심부름을 하고 있는데 무척이나 친절했다. 우리 식탁의 담당인 것 같았다. 항상 생글생글 웃는 얼굴에 즐거운 모습으로 심부름을 했다. 일부러 쓸데없는 심부름을 시켜도 조금도 짜증을 내거나 귀찮아하지 않았다.

식사 후에 후식으로 나오는 바나나가 부족하다고 농담을 했더니 한 접시 더 가지고 왔다. 우리 한국에서는 이런 바나나 한 개가 약 1달러(700원) 정도 한다고 하니까 두 눈이 휘둥그래지며 놀란다. 여기서는 보통 100루피아(약 40원) 정도라고 하니 약 20배의 차이가 난다. 사진을 같이 찍자고 했더니 기다렸다는 듯이 좋아한다. 사진을 같이 찍으면 팁을 조금 주라는 가이드의 귀띔이 있어서 500루피아를 주었다. 그러자 서투른 한국말로 '감사합니다'를 몇 번이나 되풀이하면서 허리를 굽혀 인사를 했다.

그렇게 많은 금액도 아닌데 팁을 준 사람이 오히려 민망할 정도였다. 미안한 생각도 들고 해서 괜찮다면서 그녀의 손을 꼭 잡아주었다. 그러자 지극히 감사한 표정으로 행복해 했다.

식사를 하는 중에 개구리 악단의 쇼가 있었다. 개구리 우는 소리와 함께 개구리 가면을 쓰고 개구리 춤을 춘다. 그래서 개구리 악단이라고 이름을 붙인 모양이다. 그들은 춤을 추면서 관중석으로 올라온다. 마치 개구리처럼 네 발로 폴짝폴짝 뛰어다닌다.

그러면서 사진도 찍고 팁도 받는다. 마침 내 옆에 왔기에 사진을 함께 찍고 팁을 주려고 지갑을 꺼내는데 어느 틈에 랏니가 옆에 서 있었다. 그녀는 미소를 지으면서 많이 주지 말고 100루피아만 주라고 했다.

그 미소가 귀엽다. 벌써 정이 들었는가. 알뜰한 내조자처럼 돈을 아껴 쓰라는 지시까지 한다. 귀여운 동생 같기도 하고 다정한 애인 같기도 하다. 그리고 랏니는 내가 펜조르를 떠나올 때까지 내 곁에서 떠나지를 않았다.

또 개구리 연예인들은 서구인들에게는 가지 않고 우리에게만 왔다. 이유는 간단하다. 우리는 팁을 주지만 서구인들은 단 한 푼도 팁을 주지 않기 때문이다.

무대에 올라가서 개구리들과 같이 춤을 추고 사진을 찍을 때도 랏니가 간섭을 했다. 그리고 온갖 편의를 다 보살펴 주었다. 말은 통하지 않았지만 무엇을 하려는지 미리 알고 재빨리 행동한다. 다음 행동은 그의 눈빛을 보고도 알 수가 있었다.

　무서운 아이였다. 친척도 아니고 애인도 아니고, 오래 사귄 일도 없이 조금 전에 사진을 같이 찍었을 뿐이다. 그리고 팁으로 200원을 주었을 뿐이다. 정에 굶주린 아이였는가. 누군가가 미소는 세계 공통어라고 했다. 특히 탐험을 즐기는 사람이나 여행을 많이 하는 사람들이 맞이하게 되는 미지의 세계에서 미소 이상의 무기는 없다고 한다. 미소는 그 누구에게도 안정감을 준다. 추호도 적의가 없음을 표시한다.

　식사가 끝나고 개구리 쇼도 끝나고 사진 찍는 일도 끝났다. 자리에서 일어서면서 랏니의 손을 잡아 주며 트리마까시(감사합니다) 하고 인사를 했더니 품안으로 기어든다.

　랏니는 한국말로 감사합니다라고 인사를 했다. 그리고 입으로는 미소를 짓고 있었지만 눈에는 눈물을 글썽이고 있었다. 그녀의 미소는 아름다웠다. 그리고 그녀의 눈물은 미소보다 더욱 아름다웠다.

　나는 그녀가 알아들을 수 있는 말이라고는 트리마까시 한마디밖에 할 줄 모른다. 그녀 역시 내가 알아들을 수 있는 말이라곤 감사합니다 한마디밖에 할 줄 모르는 모양이다. 이미 인사를 하고 떠나왔을 때도 안으로 들어가지 않고 어둠 속에서 지켜보고 있었다.

　　발리 섬의
　　바닷물은 따뜻했네

우기를 맞은 해변에
비는 내려도
바틱

현란한 원색의 적도 아래
풍선으로 날아가네

모래가 풍선을 타고
하늘 끄트머리에서 맴도네

바람이 불어도
야자나무 아래서
날지 못하는 풍선 하나

백인의 발자국에
눈물이 고인다
고인 눈물이 마르지 않는다.

아직도
발리 섬의 바닷물은
따뜻했네.

- 〈발리섬〉

그리움의 항아리

만나서 기쁘고 헤어지면서도 더욱 그리움을 담을 수 있는 우리의 만남은 결코 우연이 아닌 거야. 은영아 매사에 감사하는 마음으로 살아가자. 더 가까운 거리에서 그리움이 가득한 가슴속을 내보이며 끊어질 수 없는 인연을 맺으며 살아간다는 게 또 하나의 기쁨이 아니겠니.

은영아! 오늘은 왜 얼굴을 보이지 않았니?

지난주에 남기고 간 메시지가 한 주일 동안 계속 나의 뇌리에서 떠나지 않았는데, 그래서 오늘 다시 만나리라는 기대를 가지고 기다렸는데도 끝내 너는 나타나지 않았고, 나의 기대는 허무하게 무너지고 말더구나.

무슨 일일까. 소식이 궁금하여 간절히 기다리는 사람이 있는데도 모르는 척 넘겨 버린다면 무심하다는 핀잔을 받겠지. 다만 어느 한 순간 사람이 사람을 만나게 되었다는 게 뜻깊은 인연이 아니었을까.

만나고 헤어지는 게 하늘의 뜻이라면, 비록 충분한 대화를 나누지 못했지만 사랑과 인생을 이야기할 수 있는 좋은 기회가 아닐까 하는 생각을 해 보는 거야.

각자가 선택한 시간에 스스로 참여하여 만족을 느끼며 문화적·사회적으로 받아들일 수 있는 창조적이고 건설적인 여가 선용을 위해 만나야 한다.

만나서는 인생을 배우고 사랑을 이야기하자. 사랑하는 마음이 있음에도 만나지 못하는 심정이 오죽할까 하는 생각을 하면서 조금이나마 위로가 되었으면 하는 간절함으로 깊은 밤 별을 보며 이 글을 쓴다.

우리가 살아가는 동안 대상을 생각하고 또 염려하고 항시 기억할 수 있다면 참으로 사는 보람을 느낄 수 있겠지. 반대로 나를 염려해 주고 기억해 주고 사랑을 나눌 수 있는 사람이 있다는 사실을 내가 알았을 때도 사는 보람을 느끼게 될 거야. 그리고 나는 결코 외롭지 않다는 자부심과 위로를 받을 수 있지 않을까.

나는 은영이가 이 세상에 태어나서 무엇을 위하여 무엇을 하며 무슨 생각을 하는지 전연 모르는 입장이지만, 은영이가 남긴 예쁜 메시지 속에서 간절한 소망을 읽을 수 있었어.

참을 찾아 헤매는 간절한 소망을 보았지. 목마른 사슴이 물을 찾아 헤매는 처절한 모습이 영화의 필름처럼 영상으로 펼쳐지는 거야. 결코 이루어질 수 없는 사랑일지라도 우리는 만나는 순간 즐겁고 충만된 기쁨으로 노래 불렀지.

억겁의 전생의 인연으로 이승에서 옷자락 한번 스친다는 부처님의 인연이 아닐지라도, 우리는 결코 우연일 수 없는 아름다운 현실로 꾸미는 거야. 사람은 멀리 있을 때 그리워지고 가까이 있을 때는 오히려 관심이 없어지는지도 몰라. 너무 자세히 알게 되면 큰 실망만을 안겨다 줄지도 모르니까.

숲속에 들어가서는 숲을 보지 못하듯이 아름다운 꽃은 멀리서 보아야 아름답게 보이는 거야. 그렇듯이 그리움이 가득 찬 그리움의 항아리를 캐내는 거야. 그리움의 항아리 속에 그리움과 간절함, 사랑 또 행복, 나눔의 기쁨 등을 모두 담아 놓고 필요할 때마다 하나씩 하나씩 꺼내는 거야.

더 가까워질 수도 없을 뿐 아니라 더 멀어질 수도 없는 그만한 거리에서 말을 건네고 웃음을 주고 미소 지으며 손을 흔드는 거야. 두 손 높이 들어 아주 열광적으로 신바람나게 흔들어 보자. 은영아, 여름이 다 지나갔다고 크게 실망하거나 후회하진 마. 화려한 백마를 타고 푸른 하늘을 날아오는 왕자는 처음부터 없었으니까. 설령 백마를 타고 오는 왕자를 만나게 될지라도 겸허한 마음으로 더 넓은 세상을 바라보는 거야.

지금 이 시간에도 춥고 배가 고파서 죽어가는 사람을 생각해 보자. 저 삶의 뒤안길에서 희망도 없이 실의에 찬 서글픈 모습과 그늘진 곳에서 살겠노라고 몸부림치는 우리의 이웃이 얼마나 많은가.

만나서 기쁘고 헤어지면서도 더욱 그리움을 담을 수 있는 우리의 만남은 결코 우연이 아닌 거야. 그 많은 사람 중에서 비록 한순간일지라도 인연을 갖게 되었다는 게 어디 보통 인연이겠어.

매사에 감사하는 마음으로 세상을 살아가자. 더 가까운 거리에서 그리움이 가득한 가슴속을 내보이며 끊어질 수 없는 인연을 맺으며 살아간다는 게 또 하나의 기쁨 아니겠니. 아쉽게 보낸 오늘 하루가 그리움의 항아리 속에 오래오래 남아질 거야. 세상이 끝나는 날이 올지라도.

새벽 바다

"파도가 치고 비가 오는 날 새벽은 무서워요. 그럴 때의 뱃고동 소리는 장송곡으로 들려요. 기분이 안 좋죠. 더구나 친구 어머니가 해녀였는데 파도 치는 그 새벽 바다에서 죽었거든요. 쾌청한 날의 새벽은 겪어 보지 않고는 말로 표현할 수가 없어요."

"선생님, 제주도에 처음 오셨어요?"

"처음은 아니지만 미인 여류시인과 바닷가를 산책하기는 처음이에요."

"저 미인도 아니구요, 더구나 여류시인이라는 말 저에게는 부담스러워요. 다만 시를 좋아하는, 아직도 단발머리 문학소녀일 뿐이에요."

"겸손의 말씀. 지나친 겸양은 실례가 된답니다."

"참, 그 시가 제일 좋았어요."

"어떤 시가 그렇게 좋았는지 알고 싶군요."

"선생님의 시집에 있는 〈새벽 바다〉라는 시가 저에게는 많은 공감을 주어서 참 좋았어요. 한번 낭송해 볼게요."

　　새벽 바다 부서지는 소리는
　　물 길어 오시는 어머니의

허리 펴는 소리

창가에서
기웃거리는 초생달처럼
먼산 다가와 잠을 깨우는
뱃고동 소리
파도가 모래알을 헹구는 소리

떠났던 까마귀 다시 찾아와
걸레 조각처럼 새벽을 찢는 소리
전쟁 속 포화의 진동 갓난 아기
자지러지는 울음처럼
하늘이 빨갛게 타 들어가는 소리.

"낭송 참 잘 했어요. 낭송을 잘하니까 시가 더욱 살아나네요."
"이 밤이 새벽이었으면 더욱 잘 어울릴 건데요, 새벽이 아니라
서 운치는 없지만 새벽 분위기를 느낄 수 있어서 좋아요."
"밤이 지나면 새벽은 찾아오게 되어 있어요. 새벽 바다도 좋지
만 역시 밤의 서정이 있어서 좋지요."
"정말 그랬어요. 그리고 〈새벽 바다〉는 저를 위해서 쓰신 시
같애요."
"공감대를 형성하는 어떤 사연이라도 있는 모양이군요."
"맞아요. 잠을 깨우던 새벽 바다의 뱃고동 소리는 언제나 같은
시간에 울리곤 했어요. 새벽 다섯 시가 되면 어김없이 뱃고동은
정확했어요. 사실 우리 집에는 시계가 필요없었구요. 시계 없이
도 뱃고동 소리에 시간을 맞출 수가 있어서 저는 중학교 삼 년,

고등학교 삼 년을 지각 한번 하지 않고 개근을 했어요. 장하죠? 잘했다고 칭찬해 주세요."

"참 잘했어요, 아가씨. 육 년 동안 지각 한번 하지 않고 개근을 한다는 게 쉬운 일이 아니지요. 본인의 열성도 열성이지만 건강했다는 증거지요. 아무튼 축하할 일이에요."

"새벽잠을 깨워 주던 그 뱃고동 소리는 날씨에 따라서, 그리고 듣는 사람의 기분에 따라서 조금은 다르게 느껴지지요."

"구체적으로 어떤 느낌을 느끼게 되었나요?"

"파도가 치고 비가 오는 날 새벽은 무서워요. 그럴 때의 뱃고동 소리는 장송곡으로 들려요. 기분이 안 좋죠. 더구나 친구 어머니가 해녀였는데 파도 치는 그 새벽 바다에서 죽었거든요. 중학교 때 일이니까 꽤 오래 된 일인데 지금도 잊혀지지 않아요. 그렇지만 쾌청한 날 새벽은 겪어 보지 않고는 말로 표현할 수가 없어요. 이글거리는 태양이 목욕을 하듯 물기 어린 몸뚱이로 솟아오르면 바닷물이 부글부글 끓어오르는 장관은 너무너무 아름다워요. 저 혼자서만 너무 말을 많이 했네요. 새벽 바다를 쓰시게 된 동기랄까 그 배경이 있으시면 들려주세요."

"동기라고 할 것까지야 없겠지만 생각나는 대로 대강 정리해 드리지요."

나는 사방이 산으로 둘러싸인 산골에서 태어나 그곳에서 성장했다. 산봉우리에서 해가 떠서 산봉우리로 지는 모습만 보았다. 그런 연유인지는 모르지만 생각이 좁고 바라보는 시야가 우물 안 개구리를 면치 못했다. 해가 바다에서 떴다가 바다로 지는 모습을 보기는 훨씬 후의 일이다.

그때부터 바다만 보면 가슴이 확 트이고 갯바람이 그렇게 시원할 수가 없었다.

몇 년 전 상업을 하고 있을 때 거래처의 주선으로 일본 규수의 남쪽 바다를 여행한 적이 있었다. 유황 온천이 있는 휴양지로 이브스끼라는 곳이었다. 새까만 분진을 내뿜는 사꾸라찌마의 활화산의 위용을 보며 버스로 하루 종일 달려 찾아간 곳이었다. 밤 열 시도 넘어서 캄캄한 밤에 도착했다.

이곳은 유황 온천이 있는 유명한 곳이다. 온천물에 들어가면 유황 냄새가 확 풍긴다. 그리고 온천의 지열로 뜨거워진 까만 모래 찜질이 특급품이다. 바닷가의 모래가 온통 까만 모래로 덮여 있는데 모래를 조금만 파내면 온천의 지열로 인해 따뜻한 모래가 나온다.

한 사람 누울 만큼 모래를 파내고 그 자리에 누우면 잠뱅이 하나만 몸에 걸친 일본 노동자가 삽으로 모래를 퍼서 덮어 준다. 조금 지나면 등허리가 따뜻해지면서 온몸이 땀에 흠뻑 젖는다. 결국 땀으로 목욕을 하고 난 후 다시 온천탕에 들어갔다.

목욕이 끝나고 자리에 누우니 그렇게 시원하고 기분이 상쾌할 수가 없었다. 하루 종일 버스에 시달리던 피로가 풀리면서 어떻게 잠이 들었는지 모르지만, 귓가에는 계속 파도치는 소리가 들려 왔다.

그 파도 소리에 새벽잠을 깨고 말았다. 창문을 활짝 열었다. 시원한 바람이 방안 가득 채워지고 있었다. 바로 창문 앞에서 파도가 치고 있었다. 캄캄한 밤에 와서 몰랐었는데 새벽에 보니 육지 쪽은 높은 산이 병풍처럼 둘러앉아 있고 바다 쪽은 확 트여서 산과 바다가 동시에 이루어 놓은 명승지였다.

멀리 보이는 산봉우리가 마치 불이 타오르듯 빨갛게 달아오른

장작불 난로 같았다. 캄캄한 산등성이 너머로 여명이 꿈을 꾸듯 다가오고 있었다. 산꿩이 울고 있었다. 산비둘기도 새벽을 알린다. 오랫동안 잊고 살았던 까마귀 우는 소리가 새벽 하늘을 갈기갈기 찢고 있었다.

석양이 되면 노을과 함께 가을 하늘을 까맣게 뒤덮었던 까마기 떼가 언제부터인지 그 자취를 감추고 말았다.

밤중에 찾아왔다가 여정 때문에 이른 아침에 그곳을 떠나고 말았다.

"그 새벽에 〈새벽 바다〉는 탄생되었는데 지금도 잊혀지지 않을 뿐 아니라 아쉬움이 많은 곳입니다."

"이브스끼의 새벽 바다는 아닐지라도 오랜만에 새벽 바다 구경 가지 않을래요. 새벽 바다를 걸으면서 시상이 떠오르면 시를 쓰고 그리움으로 편지를 써요, 네?"

젊고 발랄한 기백이 나에게도 있었던가. 가슴 한 구석에서 새벽 바다는 그리움으로 솟구치고 있었다.

이른 새벽, 언 땅에서도 푸르러 오르는 보리 뿌리를 캐먹던 까마귀가 훠이훠이 어머니에게 쫓겨 이곳 이브스끼로 왔는지도 모를 일이다.

눈을 뜨고 있어도 코 베어 가는 집시족

이탈리아의 집시족은 소매치기를 해도 상대방이 알지 못하게 하는 것이 아니라 아예 상대방이 보는 앞에서 공공연히 탈취해 간다. 핸드백은 물론 주머니 속까지 마치 자기 주머니 뒤지듯 한다. 어안이 벙벙한 여행객이 큰소리를 치고 주먹으로 사정없이 때려도 소용이 없다.

이스라엘 민족은 이 지구상에서 어느 민족보다도 두뇌가 좋은 민족으로 정평이 나 있다. 그 좋은 예로 노벨상 수상자의 약 30%가 이스라엘 민족이기 때문이다. 그러나 이스라엘 민족은 약 2천 년 동안이나 나라 없는 슬픔을 안고 세계 도처에서 살아왔다.

제2차 세계대전 중에는 6백만이나 되는 이스라엘 민족이 독일의 히틀러에 의해 가스실에서 죽어갔다. 왜 그렇게 많은 사람이 죽어야 했는지 아는 사람은 없다. 다만 성경에 보면 하나님은 이스라엘 민족을 선민으로 택하였고, 선민으로 택한 이스라엘 민족에게 구세주를 보내주었는데 이를 믿지 않았다.

구세주를 보낸 하나님의 축복을 감당하지 못하고 오히려 구세주에게 십자가를 지게 하였다. 그 죄가로 이스라엘 민족은 나라 없는 설움을 당하지 않을 수 없는 민족이 되고 말았다. 그 축복을 감당했더라면 이스라엘 민족을 중심삼고 이 땅 위에 천국을 이루었을 것인데 불신으로 말미암아 큰 죄과를 치르게 된 셈이다.

이스라엘 민족은 그렇다 치더라도 전 유럽에 널리 분포되어 있는 집시족은 왜 나라가 없는가. 집시 민족은 노래 잘하고 춤 잘 추고 낭만적이고 낙천적인 민족이라고 배웠다. 그러나 이탈리아에서 경험한 집시족은 가는 곳마다 골칫거리였다. 거지와 소매치기 도둑의 대명사가 바로 집시족이었다.

트레비 분수는 니콜라살비에 의해 1733년부터 1762년까지 30년의 공사 기간을 거쳐 완성되었다. 〈물의 여왕〉이라고 일컫는 로마제국은 물을 풍부하게 공급받아 사용하였다. AD 206년에 시작하여 217년에 완공을 본 카다칼라 목욕장은 1,600명이 동시에 목욕할 수 있는 거대한 목욕장이다.

르네상스 시대의 교황들은 로마제국의 상수도 시설을 수리하고 새로운 수로를 개설하여 물의 공급을 원활하게 하였다. 이를 기념하여 많은 분수대를 만들었는데 그 중에서도 가장 유명한 곳이 트레비 분수다.

이 분수대에서 분수를 뒤로하고 동전을 던지면 로마에 또다시 올 수 있다는 전설이 있다고 한다. 모처럼 이곳에 찾아온 여행객은 영원의 도시 로마에 다시 오고 싶은 욕심으로 누구라도 한번쯤은 분수대를 뒤로하고 동전을 던진다. 세계 각국의 동전이 분수대 밑에 수북하게 쌓여 있다.

트레비 분수대 안으로는 대형버스가 진입할 수 없으므로 버스에서 내렸다. 이탈리아 가이드가 다시 주의를 준다. 금방 들어온 정보에 의하면 집시족이 트레비 분수대 쪽으로 몰려갔으니 각자 소지품을 각별히 조심하라고 한다. 마치 첩보 영화에서나 나옴직한 정보 같은 느낌이 든다.

로마에서는 외국 여행객 안내는 이탈리아 안내원이 반드시 동행을 해야 로마의 유적지를 관광할 수 있다.

그리고 보니 우리가 타고 있는 버스 안에 한국에서부터 인솔해 온 가이드와 로마의 한국인 가이드, 피렌체에서부터 동행하고 있는 가이드, 그리고 이탈리아 국적의 가이드 등 네 사람이나 되었다. 이곳의 집시족은 거지와 도둑 소매치기로 낙인이 찍혀 있었다. 그들은 소매치기를 해도 상대방이 알지 못하게 하는 것이 아니라 아예 상대방이 보고 있는 앞에서 공공연히 탈취해 간다.

남루한 옷차림으로 구걸을 하며 접근해서는 순식간에 날치기로 변해 버린다. 핸드백은 물론 주머니 속까지 마치 자기 주머니 뒤지듯 한다. 어안이 벙벙한 여행객이 큰소리를 치고 주먹으로 사정없이 때려도 소용이 없다.

로마의 가이드 이야기로는 어떤 형태로 접근을 해 와도 동정하는 기색을 보이지 말라고 한다. 설마 하고 접근을 방심하면 누구라도 그들에게 당하고 만다.

다행히 우리 일행은 트레비 분수대 관광을 무사히 마치고 동전도 던졌다. 그런데 어느 틈에 나타났는지 집시가 다가왔다. 그리고는 우리 옆에서 관광하고 있던 중국의 여행객을 습격하였다. 단체 여행객 중 한 여인의 핸드백을 낚아채 가지고 쏜살같이 골목으로 달아나 버렸다. 전광석화처럼 빨랐다.

아프리카 대륙에 사는 사자는 자신의 몸보다도 몇 배나 큰 얼룩말을 사냥한다. 많은 무리를 지어 있는 얼룩말에게로 어슬렁어슬렁 접근한다. 그 중에서 어리고 병약해 보이는 한 마리를 선택하여 가차없이 달려들어 사냥에 성공한다.

집시족 역시 보이지 않는 곳에서 목표를 정한 모양이다. 그 여인도 집시를 의식하고 핸드백 끈을 목에 걸었는데도 순식간에 날치기를 당하고 말았다. 그렇다고 하소연할 곳도 없다. 경찰에 신고를 해도 아무 소용이 없다. 자신이 조심하는 수밖에 다른 방법이 없다. 치안 부재의 이탈리아 여행에서는 집시족을 조심하라는 말이 필수적이다. 그리고 대열에서 멀리 떨어져 개인 행동을 하게 되면 위험이 따른다.

여행객이 혼자 있을 때에 경찰관 두 사람이 다가와서 경찰관 신분증을 보이며 여권을 보여달라고 한다. 대개의 단체 여행객은 여권을 가이드가 보관하고 있거나 숙소에 두고 나오는 수가 많다. 설령 여권이 있다 하더라도 여권까지 탈취당하기 십상이다. 여권을 갖고 있지 않으면 경찰서까지 가자고 한다. 꼼짝없이 따라가게 되면 으슥한 골목길로 끌고 가다가 사람이 뜸한 곳에 이르러서는 특별히 봐 줄 테니 100불만 달라고 한다. 이때 100불을 주려고 지갑을 꺼내는 순간 지갑 전체를 송두리째 탈취해 가 버린다. 이렇게 가짜 경찰관에게 끌려가서 빈털터리가 된 사람이 비일비재하다.

이탈리아에는 4백 년 전통의 마피아 범죄 조직이 있는데 점조직으로 되어 있어서 좀처럼 뿌리 뽑지 못한다. 부정부패를 추방하겠다고 이에 적극 가담한 판사나 검사는 언제 죽을지 모른다. 암살범이 항상 뒤따르게 되고 승용차에 시한 폭탄을 장치해 놓아서 달리던 도로에서 폭발하여 현장에서 죽을지 모르기 때문이다. 이러한 현실에서 집시족의 행패는 오히려 약과일지 모른다.

춤과 노래로 많은 사람들로부터 박수 갈채를 받던 집시의 독특한 민속예술은 이제 영영 사라지고 마는가.

더불어 사는 세상

사람들은 끼리끼리 모여 산다고 했던가. 안양 향토학교는 가르치는 사람도 배우는 사람도 비슷한 성장 과정이었기에 남을 도와주고 도움을 받게 되는 지 모른다. 돈이 많고 지식이 많은 사람보다는 어렵게 배운 사람이 도와주고 없는 사람이 적극적으로 도와주고 있다.

"혹시 유애주 아세요?"

제주에서 만난 강양의 말이었다.

"아니, 제주에 사는 강양이 안양에 있는 애주를 어떻게 알지요?"

"대학교 동기 동창인데요, 안양 향토학교에 오래도록 있었거든요. 세상은 가끔 무척 좁을 수도 있다는 그런 평범한 얘기를 믿으면서요. 안양 하면 그냥 그 친구가 떠올라요. 마침 선생님이 관계하고 계신다기에 여쭈어 본 거예요. 학교 때 무척 친하게 지내던 친구예요."

"안양 향토학교를 위해서 열심히 일했는데 지난 겨울 지금의 이성숙 양에게 바톤을 넘겨주었지. 애주는 국제결혼을 했는데 곧 일본으로 가게 될 거라고 하는데, 언제일지는 본인도 잘 모르고 있어요."

"안양 향토학교는 무슨 학교예요? 애주한테 들어서 대강은 알고 있지만 구체적으로는 잘 몰라서요."

"그럼 이왕에 이야기가 나왔으니 학교 소개서를 드릴 테니 읽어 보세요."

〈청소년에게 배움의 기회를〉

경이적인 경제발전과 상급학교 진학률의 상승에도 불구하고 아직도 우리 주위에는 여러 가지 사정으로 배움의 기회를 갖지 못한 청소년들이 많이 있습니다. 그리고 배움의 기회를 놓치고 안타까워하는 성인들도 많습니다. 이들에게 배움의 기회를 줍시다. 그리하여 함께 행복을 누리며 사는 쾌적한 사회를 만듭시다. 저희 안양 향토학교는 이들을 위해 무료로 배움의 기회를 주고 있습니다. 대학 입학 자격 및 고등학교 입학 자격 검정고시를 목표로 교사들과 임원들은 최선을 다하고 있습니다. 따라서 올바른 가치관 교육을 통해 원만한 인격을 도야시키며, 환경에 굴하지 않고 자신의 진로 개척에 필요한 자질을 함양시켜서 민족의 번영과 통일을 지향하는 성숙한 사회인을 양성하여 더불어 살아가자는 최고의 교육 이념으로 1986년 9월 1일 설립되었습니다. 학비는 전액 무료이며 교사는 전원 자원봉사자입니다. 귀하의 도움이 필요합니다. 우리들의 따뜻한 손길로 이들에게 희망을 줍시다. 그리고 주위에서 배우고자 하는 분이나 자원봉사를 희망하는 분이 계시면 소개해 주십시오.

"참 좋은 일 하고 계시네요. 배우는 학생이 많아요?"

"관심이 많은 모양인데 구체적으로 이야기해 드릴게요."

그리고 나는 기억나는 대로 이야기해 주었다. 현재 학생 50여 명에 교사 스물세 분이 일주일에 한두 시간씩 가르치고 있다. 이곳에서는 대검을 합격해야 졸업을 시키는데 지난 5월 4일 졸업식에는 무려 11명의 졸업생이 나왔고, 설립 이후 십년 동안 총 졸업생은 74명(1996년 9월 현재)을 배출했다. 대부분 근로 청소년이므로 낮에는 직장에서 근무하고 밤이면 계속 향학의 열을 불태우고 있다. 젊은 층이 있는가 하면 60대의 노년층도 나이를 잊고 대기만성을 꿈꾸며 열심히 배우는 모습을 보면 저절로 눈시울이 뜨거워질 때가 한두 번이 아니다.

배우는 사람이나 가르치는 사람 모두 끈끈한 인간미가 흐른다. 20대의 젊은 아들에게 배우는 60대의 어머니도 창피하다는 생각은 조금도 하지 않고 자랑스럽게 배우고 있다. 이런 모습을 보면 내 어릴적 생각이 어슴푸레하게 떠오른다.

초등학교 4학년 때 나는 우리 마을 모래톱에 있는 사랑방에서 문맹 퇴치운동을 했었다. 마을 어른을 비롯해 초등학교도 다니지 못한 청소년을 상대로 밤마다 남포등을 켜고 한글을 가르쳤는데 처음에는 반신반의하던 어른들이 날이 갈수록 호감을 가지고 나와서 배우기 시작했다.

나의 어머니도 그때 한글을 배우셨다. 당시에는 우리 나라 문맹이 전국민의 80%가 넘는 때였으므로 나라에서 문맹퇴치 운동을 할 정도였다. 그리고 시험을 보아서 성적이 좋은 사람은 검정 고무신을 상으로 주었다는 생각이 든다. 그때 검정 고무신은 대단히 인기가 좋았다. 밭 매러 갈 때도 닳아질까 봐 신지 않고 손에 들고 다니던 시절이었다. 그렇게 아끼던 검정 고무신을 어머니는 할머니께 드렸는데 할머니 역시 시렁에 올려놓고 나들이할 때만 신고 다녔다. 그렇게 소중하게 여기던 그 검정 고무신이 다 떨어지기도 전에 할머니는 세상을 뜨셨다. 그래서 당연히 그 검정 고무신은 어머니 차지가 되었다. 검정 고무신 한 켤레를 가지고 고

부끼리 대를 이으며 신었다는 이야기다.

그 당시에는 한글을 깨치면 상으로 검정 고무신을 주었는데 지금 안양 향토학교에서는 대검에 합격시키는 게 큰 상이 되었다. 사람들은 끼리끼리 모여 산다고 했던가. 우리 향토학교만 해도 그렇다. 가르치는 사람도 배우는 사람도 비슷한 성장 과정이었기에 남을 도와주고 도움을 받게 되는지 모른다. 돈이 많은 사람, 지식이 많은 사람보다는 어렵게 배운 사람이 도와주고 없는 사람이 적극적으로 도와주고 있다.

교사들이 자원봉사하고 있지만 거저 가르쳐 주는 게 아니요, 언젠가는 어떤 형태로든 그 보상을 받게 될 것이요, 그렇다고 보상을 바란다면 보상을 바라는 그 자체가 이미 보상을 받은 게 된다. 또 배우는 사람 역시 거저 배웠으니 언젠가는 이 사회와 국가 또는 그 누군가에게 어떤 형태로든 갚아야 한다.

세상을 살아가면서 빚진 자가 되어서는 안 된다. 어려웠을 때는 비록 빚진 자가 되었다 하더라도 진 빚은 꼭 갚아야 한다. 빚을 갚는 길은 얼마든지 있다. 꼭 물질이 아니더라도 배운 지식으로, 봉사로 또는 마음으로라도 고마워할 줄 알아야 참인간이다.

"선생님, 저도 자원봉사를 하고 싶은데 저의 집이 제주도인걸요. 마음속으로 후원해 드릴게요."

"관심을 가져 주셔서 고맙습니다. 강양과 같은 후원자가 많아지고 도움 주시는 고마운 분들이 주위에 있는 한 안양 향토학교의 문은 항상 열려 있을 것입니다.

늦었다고 생각할 때가 가장 빠르다고 합니다. 지금도 늦지 않았으니 아직도 망설이시는 분들, 희망을 가지고 배움의 길로 오실 수 있도록 용기를 주십시오."

"오늘 참 즐거웠어요. 친구 소식도 듣고 안양 향토학교 이야기와 검정 고무신 이야기는 가슴이 짜릿했어요. 안양 향토학교가 있는 한 돈이 없어서 배우지 못했다고는 말할 수 없게 됐네요. 무궁한 발전을 빌어 드릴게요. 그리고 선생님도 항상 건강하세요."

멀리 제주에서 마음속으로나마 안양 향토학교를 후원해 주겠다는 강양의 말에 가슴 뿌듯함이 목구멍으로 차올랐다.

태백산의 사과 하나

"하룻길에 옷자락만 스쳐도 인연이라는데 스치는 정도가 아니라 서로 부둥켜안고 뒹굴었으니 보통 인연은 아닌가 봐요. 본의는 아니었지만 죄송하고 고마운 마음 금할 길이 없네요. 식사하시고 이거 드세요." 그녀가 남기고 간 빨간 사과 하나, 유난히도 먹음직스러웠다.

예로부터 삼신산의 하나로 일컬어지고 있는 태백산 등산을 하게 된 것은 3월 초순이었다. 남쪽으로부터는 꽃 소식을 전해 오고 있었지만 태백산에는 아직도 잔설이 얼어붙은 빙판이 남아 있을 것이니 정상 등반을 하려면 필히 아이젠을 준비하라는 등반대장의 부탁이 있었다.

아니나 다를까 태백산 등산로를 따라 유일사 입구에 이르니 눈이 내렸다가 녹으면서 얼어붙은 눈얼음이 등산로를 뒤덮고 있었다. 그래서 준비한 아이젠을 꺼내 신고 조심스럽게 산을 올랐다.

태백산은 강원도 태백시와 영월군 그리고 경상북도 봉화군에 걸쳐 있는 산으로 높이는 해발 1,567m이지만 산 중턱까지 자동차로 올라가기 때문에 실제 등반 거리는 생각보다 길지가 않다.

민족 통일의 염원을 안고 민족의 영산 태백산을 찾은 우리 일행들은 경건한 마음으로 산을 오르기 시작했다. 가슴으로 파고든다는 삼월의 쌀쌀한 바람을 피부 깊숙이 느끼면서 옷자락을 여몄지만 차가운 얼음 바람이 노출된 피부를 멍들게 했다. 등으로 흘러내리는 땀방울이 쉬는 동안에는 더욱 한기를 느끼게 했다.

산이 높아질수록 등산로는 얼음 바닥이다. 눈이 내리면 잠시 따가운 햇볕으로 녹는 듯하다가 다시 차가운 기온으로 꽁꽁 얼어붙는다. 얼어붙은 얼음은 한낮의 상승 기온으로 녹아내리면서 길바닥은 더욱 미끄러워진다.

아이젠 같은 특수 장비가 없이는 한 걸음도 옮길 수가 없다. 그런데 오늘 처음으로 참석한 여자 한 분은 아무런 준비도 없이 우리와 동행하게 되었다. 보통의 운동화를 신고 있었다. 등산로는 유리알 같은 얼음길을 피할 수 없는 길이었다. 결국 아이젠을 신은 사람이 아이젠이 없는 사람을 부축하여 한 걸음씩 산을 오르게 되었다.

이 등산로를 내려오는 사람은 걷지 않고 썰매를 타기 때문에 더욱 미끄러웠다. 썰매는 특수하게 만들지 않고 옷을 입은 채이거나 시멘트 포장지 같은 것을 엉덩이에 깔고 썰매를 대신하기 때문에 위험하기 짝이 없는 모험이다. 그러한 길을 초행자를 부축하여 산을 오르고 있는데 갑자기 그 여인이 중심을 잃고 쓰러지면서 빙판 위로 미끄러졌다. 이를 도와주려던 나 역시 중심을 잃고 빙판길을 미끄러져 내리고 있었다.

무슨 운명의 장난인가. 오늘 처음 만난 이 여인과 무슨 인연이 있었기에 태백산 준령에서 함께 뒤엉켜 미끄러지는가. 미끄러지면서도 온갖 상념이 머리를 스치고 지나간다. 언제까지 미끄러질 것인가. 크게 다치지는 않을까. 생명에는 지장이 없을까.

이 여인은 무엇을 하는 여인이기에 처음 참석하여 엉뚱하게도 불의의 사고를 당하게 되는가. 저 골짜기 밑으로 떨어지면 어떡

하나 하는 생각이 들자 정신이 아찔했다. 얼마나 많은 거리를 그렇게 미끄러졌는지 모른다. 그리고 또 얼마나 많은 시간이 흘렀는지도 모른다. 하늘이 돌고 지구도 빙빙 돌고 있었다.

지구가 정지한 시간은 나도 그 여인도 서로 껴안은 채 큰 나무 덩치에 걸려 있었다. 그 여인은 무안했던지 어머 하고 감탄사를 내면서 내 가슴을 밀어내고 있었다. 다행스럽게도 아무도 다친 곳은 없었다. 다만 흘러내리는 물기에 옷이 좀 젖어 있었을 뿐이었다.

여러 사람의 도움으로 미끄러져 내려온 빙판길을 다시 오른다. 바라보기에도 까마득하게 느껴진다. 이 험한 준령을 몇백 킬로미터, 아니면 몇천 킬로의 시속으로 미끄럼을 탔다는 얘기인데, 상처 하나 없이 무사하다는 게 믿어지지 않을 정도로 이상했다.

이제는 농담을 할 정도로 여유도 생겼다. 잊을 수 없는 태백산의 추억을 남기며 정상을 향해 올라가고 있었다. 정상이 가까워지면서 안개비가 내리고 있었다. 안개비는 곧바로 설화로 피어났다. 이러한 대자연의 신비는 이곳이 아니면 느낄 수 없으리라.

수령 오백 년을 추정하는 주목군이 눈길을 끌었다. 나무마다 고유번호가 부착되어 있었고, 아름드리 주목이 있는가 하면 반쪽만 살아 있는 주목도 있었다. 한쪽은 껍질만 붙어 있고 속은 텅 비어 있는 고목의 주목이 삶의 애환을 말해 주는 듯했다.

모진 북풍 한설과 싸워 이긴 흔적인데, 가지가 부러지는 아픔도 참으며 결코 폭풍을 원망하지 않는다. 수많은 산불을 겪었지만 그때마다 폭풍우를 동반한 먹구름이 생명의 은인이 되어 주었다.

도벌꾼의 큰 톱은 목신이 부러뜨렸다. 상록의 잎사귀마다 설화가 피어났다. 죽은 듯한 나무에서도 눈꽃이 만발했다. 어느 예술

작품에서도 이보다 더 아름다운 예술 작품은 만나 보지 못했다.

드디어 정상에 이르니 앙상한 가지마다 만고풍상의 상흔을 남기고 있다.

정상에 마련된 천제단은 둘레 27m에 폭 8m, 높이 3m의 원형 제단이다. 위쪽은 원형이고 아래쪽은 사각형인데 자연석으로 쌓았다. 천제단은 중요 민속자료로 지정되어 있으며 매년 10월 3일 개천절에는 천제를 지내고 있다. 강화도 마니산의 참성단과 더불어 단군 성조의 얼이 숨쉬는 곳이다.

전국 체전이 열리면 마니산의 참성단에서 칠 선녀에 의해 자연 채화하여 성화가 봉송된다. 현재 강원도 체육대회의 성화 채화를 이곳 천제단에서 하고 있다. 전국 체전의 성화 봉송도 이곳 천제단에서 해야 한다고 그 타당성을 태백시에서 주장한다는 이야기를 들은 적이 있다.

천제단을 중심으로 무속신앙이 범람하고 있다. 천제단 위에는 엎드려 치성을 드리는 사람들로 발을 들여놓을 틈이 없다. 가시거리 10m도 안 되는 안개비는 찬서리로 변하여 설화가 아닌 빙화를 이루어 놓았다.

점심을 먹기 위해 정상 부근에 있는 망경사 신도들이 쉬어 가는 방으로 체면 불구하고 우르르 들어갔다. 추위에 떨면서 들어서는 무리를 보고 반가운 눈치는 아닌 모양이다. 물론 양해를 구하고 점심을 먹기 시작했다. 따스한 보온 밥통을 열면서 따스한 아내의 사랑을 느꼈다.

"맛있는 반찬 많이 가지고 오셨어요?"

미소를 지으며 다가오는 여인이 있었다. 조금 전 빙판길에서 같이 뒹굴었던 그 여인이었다.

"하룻길에 옷자락만 스쳐도 인연이라는데 스치는 정도가 아니라 서로 부둥켜안고 뒹굴었으니 보통 인연은 아닌가 봐요. 본의는 아니었지만 죄송하고 고마운 마음 금할 길이 없네요. 평생 잊을 수 없을 거예요. 식사하시고 이거 드세요."

뭐라고 대답할 틈도 주지 않고 그녀가 놓고 간 빨간 사과 하나, 유난히 먹음직스러웠다. 제자리로 돌아가는 그녀의 얼굴도 사과처럼 빨갛게 물들고 있었다.

화장지가 없는 화장실

말레이시아의 화장실엔 화장지가 없다. 물통과 비누가 있을 뿐이다. 볼일을 보고 나서는 왼손으로 화장지 대신 사용하고 비누로 손을 씻는다. 그래서인지 왼손은 불결한 손으로 취급된다. 무슨 물건이든 왼손으로 주면 큰 실례가 된다. 귀엽다고 어린아이의 머리를 쓰다듬는 것도 금기 사항이다.

새로운 여행지에 가면 가이드가 그 나라의 간단한 인사말을 가르쳐 준다. 이곳에서도 예외는 아니었다. 말이 빨라서 우리말도 알아듣기 힘들었지만 유머가 풍부했다.

아버지와 어린 아들이 목욕탕에 갔다. 열탕 안으로 들어간 아버지가 아들을 탕 안으로 들어오라고 했다. 그러자 아들이 물었다.

"아빠, 안 뜨거워?"

"그래 뜨겁지 않아. 어서 들어온. 아- 시원하다."

그런데 아들이 탕에 들어가려다가,

"앗 뜨거워! 세상에 믿을 놈 하나도 없다니까."

하면서 한쪽 구석으로 가서 물장난을 치고 있었다. 그리고 자신의 고추를 만지다가 고추의 껍질이 벗겨지자 아빠한테 와서 호들갑을 떨었다.

"아빠 까 봐."

간단한 말레이시아어를 배워 본다.

아빠까바르-안녕하세요.

까바바이-고맙습니다.

사마사마-천만에요.

내리막까시-감사합니다.

잔테-예쁘다(여자에게).

빠꾸스-미남이다. 제일이다.

그리고 이곳의 풍습도 익힌다. 이곳 사람들은 음식을 손으로 집어먹는다.

그리고 화장실에 가면 화장지가 없다. 다만 물통과 비누가 있을 뿐이다. 볼일을 보고 난 후에는 왼손으로 화장지 대신 사용하고 비누로 손을 씻는다. 물론 외국인을 상대로 하는 호텔에서는 그렇지 않다.

내국인들이 많이 사용하는 시장 골목의 공중 화장실에 들어가 볼 기회가 있었다. 역시 가이드의 말대로 깨진 플라스틱 통에 물과 때가 끼어 있는 비누 조각이 있었다.

그래서인지는 몰라도 왼손은 불길한 손으로 취급된다. 무슨 물건을 남에게 줄 때 왼손으로 주면 큰 실례가 된다. 귀엽다고 어린아이의 머리를 쓰다듬어 주는 것도 금기 사항이다.

이슬람교에서는 술을 마시지 못하게 한다. 따라서 말레이인에게는 금주령이 내려져 있다. 그러나 일반인들은 호텔 같은 데서 술을 마실 수 있다고 한다.

1985년 5월 31일은 말레이시아 최초로 자동차가 생산된 날이다. 처음 자동차를 생산하려는 말레이시아 정부는 한국의 현대 자동차와 기술 제휴하여 생산하려고 했다. 그런데 현대측이 이를 거절하자 감정이 좋지 않은 일본과 손을 잡고 자동차를 생산하게 되었다.

일본을 싫어하지만 국가 이익을 위해서는 어쩔 수 없는 일이었다. 뜸을 들이다가 얻어맞은 현대가 다시 손을 잡자고 제의했다. 그러자 이번에는 말레이시아에서 응하지 않고 고자세로 나왔다. 그래서 '자동차 산업은 하나만 키워서는 발전이 없다. 상대적으로 경쟁을 시켜야 한다'고 설득하여 마침내 현대 자동차도 말레이시아와 합작으로 현지에서 자동차를 생산하게 되었다.

일본 상품이 세계시장을 석권하고 있는 가운데 늦게나마 우리 상품도 동남아를 비롯하여 세계 시장에 나가서 호평을 받고 있다는 반가운 소식이다.

말레이시아는 2,020년을 선진국 대열에 들어가는 원년으로 목표를 세우고 부단히 노력하고 있는데, 정치·경제·문화 등 각 분야에서 모두 한국의 두뇌로 이루어진다고 한다.

6·25 당시에는 참전국으로 우리를 도와준 나라이다. 지금은 그 보은의 의미로 우리가 그들을 도와주고 있다. 그런데 이들의 자동차 번호가 참 재미있다.

즉 1번에서 9번까지는 왕족이나 귀족이 타는 번호이고 10번부터 99번까지는 장관이나 국회의원이 타는 번호다. 또 100번부터 999번까지는 재벌급이, 그리고 1,000번이 넘는 번호는 일반 국민이 타는 번호다.

자동차 사고는 보험회사에서 처리해 주고 외국인이 부상을 당했을 경우에는 국가에서 무료로 치료해 준다. 음주 운전자는 벌금을 물리지 않고 부부나 부모 등 가족과 함께 보호실에서 지내게 한다. 그렇게 해서 가족의 권유로 다시는 음주운전을 못하게 하려는 발상이다. 물론 금주령이 내려져 있기는 해도 음주 운전이 더러 있는 모양이다.

말레이시아의 수도 쿠알라룸푸르는 진흙의 하구라는 뜻이다. 켈랑강과 곰바크강이 합류되는 지점에 발달한 도시이기 때문에 붙여진 이름이다.

약 120년 전 주석 광맥이 발견되면서 도시로 발전하였고, 지금은 인구 100만 명을 넘는 현대 도시로 발전하여 정치·경제·문화의 중심지가 되었다.

이 나라에서는 마약을 복용하거나 그것을 갖고 있는 것이 발각되면 극형을 면하기 어렵다. 또 거짓말을 하면 혀를 자르고 도둑질을 하면 손을 자른다. 그리고 간음을 하면 성기를 잘라 버린다. 이 나라 법은 이렇게 잔인하기 때문에 매사에 각별히 조심해야 한다.

쿠알라룸푸르 교도소는 1896년 건립되었는데 교도소 담의 벽화는 세계에서 가장 긴 그림으로 유명하다.

어느 사형수가 2년 6개월간의 기간에 걸쳐 완성한 그림이다. 높이가 4m이고 길이가 무려 4km에 달한다. 사형수가 매일 그림을 그렸는데 하루라도 더 살기 위해 시간 연장책으로 손바닥으로 그렸다고 한다.

국왕이 이를 알고 그의 예술과 정성에 감동되어 그 사형수를 사면해 주었단다. 듣는 우리의 가슴을 뭉클하게 하는 이야기다.

메르데카 스타디움은 1957년에 건축하여 메르데카컵 국제 축구대회를 이곳에서 개최한다. 그라운드가 진흙으로 되어 있고 잔디도 우리나라의 잔디가 아니라 잎이 넓은 잡풀이다.

미끄러운 진흙 잔디에 비가 오면 더욱 미끄러워진다. 비가 오지 않으면 물을 흠뻑 뿌려서 우리나라 선수들은 뛰기도 전에 넘어진다. 그렇기 때문에 이 구장에서는 한번도 우리가 말레이시아를 이겨 본 적이 없다.

어떠한 수단과 방법을 쓰더라도 경기는 이기고 봐야 한다는 생각이 너무도 농후하다.

여인의 키스 세례

처음 만난 여자에게서 키스 세례를 받은 남자, 낯선 곳에서 낯선 남자와 낯선 여자의 만남, 이는 여행지에서나 있을 수 있는 일인지도 모른다.

뉴질랜드에서는 눈썰매가 아닌 잔디 썰매를 루지라고 한다. 그런데 그 잔디 썰매를 타 보지는 못하고 구경만 했다. 루지를 타 보지 못한 아쉬움을 달래면서 다시 곤돌라를 타고 내려오는데, 마침 양옆으로 백인 여인이 타고 있었다.

곤돌라는 네 사람이 타는데 한 의자에 두 사람씩 서로 마주보며 타게 되어 있다. 그런데 이 백인 여인이 서로 일행인 듯 놓치지 않으려고 급한 김에 함께 타게 된 모양이다. 그래서 본의 아니게 두 백인 여인 틈에 끼이게 되었다.

꺄우라(안녕하세요)라고 인사를 하고 마오리족의 인사법으로 '홍이'를 하는데, 이 백인 여인이 얼마나 정열적인지 코만 대는 게 아니라 키스 세례를 퍼붓는 것이었다. 맞은편 의자에는 이은섭 내외분이 타고 있었는데 너무도 뜻밖의 행위에 박장대소를 했다. 카메라를 들이대자 기다렸다는 듯이 더욱 강력하게 포옹하며 키스하는 포즈를 취했다.

처음 만난 여자에게서 키스 세례를 받은 남자, 낯선 곳에서 낯선 남자와 낯선 여자의 만남, 이는 여행지에서나 있을 수 있는 일인지도 모른다.

로터루아 관광을 마치고 버스를 타고 오클랜드로 올라왔다. 아름다운 목축의 나라 광활한 초원에 양떼가 한가롭게 보였다. 그림엽서에서 보았던 그대로다. 운전 기사에게 적당한 곳에서 차를 세워 달라고 부탁했다. 그랬더니 마침 운전 기사의 아들이 있는 목장으로 안내되었다. 운전 기사 브라운 씨는 올해 나이가 60세라고 했는데 건장한 체구에 성격이 활달했다. 그리고 유머가 풍부하고 재미있어 이웃집 아저씨 같았다. 운전을 하면서도 재치있는 익살로 우리를 즐겁게 하고 웃기기도 했다. 백인의 우월감이란 전혀 찾아볼 수 없었다. 물론 그게 지금 통하는 세상은 아니지만, 자기 직무에 무척 충실했다.

가파른 산등성이에서는 양들이 풀을 뜯고 있었다. 우리나라 같으면 산사태가 날 것 같은데 이곳에는 장마도 폭우도 없는 관계로 그러한 위험은 없다.

우리가 찾아간 목장에서는 젖소 250마리를 기르고 있었다. 목초지가 45만 평이나 되는 광활한 초지였다. 넓은 초지에 비해 여기서 수입되는 금액은 그다지 많지 않았다. 연간 총수입은 8만N$(약 34,000만 원)라고 했다.

젖소 한 마리 값은 이곳 시세로 40~50만 원 정도이며, 이 목장의 총 자산은 한화로 약 5억 정도라고 했다. 놀라운 일은 이 넓은 초원에 목부 한 사람과 목장 주인 등 두 사람이 운영한다는 점이었다.

우리는 브라운 가족과 기념 촬영을 하고 집안 구경도 했다. 농촌 집이라서 그런지 그렇게 크지는 않았지만, 방이 세 개에 거실 겸 주방이 있어서 네 식구가 살아가는 데는 별로 어려움이 없어 보였다.

그의 부인은 보기 드물게 우량했고 아들과 딸은 귀엽게 자라고 있었다. 아이들이 몹시 부끄러움을 탔다. 넓은 초원에 외딴 집이어서 다른 아이들과 어울리지 못하고 외롭게 자랐기 때문인 것 같았다.

우리 한국 같으면 먼 나라 손님이 오셨다고 하다못해 차라도 한 잔 나올 법한데, 그런 인사를 할 줄 모르는 것을 보면 양반은 아닌 모양이다.

뉴질랜드 학교 앞에는 학교 표시가 있고 아이들이 건너는 표시가 있었다. 그리고 소가 길을 건너는 곳과 노인들이 건너는 길이 따로 있었다. 100% 금융실명제를 하여 복지국가를 형성하고 있으며, 행정기관과 은행·세무서가 삼위일체가 되어 모든 자산이 전산 처리되기 때문에 한 푼도 속일 수가 없다. 한마디로 있는 그대로 드러내 놓고 사는 나라다.

그리고 은행 이자가 아무리 싸도 현금이 생기면 은행에 예금을 하는 게 생활화되어 있었다. 물가 상승률은 지난 5년 동안 1%이기 때문에 물가가 안정되어 있었다.

자동차 운전면허 시험은 25개 문제 중 23개를 맞혀야 하고 구두 시험 문제는 5개 중 4개를 맞혀야 한다. 실기 시험은 코스 시험과는 별도로 일반 도로에서 실기 연습을 하게 되는데, 한 시간 실기 연습에 15,000원을 주고 최소한 30번은 실기 연습을 받아야 주행 시험에 합격할 수가 있다.

자동차 운전 면허증은 70세까지 유효하며 71세부터는 5년마다 적성검사를 받아야 한다. 자가용 승용차의 번호는 교통국에서 부여하는데, 별도의 수수료를 내면 자신이 원하는 번호를 붙일 수가 있다. 자신의 생일날이나 집에서 사용하는 전화번호도 차량 번호로 사용할 수가 있다. 다만 번호가 중복되지 않아야 한다. 만약 한국 사람이라면 자신의 승용차 번호를 Seoul 1 또는 Pusan 2 등의 번호판을 붙일 수가 있다.

이 나라는 총기 휴대가 금지되어 있으며 마약도 약간은 있지만 사회문제가 될 정도는 아니다. 이곳에서도 은행 강도가 가끔 있지만 곧 잡히기 때문에 흔하지는 않다.

오클랜드에 와서 살고 있는 한국 사람의 생활을 보기로 했다. 한인회 총무가 고국의 동포를 자기 집에 초대하고 싶다는 의견을 주었기 때문이다. 그래서 그 집을 방문하기로 했다.

그러나 같은 오클랜드라고 해도 거리가 너무 멀기 때문에 그 집에 갔다 오려면 3시간 이상이 걸린다. 그런데 운전 기사가 별도의 요금을 너무 많이 요구하여 그만 취소하고 말았다.

오히려 잘 된 일인지도 모른다. 많은 사람이 한꺼번에 몰려들면 그 역시 부담스러운 일이 아니겠는가. 사람이 사는 곳은 어디나 비슷비슷하다. 잘 사는 사람이나 못 사는 사람이나 내면 생활은 거의 비슷하다는 이야기다. 따지고 보면 누구나 어려움이 있게 마련이다. 그런데도 우리는 남은 행복해 보이고 자신은 불행하다고 생각하는 사람이 많다. 그러나 우리가 살아가면서 모든 사물을 긍정적으로 보면 행복할 수 있지만 부정적으로 생각하면 불행할 수밖에 없다. 주어진 환경을 탈피하려는 생각보다는 극복하려는 마음 자세가 세상을 살아가는 지혜가 아닌가 싶다.

무엇이 가슴을 설레게 하는가

새 천년이 시작되는 2천년 벽두에 내 작은 가슴은 설레기 시작했다. 경기 문화재단에서 제작비 일부를 지원해 준다는 통보를 받았기 때문이다. 언덕을 오르는 수레에 누군가 조금만 밀어 주어도 쉽게 오를 수 있듯이 지원비의 많고 적음에 관계 없이 의욕과 용기를 주는 것임에는 틀림없다.

어린 시절 일제의 잔학상을 보았고, 해방의 기쁨이 채 가시기도 전에 6·25 동족 상잔의 비극을 경험해야 했다. 그리고 4·19 의거와 5·16 군사혁명, 삭풍이 나무 끝에 불던 유신 시절을 거쳐 남북이 화해의 분위기로 조성되어 가고 있는 현재까지 파란만장한 반세기였다. 반세기의 편린들 앞에 문득 내 유년이 다가온다. 그러나 현실은 이미 이순(耳順)에 머물고 있다.

간혹 언제 글을 쓰느냐고 묻는 사람이 있다. 그리고 마음만 먹으면 누에가 고치를 짓듯 줄줄 쓰여지는 줄 알고 있는데 사실 그렇지가 않다. 하던 지랄도 멍석 펴면 하지 않는다듯이 무엇인가 쓰려고 책상 앞에 앉으면 한 줄도 못 쓰는 때가 허다하다.

그래서 고추밭이나 콩밭에 나가 삽질을 하면서, 혹은 밭두렁에 앉아 언어의 궁전을 설계할 때도 있다.

이렇게 한번 쓰기 시작하면 하룻밤에 몇 편을 쓸 때가 있는 반면 아무리 노력해도 몇 달 동안 한 줄도 못 쓸 때도 있다. 역시 깊이갈이가 안 되어 있는 탓이라 생각한다. 여행지에서는 보고 듣고 느낀 점을 바로 정리한다. 시간이 지나면 모두 잊어버리기 때문이다.

이번 수필집은 편의상 제3부로 나누었다. 그러나 별다른 의미는 없다. 대화 중에 나오는 인물은 본의 아니게 누를 끼치지나 않을까 염려되어 더러는 가명을 쓰기도 했다.

인생은 유머가 있어야 한다. 따라서 문학도 언어예술이므로 재미가 있어야 한다. 재미는 기쁨이요 기쁨은 선이기 때문이다. 그러면서도 정작 참다운 언어예술은 찾지 못하고 너저분한 신변잡기만 늘어놓고 말았다.

얼마만큼 공감대를 주고 있는지는 모르지만, 마지막 책장을 덮으면서 한번 더 펼쳐 보고 싶은 구절이 없을지라도 하나의 개성체로 남아지기를 바랄 뿐이다.

수필집이 나올 수 있도록 애써 주신 임종대 사장님과 가까이에서 벗이 되고 스승이 되어 서투른 문장을 지도해 주신 황 교수님과 여러 문우들, 그리고 후학을 아끼는 마음으로 서문을 써 주신 강범우 선생님께 감사드린다.

또 어려운 살림을 꾸려 가면서도 짜증 부리지 않고 오히려 이 세상에 태어나서 당신 하고 싶은 게 있으면 무엇이든지 다 해 보라고 격려와 용기를 주는 아내에게 감사와 사랑을 드린다.

새 천년이 시작되는 2000년 여름

石初 房極寅

덫에 걸린 남자 속도 모르는 여자

초판 인쇄 · 2000년 8월 10일
초판 발행 · 2000년 8월 15일

지은이 · 방극인
펴낸이 · 임종대
펴낸곳 · 미래문화사

등록 번호 · 제3-44호
등록 일자 · 1976년 10월 19일

주소 · 서울시 용산구 효창동 5-421
전화 · 715-4507, 713-6647
팩시밀리 · 713-4805
정가 · 8,000원
ISBN 89-7299-196-1 03810
ⓒ2000, 미래문화사

· 이 책은 경기문화재단에서 제작비 일부를 지원받았음.